1232

TH. BENTZON
CONTES DE TOUS LES PAYS

BIBLIOTHÈQUE
D'ÉDUCATION ET DE RÉCRÉATION
J. HETZEL ET Cie, 18, RUE JACOB

PARIS

CONTES

DE

TOUS LES PAYS

COLLECTION HETZEL

CONTES

DE

TOUS LES PAYS

RÉUNIS ET ADAPTÉS

PAR

TH. BENTZON

—

DESSINS DE J. GEOFFROY, DELORT, SEMEGHINI, ETC.

BIBLIOTHÈQUE

D'ÉDUCATION ET DE RECRÉATION

J. HETZEL ET Cⁱᵉ, 18, RUE JACOB

PARIS

CONTES
DE TOUS LES PAYS

MA VOCATION DE MARIN

I

Ma ville natale d'Ebendorf est située au milieu d'un marais.
Tout autour s'étendent à perte de vue des prairies où paissent
en liberté de nombreuses vaches ; çà et là cette riche verdure
est entrecoupée de champs de blé ; des fossés profonds sépa-
rent les différentes propriétés. Il n'y a de grands arbres nulle
part, sauf dans les jardins des métairies, point d'eau courante,
encore moins de montagnes. A droite, on aperçoit dans le
lointain une légère élévation très longue, parfaitement droite :
c'est la digue. Derrière se trouve la mer, la mer infinie,

1

mystère insondable par elle-même et qui cache dans son sein tout un monde de secrets, la mer qui fit sans cesse rêver mon enfance. Elle ne se présente pas aux habitants d'Ebendorf dans sa plus grande beauté; le rivage est plat, l'eau est basse. A l'heure du reflux, on ne voit rien qu'une immense flaque d'eau; à l'horizon seulement brille quelque chose comme un rayon argenté. Pourtant c'est l'Océan, le même Océan qui roule les glaces du pôle et qui ouvre au voyageur curieux d'aventures une entrée dans des régions inconnues. Je passais mes récréations auprès de la digue, un livre à la main. Bercé par le vent, je lisais, devant les flots qui m'appelaient, des histoires de navigateurs tentantes, merveilleuses. Oh! la vie de bord, la vie entre le ciel et l'eau, quelles délices!

J'étais résolu à me faire marin, bien que mon père, chaque fois qu'il m'arrivait d'en parler, secouât la tête et que ma mère me peignît, sous les couleurs les plus désenchantantes, les privations, les périls de « la vie sur l'eau ».

« Mes chers parents, pensais-je à part moi, je vous prouverai qu'un petit garçon peut avoir de la suite dans les idées. Vous me pardonnerez quand je reviendrai avec un bel uniforme et chargé de richesses que je vous rapporterai des Indes ou de la côte d'Afrique. »

La seule personne qui me comprît et qui s'associât à mes projets avec la plus vive sympathie, c'était ma sœur Louise. Pendant les chaudes soirées d'été, tandis que nos trois petits frères jouaient dans le jardin, elle m'accompagnait jusqu'à la digue. Là nous nous asseyions sur la pente verdoyante en contemplant tous les deux la mer. Ses yeux étincelaient, quand je lui racontais mes lectures, et nous formions ensemble mille projets d'avenir. Elle voulait m'accompagner, elle affirmait que, malgré sa faiblesse, elle supporterait bravement les fatigues du voyage. Peut-être découvririons-nous une île dans l'océan Pacifique ; nous deviendrions roi et reine de quelque tribu sauvage; la vie à bord d'un navire, pour commencer, nous apparaissait toute pleine d'attraits et de prestige.

Dans le port d'Ebendorf, un seul gros bateau, qui approvisionnait la ville de charbon de terre, était à l'ancre de temps en temps. Il ne nous donnait qu'une idée fort incomplète des palais flottants qui dévorent la distance, mais c'était un bateau cependant qui, toutes voiles dehors, partait sur la grande mer. Il n'en fallait pas davantage pour exciter notre intérêt.

Le fils du riche marchand, maître de ce bateau, était mon ami, ou pour mieux dire mon protecteur, car il avait déjà seize ans lorsque j'en comptais à peine douze. L'intérêt que nous prenions à son bateau l'amusait, et il nous faisait d'un air de condescendance les honneurs des moindres recoins. Un jour, disait-il, je serais capitaine sous ses ordres, il construirait un navire plus grand et plus beau que celui-ci, qui porterait le nom de Louise et où se trouverait une cabine pour ma sœur. Les yeux bleus de Louise brillaient comme des étoiles à cette promesse. Elle désirait seulement aller plus loin que l'Angleterre, où le bateau de notre ami prenait son charbon.

« Écoute, Franz, me dit Karl (c'était le nom du jeune garçon), un soir qu'il nous avait rencontrés à notre retour du port. J'ai une bonne partie à te proposer. C'est demain jour de congé; notre voiture doit aller chercher le commis voyageur de mon père à Brunsbuttel. Que dirais-tu d'y monter avec moi ? »

Aller à Brunsbuttel! voir une quantité de navires, courir sur la digue de l'Elbe, regarder passer tous les vaisseaux d'émigrants! Quelle proposition! J'exécutai, au milieu de la route, une cabriole.

« Et tu m'emmènes aussi, Karl? dit Louise. Que tu es bon! Pourvu que papa permette....

— Pourquoi ne permettrait-il pas? interrompit Karl avec aplomb; il peut bien te confier à moi. Aucun danger n'est possible. Nous partons à cinq heures, nous arrivons à huit, nous descendons à l'hôtel du Port dont mon père connaît le propriétaire; je le connais aussi. Ensuite nous faisons un tour sur la digue. Notre commis arrive à dix heures par le bateau à vapeur de Hambourg, et nous pouvons, si bon nous semble, repartir immédiatement après. »

Karl nous accompagna jusqu'à la maison, et fit si bien que mon père accorda la permission demandée. Ma mère fut plus lente à se décider, il lui paraissait imprudent de laisser voyager seuls trois enfants; mais, mon père ayant promis, elle ne voulut pas être d'un avis différent du sien.

L'aube du jour suivant nous trouva prêts : Louise dans sa robe bleu bluet, qui allait si bien à ses cheveux blonds, et moi en habits du dimanche. On nous donna une ample provision de conseils. Ma mère insista pour que j'eusse grand soin de ma petite sœur.

« Rentrez à l'heure convenue, ajouta mon père.

— Sans doute, répondis-je étourdiment; le commis de Karl revient assez vite, notre séjour à Brunsbuttel ne sera que trop court.

— Tant mieux, dit papa, car tu sais que tu n'as pas achevé tes devoirs pour demain. »

II

S'il est ennuyeux de se promener à pied en pays plat, rien n'est beau comme d'être emporté par des chevaux fougueux à travers la vaste plaine. Nous étions assis tous trois, fiers et joyeux, dans une jolie calèche; de notre position élevée nous dominions l'immensité verte que parcourait la voiture rapide comme une flèche. Lorsqu'au bout de trois heures nous atteignîmes le terme de notre voyage, nous regrettions presque d'avoir à descendre déjà ; mais quel fut notre plaisir, une fois sur la digue, de voir l'Elbe majestueux, chargé de navires ! Louise et moi nous eussions pu rester devant un pareil spectacle la journée entière sans nous lasser. Cependant Karl s'était rendu à l'hôtel ; il revint l'air un peu soucieux.

« Figurez-vous, dit-il, qu'une dépêche de notre commis est arrivée. Étant retenu par une affaire importante, il attendra le bateau de cinq heures.

— Ah ! mon Dieu ! s'écria Louise, que pensera-t-on de nous ? Tu avais assuré que nous serions rentrés à midi.

— Sois tranquille, répondit Karl, j'ai déjà envoyé une dépêche à mon père, il la communiquera sans doute à tes parents. Mon seul ennui c'est d'avoir à séjourner si longtemps dans ce trou. Que faire ? Il n'y a rien à voir qu'une poignée de bateaux.

— Regarde ! interrompit Louise, regarde le beau bâtiment à vapeur !

— C'est le *Patriote*, expliqua un matelot qui, la pipe à la bouche, s'était approché de nous. Il va à Kuxhaven.

— Le trajet est long ? demanda Karl.

— Deux bonnes heures.

— Est-ce qu'un autre bateau remonte aujourd'hui ?

— Oui, je crois, la *Concorde*, qui arrive de Helgoland. Elle touche à Kuxhaven et sera ici vers trois heures de l'après-midi.

— Qu'en dites-vous ? nous demanda Karl avec animation, que dites-vous d'une petite pointe jusqu'à Kuxhaven ? Nous serions bien sur ce magnifique bateau, et à Kuxhaven commence la pleine mer. Allons, Franz, toi qui as pour demain une composition sur les phares, tu étudieras celui de Kuxhaven et cela te sera d'un grand secours.

— Mais, fit observer Louise inquiète, nos parents ne nous ont permis d'aller que jusqu'ici.

— Vos parents vous auraient permis le reste. Peu leur importe que vous soyez aujourd'hui ici ou là. Je paye, bien entendu, pour nous trois. Venez, nous n'avons pas de temps à perdre. »

Il prit la main de Louise, qui se défendait toujours, et descendit la digue avec elle. Je les suivis sans réfléchir et hissai ma petite sœur dans la barque qui devait nous conduire à bord. Il serait faux de dire que j'étais tout à fait tranquille. Je partageais les scrupules de Louise, mais la curiosité l'emportait, et je voulais croire d'abord que Karl, plus âgé, plus sage par conséquent que nous deux, ne pouvait manquer d'avoir raison. Je montai lestement l'escalier du bateau, en tirant Louise derrière moi. L'instant d'après nous étions emportés sur les ondes transparentes. Des deux côtés le rivage s'éloignait de plus en plus, et bientôt la mer illimitée s'étendit autour de nous, éblouissante sous le soleil.

Il n'y avait pas beaucoup de passagers ; quelques bourgeois de Hambourg en partie de plaisir et un marchand qui voyageait pour affaires occupaient seuls avec nous les premières places. Aux secondes places était assise, tout isolée au milieu d'hommes du peuple grossiers, une petite fille d'environ quatre ans, très mal vêtue. Personne ne semblait faire attention à la pauvrette ; on eût dit qu'elle n'appartenait à aucun des passagers ; elle regardait timidement autour d'elle ; ses cheveux blonds tombaient en désordre sur ses grands yeux et sur ses joues pâles. Louise l'aborda, en lui parlant de cet air de bonté qui la rend si gentille, et l'enfant, après une minute d'hésitation timide, finit par se presser affectueusement contre elle, avec la confiance de son âge.

« A qui donc cette petite ? demanda Karl au capitaine.

— Je ne sais, répondit celui-ci ; il faut croire qu'elle s'est égarée dans le port de Hambourg ; nous l'avons trouvée endormie là, sous un banc, quand déjà nous étions à une grande distance de terre. Demain, au retour, je ferai chercher ses parents. »

Le temps fuyait sur ce bateau avec une incroyable rapidité ; je me fis expliquer toutes les machines, je visitai l'intérieur, je pris note des plus petits détails, si bien que je pus me promettre de construire à mes moments perdus un modèle miniature de bâtiment à vapeur.

Le phare de Kuxhaven se détacha sur le ciel bleu, puis nous distinguâmes peu à peu les maisons ; enfin on débarqua. J'étais étourdi par le sifflement de la machine. En mettant le pied sur le pont volant, la petite étrangère se cramponna de toutes ses forces à la main de Louise.

« Je veux aller avec toi, disait-elle, je veux demeurer chez toi ! »

En vain ma sœur cherchait-elle à lui échapper ; elle avait elle-même les larmes aux yeux. C'était touchant de voir ces petits bras s'attacher convulsivement au cou, aux vêtements de Louise.

« Pourquoi, dit le capitaine qui assistait à cette scène, pourquoi, au lieu de la faire crier, ne l'emmenez-vous pas comme elle le veut ? Vous remontez dans quelques heures à Brunsbuttel. L'enfant continuera son voyage jusqu'à Hambourg, où ses parents, de pauvres gens sans doute, doivent l'attendre dans un grand souci. »

Le capitaine désirait évidemment se débarrasser d'une charge ennuyeuse. Louise ne demandait pas mieux que d'amuser sa nouvelle amie ; Karl se donnait des airs d'importance, ayant à protéger un enfant de plus. Il nous conduisit à l'hôtel, près du port. Un garçon en frac accourut prendre poliment les ordres de monsieur.

« Que voulez-vous manger ? » dit Karl d'un ton assez hautain.

Louise commanda une omelette, comme une petite fille qu'elle était. J'aimais beaucoup l'omelette, moi aussi ; mais, Karl ayant préféré je ne sais quel ragoût épicé aux cornichons, qui portait sur la carte un nom inconnu, je me hâtai d'être de son avis. Il s'agissait de se conduire en homme. On nous servit notre repas à l'extrémité d'une terrasse d'où l'on jouissait de la plus belle vue sur le port et sur le fleuve. Louise et sa nouvelle amie souriaient à leur omelette. Je crois que Karl lui-même eût désiré changer avec elles, car notre plat était détestable ; mais le garçon nous traitait avec une considération marquée qui nous faisait passer sur la cuisine. Pour mieux mériter cette considération, Karl alluma un cigare. Il m'était interdit de fumer, et je n'eus garde de désobéir ; mais du moins je pouvais poser devant moi un verre de vin et le déguster d'un air de connaisseur. N'en ayant pas l'habitude, je sentis aussitôt mes oreilles s'échauffer. A l'exemple de Karl je me renversai sur ma chaise en humant l'air salin. Louise et sa protégée, assise à nos pieds sur des pliants, paraissaient moins ravies que nous autres de la situation.

« Que doit-on penser à la maison ? » murmurait ma sœur.

Je me fâchai un peu contre elle :

« Pourquoi gâter une si belle journée par des craintes ? m'écriai-je en trinquant avec Karl.

— A la vie de bord ! » cria-t-il de sa grosse voix.

Je répétai son toast en vidant mon verre tout entier d'un trait.

« Nous allons maintenant visiter le phare ? » ajoutai-je avec entrain.

Karl reprit sa mine préoccupée.

« Ce serait imprudent peut-être, car midi vient de sonner et le bateau passe à une heure. Te figures-tu notre ennui si du haut du phare nous le voyions repartir ?

— Il a raison, nous ferons mieux de rester », s'écria Louise.

Au fond je sentais que c'était plus sage, bien que le but de notre voyage eût été de voir le phare.

« Soit ! dis-je, essayant de me consoler, il suffira pour le décrire de l'examiner du dehors. »

En somme, rien ne pouvait être plus agréable que de se promener sur le rivage et d'observer l'animation du port, qui, tout médiocre qu'il est, laisse bien loin derrière lui notre port d'Ebendorf. Le temps était splendide ; ne pouvant résister à l'allégresse qui me possédait, je jetais mon bonnet en l'air, je criais, je sautais.

« Tu te conduis comme un gamin ! » disait Karl impatienté.

Quant à lui, le nez au vent, le cigare à la bouche, il regardait tout avec indifférence, comme s'il eût connu depuis longtemps ce qui était aussi nouveau pour lui que pour moi-même. Son attitude m'inspirait la plus profonde admiration.

« Quand serai-je un grand monsieur ? » pensai-je tout honteux de mes enfantillages.

En attendant, Louise jouait sur le gazon avec sa protégée, qui l'embarrassait beaucoup. Grâce à elle, il lui était impossible de nous suivre ; elle eût aimé voir de près les navires et interroger les matelots, car personne n'était plus curieuse et n'avait la langue mieux pendue que Louise ; cependant elle ne fit pas sentir à la petite qu'elle la privait d'un grand et rare plaisir. Douce autant que patiente, elle s'efforçait de comprendre le babil presque inintelligible de cette inconnue, lui tressait des couronnes de marguerites et l'égayait en lui parlant de ses propres petits frères et sœurs.

« En as-tu aussi ? » lui demanda-t-elle.

L'autre secoua la tête.

« Comment te nommes-tu ?

— Marie.

— Où demeurent tes parents? »

L'enfant ne parut pas compreudre.

« Où demeurent ton papa, ta maman?... »

A ces mots la pauvre petite fondit en larmes :

« Je veux retourner auprès de maman, sanglotait-elle, je ne veux plus être chez papa ! »

Louise, étonnée, la prit sur ses genoux, la consola de son mieux. Au moment même nous entendîmes dans le lointain le signal du bateau à vapeur. La cloche sonna, une, deux, trois fois ; nous nous précipitâmes vers le lieu du débarquement. La *Concorde* était le plus grand navire que j'eusse jamais vu de près. Sur le tillac se pressait une foule élégante, des baigneurs de Helgoland probablement.

« Montez vite ! » cria-t-on.

Nous fîmes toute la hâte possible. Je pris l'enfant des bras de Louise. Celle-ci me suivit sur le pont, où Karl nous avait déjà devancés. Je l'entendis demander à un matelot qui passait :

« Quand arriverons-nous à Brunsbuttel?

— A Brunsbuttel? Où est-ce Brunsbuttel?

— Comment, vous ne savez pas? Le bateau s'y arrête.

— Non, monsieur, dit le capitaine, intervenant ; nous ne nous arrêtons nulle part, nous allons directement à Hambourg.

— Mais il faut que nous descendions à Brunsbuttel ! s'écria impétueusement Karl, habitué à ce que tout marchât selon ses désirs.

— Et il faut que nous retournions demain à l'école, ajoutai-je désespéré, sans souci des coups de coude que me donnait Karl.

— J'en suis fâché, dit le capitaine avec une indifférence révoltante, oui, je regrette infiniment de ne pouvoir changer

« SI VOUS ÊTES SI PRESSÉS, » DIT UN AUTRE MATELOT....

l'itinéraire tout exprès pour vous. Si vous voulez retourner à terre, ne perdez pas une seconde, car nous partons. »

L'instant d'après nous retrouva sur la pelouse près du port. La *Concorde* gagnait le large en exhalant des nuages de fumée. Quel parti prendre? Karl était furieux ; il oublia sa dignité au point d'accabler cette absurde *Concorde* d'épithètes qu'on ne rencontre guère que dans la bouche d'un écolier. Avoir refusé de nous descendre à Brunsbuttel, c'était de la mauvaise volonté! Moi je pensais au lendemain, à mon père irrité, à l'école, à mon devoir inachevé sur les phares.

Louise, assise auprès de moi, la petite Marie sur ses genoux, pleurait, pauvre fille! Je savais qu'elle était préoccupée de l'affreuse inquiétude que notre absence causerait à maman beaucoup plus que de la punition qui l'attendait. Hélas! Que devenir? Nous étions là, tous les quatre, dans un pays où nous ne connaissions personne; entre nous et le toit paternel courait le fleuve, le large fleuve. Cette situation ressemblait un peu à celles que j'avais rencontrées dans les romans maritimes, mais la réalité est décidément moins amusante que la fiction.

Cependant les gens du port nous entouraient et s'apitoyaient.

« Bah! dit un homme, il ne s'agit que d'attendre demain; le *Patriote* remontera, il s'arrête toujours à Brunsbuttel, lui.

— Nous ne pouvons attendre, sous peine de manquer l'école et d'être mis en retenue, s'écria Karl, révélant lui-même la vérité qu'il avait cachée avec soin jusque-là.

— Si vous êtes si pressés, dit un autre matelot, je vous conduirai moi-même à Brunsbuttel.

— Parfait! fit Karl avec enthousiasme, en serrant la main calleuse de notre sauveur. Combien faudra-t-il de temps?

— Il est une heure; avec un vent favorable le trajet dure cinq heures.

— Quelle chance ! Nous arriverons avant la nuit à la maison ! »

Les autres bateliers hochaient la tête d'un air de doute.

« Il faudra, dit l'un d'eux, que vous ayez une forte brise. Le reflux commence à cinq heures. Gare à vous si vous êtes encore en route ! »

Nous ne fîmes pas attention à ces derniers mots ; le vent ne pouvait manquer, pensions-nous, d'être favorable.

Le bonhomme préparait sa barque, Karl était allé chercher des vivres, moi j'attendais sur le rivage avec Louise et la petite fille égarée. Dans notre trouble nous n'avions plus pensé à cette dernière ; il eût fallu la laisser retourner à Hambourg sur la *Concorde*. Que faire d'elle, maintenant ? Nous aurions pu la confier au maître de l'hôtel. Il l'eût embarquée pour Hambourg le lendemain matin ; mais elle n'en voulut pas entendre parler.

« Non, disait-elle, je ne retournerai pas chez papa, je reste avec toi ! »

Et elle s'attachait aux vêtements de Louise.

« Tu me conduiras à maman.

— Où donc demeure ta maman ? »

La petite réfléchit :

« Il y a une grande rivière, dit-elle, et des grands prés verts.

— Mais comment appelle-t-on le pays ? »

L'enfant nous regarda sans répondre.

« Ne sais-tu pas au moins le nom de ta maman ?

— Elle s'appelle maman », répliqua sans hésiter la petite Marie.

Nous n'étions pas plus avancés qu'auparavant.

« Emmenons-la, me dit ma sœur. Papa nous l'a répété bien souvent : Quiconque accueille un de ces petits, accueille Dieu lui-même.

— Mais maman a bien assez de petits enfants déjà, fis-je

observer. Tu sais toute la peine que lui donnent les plus jeunes ; elle s'en plaint souvent.

« — Je me lèverai de bonne heure, j'habillerai Marie, et j'aurai encore le temps d'aider maman à soigner les autres avant d'aller à l'école. Et puis j'ai toujours trop de pain pour mon déjeuner ; je partagerai aussi mon goûter avec elle. Je ferai moi-même ses robes. Pourquoi pas ? Je fais bien celles de ma poupée ? »

Louise parlait avec tant de volubilité qu'elle en perdait la respiration. Ses yeux brillaient, ses joues s'enflammaient tout autant que lorsque nous nous promettions d'aller régner ensemble sur une île déserte. Il fallut, pour l'interrompre, le retour de Karl, chargé de tartines de beurre.

« Tout est prêt, s'écria-t-il, nous aurons le plus beau temps ! Quelle fête d'aller dans ce petit bateau à voiles si propre, sur l'Elbe qui est ici large comme la mer ! Et nous ne serons pas trop en retard, après tout ! Venez vite ! vite !

— Mais la petite ?.., dis-je un peu inquiet.

— Oh ! nous n'avons pas le temps de lui chercher un gîte. Qu'elle vienne. A Brunsbuttel nous verrons. »

Karl l'avait bien dit, le voyage fut charmant, à quelques détails près toutefois. Le bateau était fort petit. Il n'avait qu'une seule cabine, dans laquelle il eût été impossible de se tenir debout et qui me parut d'ailleurs, malgré les affirmations contraires de Karl, d'une malpropreté repoussante. Je n'eusse voulu pour rien au monde coucher sur le grabat qui garnissait l'un des coins. On ne descendait pas par un escalier comme dans le bateau à vapeur, il eût fallu sauter dans ce vilain trou noir ; plus bas encore il y avait une place réservée aux marchandises et qui n'était pas parfumée, bien que le patron en fût très fier.

« J'ai été déjà en Angleterre, moi et mon bateau, » nous dit-il.

Peu importaient du reste les lieux inférieurs ; à l'air, on
était bien et nous restions à l'air, sans quitter des yeux Mlle Marie, qui, assez turbulente, avait une tendance fâcheuse à s'approcher du bord, qu'aucune balustrade ne protégeait, bien
entendu. Les flots brillaient, semblables à un miroir poli, le
vent gonflait doucement, très doucement les voiles, nous
avions avec nous deux matelots d'expérience, dont l'un dirigeait le gouvernail. Karl et moi, étendus tout de notre long, la
tête sur la main, nous regardions défiler des vaisseaux magnifiques appartenant aux diverses parties du monde ; cent voiles
blanches s'éparpillaient de tous côtés comme des oiseaux de
mer. Les livres ne m'avaient rien montré de plus joli, et,
contemplant, en arrière, le point où l'Elbe se perd dans
l'immensité houleuse, je réussissais sans trop de peine à me
persuader que nous commencions là un long voyage de découverte.

« Tu as eu, en somme, une fameuse idée de nous emmener
voir Kuxhaven, dis-je gaiement à Karl, et c'est un heureux
hasard qui nous a fait manquer le bateau à vapeur. Mieux vaut
mille fois avoir un bateau à soi tout seul, n'est-ce pas,
Louise ?

— Oui, répliqua ma sœur, tout est bien beau ici. »

Mais l'expression de son visage me montrait trop qu'elle
ne disait cela qu'afin de ne pas nous affliger, et qu'elle eût
voulu répondre :

« Pourvu que nous ne rentrions pas trop tard à la maison ! »
Je me sentis tout triste, car j'aimais tendrement ma petite
sœur ; pour me donner le change à moi-même, j'entonnai une
chanson de marin. Si seulement il n'avait pas fait chaud à
ce point ! Si nous avions eu un peu d'ombre ! Grillés par le
soleil, nous marchâmes d'un bout de la barque à l'autre,
mais ce n'était pas un grand espace.

Marie s'était endormie ; Louise lui couvrit le visage de son

mouchoir et la coucha près du mât, pour que la voile pût
l'abriter un peu. Cette voile pendait flasque et presque inutile; le vent était tombé; le phare de Kuxhaven semblait rester
toujours à la même distance; il fallut nous avouer, tout bas
d'abord, que nous n'avancions guère; puis nous nous plai-
gnîmes tout haut. Karl interrogeait sa montre : deux, trois,
quatre heures! Nous allions toujours plus lentement. Le soleil nous dévorait; cependant, après avoir essayé encore une
fois de la cabine, nous remontâmes au plus vite et fort dé-
goûtés.

Tout en nous éventant avec nos mouchoirs, nous faisions
causer notre capitaine, qui nous racontait ses nombreuses
aventures; mais nous ne tardâmes pas à nous apercevoir qu'il
mentait effrontément, et cette distraction perdit aussitôt tout
son charme. Les navires qui passaient nous intéressaient aussi
beaucoup moins qu'au commencement; nous nous impatien-
tions plutôt de les voir descendre le fleuve si rapidement,
tandis que nous autres, qui étions beaucoup plus pressés
qu'aucun d'eux ne pouvait l'être, nous le remontions avec
tant de peine. Jamais je n'aurais pensé qu'un voyage sur l'eau
pût devenir ennuyeux à ce point! Si du moins une tempête
était survenue; mais non, toujours ce bleu implacable et ce
soleil sans miséricorde. Il y avait de quoi se désespérer. Puis
le temps marchait, si notre bateau restait stationnaire; la
montre de Karl marquait cinq heures. Je voyais pâlir la pauvre
Louise et ses yeux se cerner de noir; je me rappelais avec
quelle insistance maman m'avait recommandé ma sœur cadette. Elle allait peut-être tomber malade par suite de ma
légèreté! Je compris alors que l'exemple même de Karl, ses
conseils, ses moqueries ne suffisaient pas à excuser ma
désobéissance, et tout le plaisir de la journée s'effaça devant
l'angoisse de ce moment.

Karl était devenu silencieux, lui aussi. Je crois qu'il se

faisait en secret les reproches que je lui adressais à part moi.
Nous forçâmes Louise de boire et de manger, bien qu'elle
prétendît n'avoir pas faim, et nous eûmes vite fait disparaître
toutes les provisions, sauf une tartine que ma sœur garda pour
la donner à Marie, qui dormait toujours, fort heureusement.

Il était tard ; le soleil devenait moins chaud, le vent s'était
levé de nouveau avec force ; nous n'avancions pourtant pas, la
marée était contre nous.

Pendant deux heures notre petit esquif lutta contre les
vagues qui le repoussaient et auxquelles le vent tenait tête,
nous empêchant de reculer. Il commençait à faire frais ; le
soleil touchait l'horizon, et ce devait être un beau spectacle
que celui du ciel et de la mer empourprés par les rayons du
couchant ; mais nous pensions à tout autre chose qu'à l'admirer : atteindre le rivage avant la nuit nous semblait désormais impossible. Pour comble d'ennui, la petite s'était éveillée
en pleurant et en appelant sa mère. Louise la calma au moyen
de la tartine qu'elle se mit en devoir de manger, tandis que
sa protectrice, appuyée au mât, joignait les mains en silence.
Les derniers feux du soir tombaient sur les boucles blondes de
Louise, elle semblait entourée d'une auréole. Je m'approchai
d'elle et joignis les mains, moi aussi. Notre seule consolation
était de penser que Dieu veillait encore sur nous et saurait
nous ramener chez nos parents.

« Franz, me dit tout bas ma sœur, nous rentrerons avant
demain à la maison. J'ai demandé pardon au bon Dieu, je lui
ai dit que nous avions mérité d'être punis, mais que, pour
l'amour de nos parents, qui ont tant de chagrin, je le priais
de nous ramener à eux, et je crois, ajouta-t-elle avec un
vaillant sourire, je suis sûre qu'il m'écoutera. Marie retrouvera
ses parents, car j'ai prié pour elle. »

J'embrassai ma chère petite sœur, capable de prendre sur
elle une partie des torts qui étaient les miens et ceux de Karl.

Elle aurait eu le droit de nous gronder ; au lieu de cela, elle priait pour nous ! En relevant la tête je vis Karl à mes côtés et je craignis ses plaisanteries ; mais cette fois le pauvre garçon n'avait pas envie de rire. Il se taisait, et je m'aperçus que ses yeux étaient rouges comme s'il eût pleuré.

Notre capitaine se grattait l'oreille :

« Ma foi, dit-il, le vent a tourné, nous sommes échoués, il faudra nous tenir tranquilles bon gré mal gré jusqu'à minuit ; alors la marée nous poussera en deux petites heures jusqu'à Brunsbuttel.

— Nous resterions ici toute la nuit? s'écria Karl.

— Vous n'avez qu'à descendre vous coucher, dit cet homme, en guise de consolation. Vous trouverez mon lit. »

Dormir sur un lit pareil, quelle horreur !

Cependant le froid devenait de plus en plus piquant. Louise et Marie tremblaient dans leurs légères robes d'été. Les deux matelots jetèrent l'ancre afin que la marée descendante ne nous entraînât pas ; nous étions arrêtés tout de bon.

Karl n'avait plus de courage, il regardait l'eau d'un air morne ; moi, je me tordais les mains ; la pensée du tourment que devait éprouver ma pauvre mère me rendait presque fou.

Louise seule restait calme. Elle fixa ses yeux bleus sur une côte vers laquelle le vent nous avait poussés et demanda :

« Quelle est cette ligne de terre ?

— C'est le Holstein, répondit notre capitaine.

— On dirait que c'est tout près, reprit ma sœur ; ne pourriez-vous nous y conduire ? Une fois là nous trouverions une voiture pour Ebendorf.

— Louise, tu es une fille d'esprit ! s'écria Karl avec admiration. Dites, est-ce possible, capitaine ?

— Peut-être, répondit celui-ci en mesurant la distance du regard. Nous y arriverons en trois quarts d'heure. Le village de Neuenfeld est le plus proche. »

On mit à la mer le canot attaché à notre barque, laquelle resta sous la garde du second matelot. A peine pouvions-nous tenir tous dans cette coquille de noix. L'enfant battait des mains.

« Ah ! tu me conduis donc enfin chez maman ! dit-elle à Louise qui la tenait sur ses genoux.

— Qu'est-ce qui te le fait croire ?

— C'est que voilà les grands prés verts », dit Marie en montrant le rivage uni que l'on distinguait de loin.

Pauvre innocente, qui croyait reconnaître dans chaque prairie son pays natal !

Nous étions donc tous pressés les uns contre les autres, et les bras robustes du patron avaient quelque peine à diriger le canot trop chargé ; mais la digue verdoyante devenait de plus en plus visible. Il me semblait découvrir, comme Robinson, une île merveilleuse. Plus nous approchions de la terre, plus l'eau baissait, plus les coups de rames étaient lents et inégaux ; de grosses gouttes de sueur ruisselaient sur le front de notre rameur. Karl voulut le remplacer, il s'était livré souvent à cet exercice ; mais faire avancer, dans l'eau basse et contre le courant, un canot si lourdement chargé lui fut impossible. Une assez grande distance nous séparait encore du rivage, lorsque nous enfonçâmes dans la vase.

« C'est fini, dit tranquillement le patron, en posant les rames.

— Comment ? Échouerons-nous si près du but ?... Mieux eût valu encore rester dans notre barque ! »

Les nuits d'été dans le Nord ne sont jamais sombres ; celle-ci était d'une sérénité merveilleuse, mais le froid piquait d'autant plus que nous ne pouvions bouger. J'entendais claquer les dents de Louise. Cette fois c'était sa faute, elle nous avait entraînés à une dernière folie ; du reste sa résignation ne se démentit pas, elle n'était occupée qu'à réchauffer la petite Marie qui gémissait.

« A L'AIDE ! » CRIA ENCORE LE PATRON.

Étant déjà entrés dans le port de Neuenfeld, nous avions des deux côtés le rivage assez près de nous. Ce n'était qu'une digue élevée au delà de laquelle on ne distinguait rien et qui était pour le moment tout à fait déserte. Nous appelâmes au secours. Personne ne vint.

« Inutile de nous égosiller, dit le patron. Les premières maisons du village sont trop loin. On n'entend pas. »

Tandis qu'il parlait, une femme de haute taille apparut sur la digue.

Elle était entièrement vêtue de noir et marchait à pas lents, le regard obstinément fixé sur la mer. Nous lui criâmes de toutes nos forces :

« Holà ! nous sommes arrêtés ! Envoyez-nous des hommes, du secours ! »

Mais elle se contenta de tourner la tête de notre côté, sans donner aucun autre signe qu'elle nous eût entendus et compris. Nous répétâmes nos prières désespérées ; elle s'arrêta et ne bougea plus ; on eût dit une statue. Parlait-on dans ce lieu une autre langue que la nôtre ? Si elle pouvait du moins deviner notre triste situation ! Pourquoi restait-elle immobile, ses vêtements noirs fouettés par le vent autour d'elle ? La distance aidant, cette grande figure sombre nous parut fantastique ; était-ce là un être humain ? N'était-ce pas plutôt la méchante fée des eaux dont parlent les contes de nourrice ?...

La peur nous prit.

« A l'aide ! cria encore le patron.

— A l'aide ! » répéta Karl.

L'étrangère éclata d'un rire strident :

« Vous aider ? Moi ? Et qui donc vient à mon secours ? Qui donc pense à me rendre mon enfant ? »

A peine la petite fille, sur les genoux de Louise, eut-elle entendu cette voix que, d'un mouvement brusque, elle se redressa pour regarder de tous ses yeux la femme en noir à qui

elle n'avait fait aucune attention jusque-là. Tout à coup elle
tendit les bras ; ses lèvres s'agitèrent. Un cri déchirant sortit
de sa petite poitrine :

« Maman ! maman ! »

Un fluide électrique sembla parcourir le corps de l'inconnue ; un cri, de joie celui-là, perçant, presque surhumain,
traversa l'espace et répondit au cri de l'enfant :

« Ma fille ! ma fille ! »

La femme en noir avait fait d'abord un mouvement comme
pour sauter du haut de la digue ; mais elle parut se raviser et
prit subitement sa course dans une autre direction.

« Voilà donc maman revenue ? dit l'enfant qui frottait ses
yeux encore assoupis. Maman ! ma chère maman ! Appelez-la,
ne la laissez pas partir encore.... »

Quelque temps s'écoula, puis l'étrangère reparut sur la
digue, suivie cette fois d'une demi-douzaine de robustes gaillards qui s'engagèrent résolument dans la vase du port. Lorsqu'il leur fut impossible d'avancer davantage, ils nous jetèrent
une corde que le patron attacha au crochet de son canot et on
nous remorqua jusqu'au bord, tandis que nous nous aidions
des rames de notre mieux. A peine étions-nous débarqués,
que la femme en deuil arracha la petite Marie des bras de
Louise et s'enfuit avec elle.

Que nous étions contents d'avoir enfin sous nos pieds un
sol ferme ! Décidément on est plus à l'aise sur terre que sur
mer. Mais nous n'en avions pas fini avec les tribulations de
cette maudite journée. Karl, qui était resté en arrière, parlant
à notre capitaine, vint nous rejoindre, très embarrassé :

« As-tu de l'argent ? » me demanda-t-il.

J'avais un écu ; résultat de mes économies sur la petite
somme que me valait une bonne place à l'école ou un certain
nombre de bons points. J'offris cette belle pièce neuve à mon
ami. Mais il secoua tristement la tête.

« C'est dix écus que réclame ce brigand pour nous avoir
amenés ici, et je n'en ai que trois ! J'ai bien aussi ma montre,
mais j'ai promis à mon père, qui me l'a donnée, de ne m'en
séparer jamais. Et le misérable nous menace grossièrement, il
veut nous faire arrêter. Quelle honte ! Nous ne rentrerons pas
cette nuit à la maison. »

Karl était hors de lui. Jusque-là il avait ignoré tout ce qui
ressemblait à un embarras d'argent. Louise s'efforça de le
consoler :

« Le bon Dieu t'aidera, Karl, il n'a pas cessé de nous venir
en aide aujourd'hui. »

Et Karl ne se moqua point de sa confiance, comme il n'eût
pas manqué de le faire autrefois. Il sentait trop que cette petite
fille si simple avait eu toujours raison contre lui depuis le
début de la folle aventure où il nous avait entraînés.

Nous atteignîmes les premières maisons du village; elles
étaient toutes propres et bien bâties. En bas, près de la digue,
était située la plus importante, et sous la porte, à notre
grande surprise, nous retrouvâmes la femme en deuil avec
Marie. Aussitôt que la petite nous eut aperçus, elle courut
à notre rencontre, prit la main de Louise et la conduisit à la
femme noire, qui l'embrassa tendrement en répétant plus de
vingt fois :

« Merci, merci ! »

Karl et moi nous restions debout, tout stupéfaits. En ce
moment un vieillard très proprement vêtu et une femme âgée
sortirent de la maison avec de grandes démonstrations de politesse et de joie. Avant de savoir ce qu'on voulait de nous,
nous nous trouvâmes dans une jolie chambre très gaie, assis
à la place d'honneur. On nous fit raconter où nous avions
recueilli l'enfant et comment nous l'avions amenée jusque-là.

« C'est Dieu, Dieu lui-même qui vous a conduits », dit le
vieillard.

4

Nous apprîmes peu à peu l'histoire de la protégée de Louise.

« Voyez-vous, mes jeunes messieurs, nous dit le vieux paysan, j'avais ici une belle ferme et mes affaires marchaient à souhait. Nous aurions été tout à fait heureux sans la mort de mon brave gendre, un cultivateur comme moi, à qui j'avais pensé pouvoir laisser mes terres quand je ne serais plus. Enfin, ma fille nous restait, pauvre âme, et aussi son enfant, notre trésor. Comme nous l'aimions, cette petite Marie ! Peut-être cependant ne l'avons-nous pas assez bien gardée. Vous savez, messieurs, à la campagne, chacun a ses travaux, les enfants ont soin d'eux-mêmes; le plus souvent on les laisse presque libres.

« Quand nous avions veillé à ce que notre Marie n'allât pas du côté de l'eau, où il y avait du danger, nous étions tranquilles, trop tranquilles. Un jour de l'an dernier, des vagabonds, des bohémiens sont venus faire leurs tours d'adresse dans la rue du village, et tous les enfants de courir les regarder ! Je ne sais comment ces brigands s'y sont pris; mais, après leur départ, nous n'avons plus retrouvé notre petit ange. Ma pauvre fille, déjà minée par le chagrin que lui causait la mort de son mari, ne résista pas à ce nouveau coup, plus terrible que le premier. Elle devint folle, messieurs. Quant à nous, malgré nos efforts, nous n'avions pu réussir à découvrir la trace de l'enfant volée. Après plusieurs mois de recherches inutiles, nous reçûmes une lettre anonyme demandant une grosse somme, avec des menaces, si nous la refusions, de se venger sur la petite Marie. L'idée de savoir notre mignonne dans de si méchantes mains nous faisait saigner le cœur, mais nous n'y pouvions rien.... Les voleurs s'étaient bien gardés de donner leur adresse. Ils avaient écrit seulement qu'il fallait envoyer l'argent poste restante dans une ville d'Amérique.

« En Amérique! Comment espérer que la justice nous vînt

en aide, si loin ? « Ces misérables recevront l'argent et garde-
« ront l'enfant, nous disaient nos amis ; n'envoyez pas ! »

« Cependant je répondis qu'on pouvait, sans crainte d'être
inquiétés, ramener la petite, que la somme serait prête. Je
m'engageais, sur ma parole d'honnête homme, à n'essayer
aucune recherche contre les ravisseurs. Ma lettre demeura sans
réponse.

« Notre pauvre fille avait, je vous l'ai dit, l'esprit égaré.
Depuis le jour de l'enlèvement, elle restait silencieuse, ne
s'habillait plus que de noir et marchait le long de la digue
toute la soirée, en regardant la mer d'un œil morne. Aujour-
d'hui, pour la première fois, à mon grand étonnement, j'ai
entendu sa voix de nouveau. Qu'était-il arrivé ? Quel miracle ?...
Elle revenait de la digue en courant. Elle parlait d'une façon
très claire, bien que ses discours fussent entrecoupés de sanglots ; elle nous conjurait de secourir une barque embourbée,
où, répétait-elle, se trouvait son enfant. Elle l'avait vue,... elle
l'avait reconnue..., elle prétendait ne pouvoir se tromper.
Naturellement nous avions peine à la croire. Et c'était vrai,
mon Dieu ! Depuis cette heure bénie, l'intelligence lui est
revenue. Comment vous remercier assez, messieurs ?... Sans
vous l'enfant ne nous aurait jamais été rendue, et la pauvre
mère ne se fût jamais rétablie. »

Le bon vieillard avait les yeux pleins de larmes et nous
serrait les mains avec effusion.

« Il ne faut pas nous parler de votre reconnaissance, répondit Karl ; elle doit être toute pour Louise que voici. C'est elle
qui a voulu prendre soin de votre petite fille, dont, sans elle,
nous ne nous serions pas chargés. »

Louise, tout intimidée, se défendait d'avoir été si bonne :
Elle n'aurait pu, balbutiait-elle, faire autrement...

Cependant le couvert était mis. On nous servit les meilleurs
produits de la basse-cour et de la cave. La femme en deuil,

qui, pendant le récit du vieillard, était allée coucher sa fille enfin retrouvée, revint prendre place auprès de nous. A ses propos personne n'aurait pu deviner qu'elle eût été folle; cependant elle ne semblait se rappeler rien du passé.

Tandis que nous satisfaisions notre faim dévorante, le batelier parut sur le seuil, et, s'adressant brusquement à Karl :

« Eh bien! dit-il, mon argent? »

Hélas! la joie que nous venions d'apporter dans cette maison nous avait distraits de nos soucis personnels! Mais le secours annoncé par la bonne Louise ne devait pas nous manquer. Le fermier se fit expliquer l'affaire et pria Karl de consentir à ce qu'il payât pour nous. Le fils orgueilleux du riche marchand fut bien un peu humilié d'avoir à accepter un service de ce genre. La chose eut sur lui du reste un effet salutaire; il n'a jamais oublié depuis que l'homme le plus favorisé par la fortune peut avoir besoin, à l'occasion, du secours de son prochain.

Il était tard. Nos hôtes voulaient nous retenir toute la nuit, mais, notre appétit calmé, le souvenir de l'école du lendemain nous revint avec la pensée douloureuse du désespoir où les nôtres devaient être plongés.

« Je comprends vos inquiétudes, dit le fermier, vous avez raison, il n'y a pas une heure à perdre; je vous reconduirai moi-même ce soir. »

Il attela deux bons chevaux à sa petite charrette et nous fûmes enfin emportés dans la claire nuit d'été vers la maison paternelle.

Des nuages rosés qui flottaient à l'horizon indiquaient déjà l'aurore quand la charrette s'arrêta devant notre porte. Nos parents accoururent, oubliant tout, sauf la joie de notre retour; ils nous embrassèrent en pleurant. Leur pâleur annonçait une veille pénible; les yeux noyés de larmes de ma mère furent pour nous un reproche plus accablant que ne l'eussent été de dures paroles. Le vieux paysan se chargea de nous excuser ; il raconta toūt, entremêlant à notre histoire celle de sa petite Marie et mille actions de grâce qui désarmèrent nos parents.

« Mais comment, dit ma mère, votre petite-fille s'était-elle trouvée sur ce bateau à vapeur, alors que vous deviez la croire en Amérique ?

— Dieu a voulu rendre l'enfant à sa mère, répondit le paysan avec une foi profonde.

— Ne peut-elle expliquer ?...

— Elle tombait de fatigue, elle n'avait rien dit encore quand j'ai tout quitté pour vous ramener vos enfants. Mon idée est que ses ravisseurs, revenus dans nos pays et traqués peut-être pour quelque autre méfait, auront pris le parti d'abandonner une charge qui ne leur rapportait rien.

— La justice finit toujours par mettre la main sur les malfaiteurs, fit observer mon père. Justement le journal d'hier mentionnait l'arrestation à Hambourg d'une bande de bohémiens, qui compte dans ses rangs un criminel déjà plusieurs fois signalé aux tribunaux, mais dont l'habileté avait jusqu'ici déjoué toutes les recherches de la police.

— Peut-être le même misérable qui forçait notre pauvre enfant à dire qu'elle était sa fille ! s'écria le vieillard en frissonnant. Mais à l'âge de Marie, les impressions ne durent pas, Dieu merci ! Elle oubliera cette affreuse année de sa première enfance. »

Ma mère pria ce digne homme de se reposer chez nous. Il refusa, ayant trop grande hâte à son tour de regagner sa maison, où le bonheur était rentré. Quant à nous, bien que le soleil se levât, nous dûmes nous mettre au lit. Quel plaisir de retrouver des draps bien blancs, après ce séjour dans la cabine fétide du bateau ! A moitié assoupi, une heure après, j'entendis causer entre eux mon père et ma mère.

« Il faut éveiller ce garçon, disait mon père, voici l'heure de l'école. »

Ma mère intercédait :

« Laisse-les reposer, pauvres petits! Ils sont si fatigués! J'écrirai au maître un mot d'excuse.

— Comme tu voudras, mais Franz doit être puni, afin que cette désobéissance ne se renouvelle plus.

— Elle ne se renouvellera jamais, affirma la douce voix de ma mère, je te le promets pour lui. Cette fois la punition est venue sans que nous nous en mêlions, et je suis sûre que Franz a plus de chagrin que si tu avais encore ajouté une réprimande. »

Mon père ne répondit rien et je me rendormis. Mais à mon réveil je n'avais pas oublié la promesse faite par ma mère en mon nom, et j'espère l'avoir tenue.

Dans l'après-midi nous portâmes à notre maître le récit de la fameuse course en mer, et je découvris qu'il n'est pas toujours agréable d'être le héros d'une aventure, car on se moqua un peu de notre expédition.

« Eh bien! jeune homme, dit le maître à Karl, qui venait de me confier tout bas que son père retiendrait sur son argent de poche les frais du voyage à Kuxhaven, eh bien, nous ne recommencerons pas de sitôt, j'imagine, une seconde traversée? »

Il avait raison; mon envie de me faire marin s'est dissipée dans ce premier essai. J'aime encore à me promener le long de la plage; mais l'eau sur laquelle j'ai passé des heures si tristes a dorénavant moins d'attrait pour moi. Louise, de son côté, ne parle plus de voyager en mer avec son frère. Elle ne voyage que jusqu'à Neuenfeld. Chaque été, pendant les vacances, une voiture vient chercher Louisette, qui passe huit jours chez sa petite protégée du bateau. On la gâte de toute manière, cela va sans dire. Elle revient toujours fraîche et rose, rapportant à maman du beurre, des œufs, et à nos petits frères un grand gâteau.

Karl est devenu plus modeste qu'il ne l'était au temps de notre équipée. L'autre jour, assis près de moi sur le rivage, il me disait :

« Je vois maintenant que tout mon argent dont j'étais si fier ne peut servir à rien en certains cas difficiles. Je vois aussi qu'il nous reste bien des choses à apprendre et plus d'une épreuve à subir avant d'avoir acquis le droit de nous considérer comme des hommes. »

ULRIC ET SON VIOLON

I

S'il existe une population laborieuse, honnête, aux mœurs douces et simples, c'est assurément celle de ce coin charmant du Jura suisse qu'on appelle le Val-Travers. Les plus petits hameaux donnent au voyageur l'idée du bien-être, de l'ordre et de l'hospitalité. Un bétail superbe s'engraisse dans les hautes vallées, mêlant le tintement de ses clochettes au fracas des cascades qui déchirent, comme autant de flèches d'argent, la noire verdure du manteau de sapins dont les montagnes sont revêtues. Le Jura n'a certes pas la grandiose majesté des Alpes, mais il est plus facilement accessible. La neige fond, chaque été, sur ses sommets ; de grands chalets bien construits abritent, aux différents étages, des familles de cultivateurs, de charbonniers ou de bûcherons, gens paisibles et graves, aux habitudes patriarcales. Plus bas, ce sont des fermes couvertes en tuiles, qui apparaissent, blanches et proprettes, à travers les arbres bien taillés d'un verger. Il se dégage du climat même, un peu froid, mais salubre, de la transparence cristalline de l'air et de la fraîcheur des eaux, partout jaillissantes,

5

une sorte de sérénité qui semble se communiquer aux caractères, à tous les sentiments de l'âme. Ce calme, un peu rêveur, n'engendre pas l'indolence; loin de là, partout l'industrie prospère, côte à côte avec l'agriculture. Le bruit des forges ou des écluses révèle un travail incessant; dans la seule petite ville de Fleurier, dix mille montres sont fabriquées chaque année. A Motiers et jusqu'aux sources pittoresques de la Reuse, le long de gorges abruptes creusées dans le roc, s'alignent en files interminables ces ateliers d'horlogerie qui occupent les femmes et les enfants comme les hommes, chacun ayant sa tâche déterminée. A Couvet, c'est la fabrication de la dentelle qui domine. Horlogers et dentelières y ont un langage et des façons que ne désavouerait pas la bourgeoisie des autres pays; tous ont suivi d'excellentes écoles et sont souvent, sans aucune prétention à s'élever au-dessus de leur état, des artistes plutôt que des ouvriers.

Le luthier Arnold, père d'Ulric, était encore, à cet égard, supérieur à ses voisins. Il exerçait modestement, dans sa petite maison tapissée de treilles, un métier qui rendit illustre Stradivarius; il fabriquait des violons, et sa femme, ses deux enfants l'aidaient dans cette besogne. Ulric, à onze ans, y était déjà fort habile; la petite Rosa s'en tenait à trier les crins et à les assortir pour monter des archets.

Tout en travaillant, Arnold racontait à son fils l'histoire des luthiers célèbres : celle des Amati, ces précurseurs de Stradivarius, qui, de père en fils, firent l'honneur de Crémone, leur ville natale; celle de Steiner, qui vécut près de cent ans dans un petit bourg du Tyrol, construisant de sa main, dans les moindre détails, chacun de ses instruments, de sorte que les amateurs s'aperçoivent immédiatement quand ils ont été *profanés*, c'est-à-dire retouchés.

« Je ne suis, quant à moi, qu'un ignorant, un maladroit, disait le père à son fils; je ne travaille guère que pour les

ménétriers de campagne; mais toi, tu pourras t'élever plus
haut, si tu veux, car tu seras moins pauvre. J'entasse, sou à
sou, dans une banque, la plus sûre de Neuchâtel, une somme
qui te permettra de voir le monde, d'étudier chez les maîtres
du métier en Italie, en Allemagne, en France. Et, si je ne me
trompe, reprenait Arnold, tu seras aussi un musicien de
talent.... Mais n'aspirons pas trop haut.... Sois luthier,... un
luthier habile, tu m'entends!... Je trouverai ta part assez
belle. C'étaient de grands artistes que Corelli et Tartini, Viotti,
Kreutzer, et tant d'autres; c'était leur roi à tous que Paganini.
Cependant, qu'eût été Paganini lui-même sans l'artisan qui
sut donner à son violon les qualités qui éclatent sous l'im-
pulsion du génie? Dieu dispense le génie; mais le luthier
prête au génie le moyen de se manifester; ainsi il aide le
bon Dieu. »

On le voit, Arnold ne manquait pas d'orgueil, sinon pour
lui, du moins pour ceux de son état; mais c'était un honnête
orgueil, sans mélange d'envie ni de sotte ambition. Il se trouvait heureux dans sa médiocrité. S'il voulait pousser plus
loin son fils, c'est qu'il avait découvert de remarquables dispositions chez Ulric, et aussi parce qu'il ne pouvait s'empêcher
de rêver, — ayant beaucoup d'imagination, un grain même
de poésie dans l'esprit.

« Attention! avait-il coutume de dire chaque fois qu'il
achevait un instrument, attention! Il va chanter. Pour le
moment, il réfléchit encore à ce qu'il nous dira, à la façon
dont il nous parlera de sa vie passée, du temps où il n'était
pas encore un violon, mais un érable dont le feuillage prenait,
en automne, des tons flamboyants, mais un pin dont les
aiguilles frissonnaient au contact du givre, mais un saule qui
baignait ses racines dans le ruisseau... Il entre, en effet, de
tous ces bois divers dans la construction d'un violon. Les
quatre cordes qui chantent *sol, ré, la, mi,* par quintes,

du grave à l'aigu, sont là pour le dire : elles vont nous montrer comment l'orage gronde sur les sommets, comment gazouillent les oiseaux dans la vallée; car ce violon a vécu jadis de la vie des bois, et, à présent, il est devenu leur pur esprit. »

La femme d'Arnold, personne sérieuse et positive, raillait doucement ces divagations inoffensives qui amusaient les enfants. Arnold, brandissant alors l'archet, se mettait à faire parler son violon de toutes les belles choses annoncées, avec un vrai chagrin de le trouver toujours moins éloquent qu'il ne l'eût souhaité.

« A ton tour, disait-il ensuite à Ulric; voyons ce que tu en tireras. »

Et, quand l'enfant avait joué avec une précision au-dessus de son âge : « Mon violon est meilleur que je ne le croyais! » disait le père en l'embrassant.

C'était surtout les dimanches d'hiver que la famille du luthier se livrait au plaisir de la musique; la jeune femme d'Arnold avait une belle voix, la petite Rosa gazouillait déjà comme un vrai chérubin. On se réunissait dans la maison d'un voisin qui possédait une épinette; d'autres amis venaient, qui avec sa flûte, qui avec sa contrebasse, et des concerts s'organisaient.

L'été, on faisait de préférence de longues promenades dans la montagne, aux Œillons, en cueillant le long du chemin des paniers de muguets, sous les chênes, aux belles chutes de la Reuse, au Creux-du-Vent où retentit un écho extraordinaire et dont les profondeurs se remplissent, lorsque le temps change, de tourbillons blancs semblables à la vapeur d'une chaudière en ébullition. On allait chercher çà et là des points de vue admirables sur le lac de Neuchâtel et la chaîne lointaine des Alpes; on arrosait un déjeuner sur l'herbe du bon vin rouge d'Auvernier ou du joyeux vin blanc de Saint-Blaise. On rentrait un peu excités, les femmes marchant d'un côté, les hommes de l'autre, les enfants devant, tous lançant en chœur, aux échos de la montagne, un chant populaire, patriotique ou religieux. Et, le lendemain, chacun reprenait, avec plus d'ardeur que jamais, son travail accoutumé de la semaine.

II

Hélas, au moment où l'heureuse famille du luthier y pensait le moins, la ruine, le deuil étaient proches! Ce banquier de Neuchâtel auquel Arnold avait imprudemment confié tout son avoir, dans l'espérance qu'il fructifierait entre ses mains, fit faillite à l'improviste, et le résultat des efforts constants, des persistantes économies de beaucoup d'années, fut perdu. Presque en même temps, une épidémie, qui était venue fondre sur le Val, enleva la femme d'Arnold.

Un pareil coup était bien fait pour égarer un esprit naturellement faible et exalté; le pauvre veuf se crut maudit du ciel, il prit en horreur le pays où il ne pouvait plus que mourir de faim; car, par une désastreuse coïncidence, le travail manquait cette année-là, et, cédant à la folle inspiration d'un moment de désespoir, il résolut de s'expatrier. Des émigrants devenus riches lui avaient parlé de la rapidité avec laquelle on faisait fortune au Nouveau Monde; sa femme n'était plus là pour modérer ses illusions par quelques sages paroles, toujours écoutées; d'ailleurs il subissait l'instinct qui fait croire à l'animal blessé qu'en fuyant il échappera au trait qui le déchire, comme s'il ne l'emportait pas avec lui.

Arnold s'embarqua donc, lui et ses orphelins, — il les nommait ainsi, — sur un des bateaux d'émigrants qui, à des époques fixes, partent de Brême ou de Hambourg.

Le navire était surchargé; on avait empilé les passagers,

pour ainsi dire; ils souffraient du manque d'espace, de la chaleur, de privations innombrables. Tous se plaignaient jour et nuit, sauf Arnold, trop triste pour s'apercevoir seulement qu'il manquât du nécessaire. Le pauvre homme passait des heures blotti dans un coin du pont, le regard tendu sur l'immensité de la mer avec une expression qui effrayait Ulric, occupé, pour sa part, de la petite Rosa. Sans lui, elle eût été fort négligée, la pauvre mignonne; mais, se rappelant tout ce que faisait, tout ce que disait sa défunte mère, Ulric s'étudiait à remplacer celle-ci. C'était sur ses genoux que Rosa répétait les prières du matin et du soir; il l'habillait en dépensant beaucoup de patience à faire entrer les boutons dans les boutonnières; il l'amusait de son mieux. Quand elle trouvait le voyage long, la soupe mauvaise, la galette qui servait de matelas dure, il lui jouait, quoiqu'il n'eût pas le cœur à la musique, un air de violon qui attirait autour de lui tous les émigrants, et finissait quelquefois par amener un sourire sur le visage amaigri de son père. Même, à deux ou trois reprises, un bal se forma à l'avant du navire; pour cela il fallait que la musique fût entraînante, car c'était assurément à danser que pensaient le moins les passagers de l'*Éclair*. Il y avait bien quelques gaillards énergiques, types de pionniers, que l'amour du gain, de l'aventure, de la nouveauté, emportait loin de leur pays; mais combien de pères de famille sans pain, combien de pauvres diables réduits à la mendicité, combien de criminels fuyant la patrie, enfin que de figures sinistres et désolées remplissaient l'entrepont du navire! N'importe, tout affamés, tout déguenillés qu'ils étaient, ils oubliaient le lendemain, leurs soucis, leurs remords peut-être, l'espace d'une heure, et Ulric disait à son père :

« Vous rappelez-vous, papa, ce que vous m'appreniez autrefois sur la magie du violon? Le mien donne de la joie aux autres en attendant qu'il nous gagne du pain, des vêtements, et qu'il vous permette de vous reposer enfin, vous qui avez tant travaillé ! »

Mais le père n'avait plus confiance en l'avenir, en son art ni en lui-même. Tout au plus comptait-il, à mesure qu'on approchait du terme de la traversée, sur les hasards de cette émigration, qui, disait-il au départ, devait être le salut.

« Est-ce que nous n'allons pas bientôt rejoindre maman ? » demandait à chaque instant la petite Rosa.

Ne se faisant pas une juste idée de la mort, Rosa était persuadée qu'elle retrouverait sa mère en Amérique. Une nuit, elle éveilla Ulric pour lui dire qu'elle avait vu en rêve cette chère maman toute blanche, marchant sur les vagues et l'appelant par son nom pour l'emmener.

« Oh ! quel dommage que ce ne soit pas encore vrai, ce joli rêve ! murmura-t-elle en pleurant.

— Tais-toi, lui dit son frère ; si papa t'entendait, cela lui ferait de la peine de savoir que tu veux le quitter.

— Mais nous ne nous quitterons pas ; il vient aussi avec maman », insista la petite fille.

Sa confiance ne fut pas trompée ; dans la même nuit, une clameur d'alarme retentit soudain : « Au feu ! au feu ! »

Un incendie en mer, la nuit !... Que peut-on imaginer de plus terrible ? Au feu ! En une seconde tout le monde fut debout dans un désordre inexprimable. Les femmes priaient tout haut avec des gémissements ; les enfants (il y en avait une fourmilière) poussaient des cris perçants. Au milieu de ce tumulte retentissait la voix brève et stridente du capitaine distribuant à chacun sa consigne. C'était un homme brave et résolu que ce capitaine, et vaillamment secondé ; mais toute la résolution, toute la bravoure du monde, les efforts les plus héroïques de la volonté humaine ne pouvaient rien contre le feu activé par un grand vent. Les ravages gagnaient toujours ; on entendait des craquements lugubres ; on voyait jaillir des aigrettes, des gerbes de flammes ici, là, de tous côtés....

« Le navire fait eau.... »

Un silence de mort accueillit cette nouvelle, puis le capitaine lança un dernier commandement :

« Les chaloupes à la mer.... »

Alors eut lieu une de ces luttes que peut seul expliquer l'égoïsme exaspéré, le désir frénétique de vivre quand la mort est si proche. Malgré le capitaine qui voulait embarquer d'abord les enfants et les femmes, un flot humain se précipita dans les chaloupes au risque de les faire sombrer.

On vit des mères tendre leurs nourrissons à ceux qui déjà se croyaient saufs, des femmes se cramponner à leurs maris qui demandaient place pour elles. « Non, non, répétaient-elles pour la plupart, mourons ensemble ! »

Et Arnold, les mains jointes, implorait tout le monde : « Sauvez mon fils ! par pitié ! Sauvez ma petite Rosa ! »

Les chaloupes étaient déjà pleines; celle où les pauvres enfants furent jetés, coulait sous le poids au moment même. Ulric entendit un cri déchirant, le cri de son père, resté avec le capitaine et une partie de l'équipage sur le pont embrasé du navire; il distingua tout près de son oreille ce mot : « Maman ! » balbutié par Rosa, puis le bruit seul des vagues gronda autour de lui et un froid mortel le saisit. Quand il reprit ses sens, le pauvre Ulric était sur un vaisseau portant le pavillon des États-Unis, qui filait vers le Texas par un bon vent. Il avait été recueilli avec d'autres épaves de l'*Éclair*. Mais, quand il appela son père, quand il appela Rosa, nul ne lui répondit.

III

Ulric fut quelques jours entre la vie et la mort, en proie à une fièvre ardente; des soins charitables le sauvèrent, et, à

peine eut-il touché terre, que la Providence lui suscita des pro-
tections. Un brave fermier, maître Smith, touché de son
isolement, déclara qu'ayant besoin d'un petit domestique,
il le prendrait à son service. L'orphelin, encore stupéfié par
la douleur, se laissa emmener où l'on voulut. Certes, la
ferme des Smith n'avait rien de commun avec les admirables
établissements agricoles qu'il avait vus dans son pays; elle
était grossièrement construite, jetée au milieu d'un vaste
territoire, inculte en grande partie, qui lui fit l'effet du désert;
mais qu'importait au pauvre enfant? La femme du fermier
lui ayant dit quelques mots dans une langue qu'il ne
comprenait pas, avec un accent bienveillant et un sourire qui lui
rappela celui de sa mère, il se mit à sangloter. C'était la première
fois depuis le naufrage que ses larmes se faisaient jour; jusque-
là il avait senti son cœur lourd et glacé au dedans de lui-même
comme une pierre. Ayant pleuré, il éprouva une sorte de
soulagement. Une petite fille vint lui essuyer les yeux. Il
l'embrassa en pleurant de plus belle, car Polly Smith avait
l'âge et les cheveux blonds de sa chère Rosa.

Durant bien des jours on ne lui permit pas de travailler;
Ulric restait morne et silencieux dans une cour de la maison.
Les scènes atroces, auxquelles il avait été mêlé, le poursuivaient
comme un cauchemar; il voyait le feu, il entendait les cris, et
de longs frissons le reprenaient. Les étrangers qui lui avaient
donné refuge le laissaient à lui-même, chacun s'occupant de ses
affaires. Cependant il était bien traité, quoique la bonté qu'on
lui témoignait fût moins délicate que celle dont il avait eu
l'habitude, et qu'elle se manifestât surtout dans les détails
matériels. La pitié de Polly lui était plus précieuse que celle
des autres; Polly lui réservait toujours une part de son goûter
et ne manquait pas d'aller manger auprès de lui ses propres
tartines, dans l'espoir sans doute d'alléger l'isolement auquel
son ignorance de l'anglais condamnait le pauvre garçon. Ces

gentillesses valaient décidément mieux que les grosses tapes
d'encouragement que le fermier lui appliquait volontiers sur
l'épaule. Bientôt il lui sembla qu'il devait y avoir quelque
douceur à confier ses chagrins. Comment faire? Personne
n'entendait son langage. Il dut exprimer au moyen de signes
son désir de se rendre utile dans la ferme et aux champs. La
petite Polly avait entrepris de lui donner des leçons; mais,
étant médiocre professeur, elle n'obtint de son élève que des
progrès insignifiants. En revanche, Polly apprit très vite un
peu de français. Ulric, de son côté, sut bientôt assez d'anglais
pour traduire une idée simple au moyen d'un seul mot. Mais
cela ne pouvait lui suffire. Il éprouvait le besoin de raconter
l'horrible événement qui l'avait laissé seul au monde; il eût
voulu dire à Polly combien était bonne et jolie sa sœur Rosa,
lui décrire ses montagnes natales, associer enfin sa nouvelle
amie aux regrets poignants qui l'obsédaient.

« Si seulement j'avais mon violon qui s'est perdu au fond
de la mer avec tout ce que j'aimais, se disait Ulric à lui-même
en soupirant, elle me comprendrait mieux. »

Cette idée bizarre lui vint six mois environ après le jour où
on l'avait recueilli à la ferme. Sa première stupeur, suivie
d'éclats de désespoir, avait fait place à une tristesse paisible,
mais incessante, qui ne l'empêchait pas, d'ailleurs, de travailler
avec zèle. Le travail était sa meilleure distraction. M. Smith
enchanté payait largement les journées du « petit Suisse ».

« J'ai fait une fameuse affaire, disait-il, le jour où j'ai cru
accomplir une bonne action. Voilà un garçon actif et raisonnable, avec ses douze ans, et rangé, économe... Il ne dépense
pas une seule des petites pièces que je lui donne. Suis son
exemple, Polly, c'est comme cela que l'on fait fortune! »

Ulric amassa peu à peu, en effet, une certaine somme; il
avait ses desseins secrets : « Si je pouvais, pensait-il, tenir là
sous mon bras un gentil violon, et me rappeler tous les airs

que mon pauvre père m'a appris, il me semble que cela me rapprocherait de lui, de maman, de ma petite Rosa. »

Un matin, étalant son trésor devant le fermier, il lui fit comprendre au moyen d'une laborieuse pantomime, renforcée de ce que le bonhomme appelait son baragouin, qu'il souhaitait de l'accompagner en ville, puisque le jour était venu d'y aller vendre les denrées.

Dès qu'il eut compris ce désir, maître Smith, enlevant son protégé par les épaules, l'assit dans sa carriole. La ville était loin, les routes détestables. Chemin faisant, Ulric eut tout le temps de raconter ce qu'il voulait acheter et le parti qu'il prétendait tirer de son acquisition. Le fermier approuvait de la tête sans distinguer un traître mot; mais enfin Ulric avait l'air content pour la première fois,... Smith n'en demandait pas davantage. Que comptait-il faire pourtant? Lorsque, ayant mis pied à terre sur la place du marché, l'enfant se perdit dans la foule, son guide éprouva le genre de malaise que doit ressentir quelque honnête rouge-gorge qui voit à l'improviste un jeune coucou quitter le nid où il l'a couvé par mégarde. Ce ne fut qu'au moment où le fermier, las d'attendre, était prêt à remonter en voiture, qu'Ulric reparut avec un méchant petit violon sous le bras. Il n'avait pu se procurer rien de meilleur dans cette ville à son aurore et encore mal approvisionnée.

Il accorda le chétif instrument, puis, le plaçant sous son menton, il attaqua un air de danse champêtre. Cet air fut joué avec entrain, tandis que le fermier, la bouche béante, se dodelinait en mesure. Et ce ne fut pas Smith seulement qui lui accorda ses suffrages, ce furent tous les paysans du marché. Ils formèrent un cercle autour de lui; la monnaie de cuivre pleuvait littéralement, et Ulric la regardait tomber d'un air ahuri.

« Vraiment, pensa-t-il, ces braves gens ne sont pas difficiles; jamais je n'ai entendu crin-crin plus discord. »

Il prit cependant son parti des ressources inespérées qui lui arrivaient. Cet argent devait lui permettre d'acheter des cordes de boyau, du laiton, du vernis, de la colophane pour transformer le *crincrin* en violon véritable. Ramassant donc les piécettes éparses, il souleva sa casquette et salua l'auditoire. C'était la première fois qu'Ulric faisait connaissance avec le public; ce ne devait pas être la dernière.

Quand il fut de nouveau dans la carriole :

« Mauvais, très mauvais! » fit-il, en frappant sur le violon, tandis que repartaient les chevaux.

« Excellent, parfait », répondit en anglais maître Smith, lui frappant à son tour sur l'épaule.

Ulric voulait s'expliquer; mais il s'aperçut bientôt que le fermier l'écoutait d'un air attentif sans plus comprendre que s'il lui eût parlé grec; néanmoins il approuvait, car « cela lui fait du bien et ne fait de mal à personne », pensait-il en lui-même.

IV

Ce soir-là, quand maître Smith eut achevé sa besogne quotidienne, il vint à la cuisine et dit à Ulric : « Maintenant, mon garçon, régale-nous d'un petit air ». En même temps, joignant l'action à la parole, il frottait du tranchant de sa main droite son bras gauche étendu. Quel ne fut pas son étonnement, presque son courroux, de voir la table jonchée de cordes, de clefs, de morceaux de bois, débris du violon acheté le jour même, et, au milieu de toutes ces ruines, Ulric, penché sur une grande feuille de papier gris, dessinant des courbes, des ellipses, des volutes, et méditant ce grimoire comme un vieil astrologue!

La petite Polly, grimpée sur un des barreaux de sa chaise,

avait l'air consternée. « Il a mis en pièces son joli violon »,
criait-elle.

Au premier moment, maître Smith s'emporta; n'ayant
jamais eu l'habitude de jeter l'argent par les fenêtres, il
trouvait l'acquisition du violon une affaire capitale déjà, et la
destruction d'un objet aussi précieux lui faisait l'effet d'un
attentat contre la propriété. Ulric pourtant croyait tout expliquer
en répétant : « Mauvais,... très mauvais! »

Polly développa sa pensée :

« Il prétend que c'était un mauvais violon et qu'il va en
fabriquer un meilleur.

— Bien meilleur! » s'écria Ulric, saisissant le sens des
paroles de son amie, et alors suivirent des éclaircissements
dignes de la tour de Babel. Comment faire comprendre que
le merisier était inférieur à l'érable et au pin pour les qualités
vibratoires, que telle pièce était si épaisse qu'elle éteignait le
son, ou si mince qu'elle le rendait aigu; que celle-ci résonnait
dans un ton et celle-là dans un autre, que telle ligne était
trop longue, telle autre trop courte, enfin qu'un bon violon
exige de l'harmonie dans les courbes qui représentent des ondes
musicales?

« De même qu'un coquillage répète les murmures de la
mer, de même un violon répète les murmures de l'air et devient ainsi une voix » lui avait dit maintes fois son père.

Tout le temps, M. Smith répondait par des « hum! hum! »
absolument comme s'il eût fort bien apprécié la chose, quoiqu'il ne se doutât même pas de ce dont il s'agissait. Il jugea
bientôt qu'ayant tant de fois répété : « hum! hum! » il se
trouvait engagé par une sorte d'approbation inconsciente.

Ulric fut donc laissé libre de poursuivre son œuvre; on lui
donna même carte blanche pour fureter dans les greniers, en
quête de débris de bois bien vieux. Il essaya son vernis sur
tous les meubles de la ferme, et, l'ayant trouvé fort bon, permit

à Polly de tenir le petit pot contenant ce fameux liquide préparé avec un soin minutieux. Polly se croyait investie d'une sorte
de sacerdoce ; elle avait assisté avec un recueillement comique
aux diverses opérations d'où résulte un violon bien conditionné.

« Maintenant, lui dit Ulric, il n'y a plus qu'à le laisser « se
faire », comme on laisse un fruit encore vert mûrir à point.
Chaque jour il gagnera en qualité,... tu verras. »

Et, chaque jour, les deux amis allaient contempler leur
chef-d'œuvre, Polly revendiquant une part de gloire, puisqu'elle avait aidé à vernir. Pour Ulric, ce violon était devenu
comme une partie de lui-même. Pendant de longues semaines
son existence avait été absorbée tout entière en lui. Tandis
qu'il y travaillait, il croyait entendre les conseils de son père,
il ne sentait plus l'isolement... Il lui semblait être dans sa
chère maison du Val-Travers et obéir aux vœux de ses parents
qui lui avaient montré si souvent sa voie dans le monde, une
voie que les circonstances le contraindraient, hélas ! à quitter :
comment devenir un grand musicien, ou seulement un luthier
habile, au Texas, en labourant la terre ?

« Il ne manque plus qu'un détail à notre violon, dit un
jour Ulric à Polly, c'est le chevalet sur lequel doivent passer
les cordes ; mais, pour le faire, il nous faudrait un morceau
de vieux sapin de Suisse. Si jamais nous nous procurons cela,
c'est alors que tu en entendras de belles ! »

Ulric avait une foi superstitieuse dans la vertu de l'unique
sapin de Suisse ; mais quelle espérance d'en trouver un morceau, si petit qu'il fût ?

V

La ferme recélait néanmoins ce talisman, désiré par Polly
autant que par lui-même. Certain soir, Mme Smith ouvrit,

par hasard, le tiroir qui renfermait des souvenirs du temps de sa jeunesse, menus colifichets, modestes bijoux, comprenant son anneau de mariage, bien trop précieux, vraiment, pour être porté à l'ordinaire.

Parmi ces reliques figurait une petite boîte sculptée qui renfermait un rang de perles d'or. Ulric ne vit que cette boîte ; il demanda la permission de l'examiner, de la toucher, puis la pressa furtivement contre ses lèvres et la remit enfin à sa place avec un gros soupir. Polly, qui suivait tous ses mouvements, comprit sans qu'il s'expliquât davantage. Ce devait être là du sapin de Suisse, et la petite boîte curieusement travaillée, dont le couvercle portait un groupe de chèvres, était venue, en effet, jadis d'Interlaken. Le commerce d'exportation accomplit tous les jours ce prodige d'envoyer jusqu'en Amérique les sculptures sur bois écloses sous le couteau d'un berger des Alpes.

Une heure après, Polly apportait triomphalement à Ulric un morceau de bois bruni par l'âge. C'était le fond de la boîte.

« Tiens, lui dit-elle, prends ; je savais qu'il était inutile de le demander à maman, et je voulais entendre chanter le violon. Je voulais surtout te faire plaisir. Aussi j'ai décollé le fond sans rien dire ; il ne tenait presque pas, et tu en feras un autre pour la boîte, qui sera aussi jolie qu'auparavant. Tu es si bon menuisier ! »

Ulric parlait désormais assez couramment l'anglais pour entendre la flatterie, et le compliment de Polly ne le laissa pas insensible ; mais il comprit bien mieux encore que son amie, trop dévouée, avait volé et qu'elle le rendait complice du vol. Regardant Polly d'un air sévère, comme s'il n'en pouvait croire ses yeux ni ses oreilles, il la saisit par le bras et l'entraîna devant le fameux tiroir.

« Que veux-tu faire ? » répétait-elle, sentant à demi que son ingénieuse idée n'avait pas eu de succès.

Déjà Ulric s'occupait à remettre en place le fond de la boîte :

« Oh! Polly, s'écria-t-il, n'as-tu pas honte? Ce brin de bois volé rendrait un son discordant que j'entendrais sans cesse au milieu des plus belles mélodies de mon violon! »

Tandis qu'il réparait de son mieux la faute de Polly, qui, tout interdite, commençait à pleurer, maître Smith entra dans la chambre.,.. Il vit le tiroir ouvert, il vit Ulric occupé à à y fouiller, il vit le collier de perles hors de la boîte, et, trompé par les apparences, poussé par la brutalité de sa nature, presque aussi grossière qu'elle était généreuse, il résuma son impression par un vigoureux soufflet qui renversa presque le pauvre Ulric.

« Vaurien! s'écria-t-il, serpent que j'ai nourri!... Tu voles tes bienfaiteurs pour les récompenser... et devant leur fille encore... Voilà donc les leçons que tu donnes à Polly! »

Ulric chancela; une flamme jaillit de ses yeux bleus; la joue que n'avait pas touchée la grosse main du fermier devint très pâle, et il dit nettement entre ses dents serrées :

« Je ne resterai pas une minute de plus dans cette maison.

— Papa, s'écriait Polly en sanglotant, papa, ne le battez pas,... c'est moi qu'il faut punir, c'est moi qui.... »

Elle acheva cette phrase la tête enfouie dans les jupes de sa mère qui était accourue au bruit.

« C'est moi qui ai volé,... ce n'est pas lui.... Il ne voulait pas, au contraire... il disait : « Non! ». Il me grondait et il remettait tout en place.... Oh! mon Dieu! que je suis malheureuse!...

— Tu peux être malheureuse, en effet, dit rudement le fermier, quand il eut enfin compris de quoi il s'agissait, car tu m'as fait commettre une injustice,... la première de ma vie. Mon garçon, ajouta-t-il, tendant la main au pauvre Ulric, tandis que Polly écoutait repentante les remontrances

III

ULRIC FIT COURIR L'ARCHET SUR LES CORDES.

de sa mère, je suis un butor... Veux-tu me pardonner?... »

Ulric hésita une seconde. Il était fier. Lorsqu'il mit enfin sa main dans celle du fermier, ses lèvres tremblaient :

« Je vous pardonne, mais personne ne m'avait jamais frappé. Il me serait impossible de rester dans cette maison, répéta-t-il.

— Tu feras ce que tu voudras, mon enfant, lui dit la fermière, et nous t'aiderons toujours de notre mieux, avec un grand regret de t'avoir offensé. Achève ton violon, reprit-elle, en lui rendant le précieux morceau de bois. Ceci t'appartient maintenant. »

VI

Le jour même, le chevalet découpé avec amour était placé, l'archet frotté de colophane, le violon accordé. L'heure solennelle de l'essai définitif sonna enfin.... Légèrement Ulric fit courir l'archet sur les cordes et en tira un son prolongé, d'une main encore hésitante. L'instant d'après, les notes s'échappaient spontanément. Il n'était plus seul ; tous les gens de la ferme étaient accourus, les voisins, les Smith, leurs domestiques, mais il ne s'en apercevait pas. La réalité vulgaire et triste n'existait point pour lui désormais, emporté qu'il était par les flots d'harmonie jaillissant comme à son insu. On eût dit qu'après un trop long emprisonnement au fond de la boîte sonore, ils avaient hâte de s'épandre au dehors, semblables aux ondes d'une rivière dont le soleil a rompu les glaces. Dans cette chambre basse d'une ferme d'Amérique, Ulric entendit gazouiller les oiseaux de son pays, il entendit les rires des petits montagnards à travers la prairie, les chœurs que l'on chantait le dimanche en revenant de cueillir le muguet. Tous les doux bruits de son enfance, tous les airs du pays à demi oubliés, semblaient se donner rendez-vous sur ces cordes palpitantes. Bientôt la mélodie devint plus suave, presque céleste ; il retrouvait les chants dont sa mère le berçait, ceux qui s'échappaient de la bouche, entr'ouverte comme une fleur, de sa petite Rosa ; il entendait tinter la clochette de son église... Pourquoi tous ces sons chéris s'étaient-ils évanouis ?... Soudain l'épouvantable vision du naufrage se dressa dans son esprit, mais non plus, comme elle faisait d'ordinaire, pour accabler et désoler son cœur ; il sentit au contraire qu'elle l'inspirait, que le fracas de la tempête, les mugissements des vagues et du feu qui se combattaient, que tout cet ensemble infernal avait un reflet dans les sanglots, les cris, les pleurs de son violon,... jusqu'à ce que des cordes émues s'élevât comme une prière touchante, la prière de l'orphelin à ses parents disparus et à Dieu qui est le père toujours présent. Il sembla que ce père qui éprouve, qui châtie et qui console, se fît entendre à son tour, pour dire aux flots soulevés : « Calmez-vous ! »

Ulric jeta son violon sur la table, cacha sa tête entre ses mains et se mit à fondre en larmes.... Larmes délicieuses qui lui révélaient sa vocation.... Comme le soufflet était oublié, comme il pensait peu au présent avec ses difficultés, ses ennuis, ses teintes mornes et grises ! Une étoile s'était levée dans la nuit ; il n'avait plus qu'à la suivre.

« Femme, dit le fermier qui avait écouté jusqu'au bout en silence, ma défunte mère me recommandait souvent de ne jamais fermer ma porte à un malheureux, de crainte que ce ne fût un ange. Et c'est bien un ange que nous avons entendu.

— Oui, répliqua tout bas la fermière ; j'ai distingué tout à coup comme un frôlement d'ailes tandis qu'il jouait.

— Oh ! Ulric, s'écria la petite Polly en courant embrasser son ami, dis que tu n'en veux plus à papa, que tu consens à rester, ou bien nous aurons tant de chagrin !...

— Je ferai ce que vous me conseillerez, répondit Ulric en relevant la tête et en tendant de lui-même la main au fermier.

— Et je te conseillerai comme le ferait ton propre père, que j'entends remplacer, s'écria le brave homme attendri. Tu l'as dit, Ulric, il ne faut pas que tu restes dans cette maison, quoique l'on t'y aime beaucoup.... Ton sort ne pourrait s'y accomplir. »

Sa voix s'altéra un instant, puis il reprit en regardant sa femme qui s'essuyait les yeux.... « Enfin, tu reviendras nous voir?... »

Le lendemain, le fermier se rendit en ville et conduisit Ulric chez un vieux missionnaire, homme éminent, amateur passionné de musique, qui, après l'avoir entendu et complimenté, promit de le recommander aux *dilettanti* qu'il connaissait; mais il fallait qu'Ulric allât sans retard à New-York.

Smith paya le voyage :

« Tu me rendras cela, dit-il, et les intérêts aussi. »

Un mois après, Ulric, échappant au péril de passer pour un petit prodige, était en rapport avec un des maîtres de l'art, un Français, en tournée à travers l'Amérique. Celui-ci le prit pour élève et l'emmena.

Peut-être est-il arrivé à plusieurs d'entre vous d'entendre dans quelque concert un homme de haute taille, aux cheveux argentés, aux yeux rêveurs, dont le violon semble avoir une âme et emprisonner des voix humaines? C'est Ulric, ou plutôt c'est celui que j'ai désigné sous le nom imaginaire d'Ulric, ne voulant pas, — vous comprendrez cette réserve, — divulguer son véritable nom que tout le monde connaît, l'humble nom de son père devenu illustre, grâce à lui. Il a réalisé la prédiction du premier et du plus aimé de ses maîtres; par le génie il s'est rapproché du ciel, où l'attendent tous ceux qu'il a chéris, qui l'inspirent et qui le protègent.

Les Smith ont été généreusement récompensés de leurs bontés à son égard. Le naïf instrument qu'il fabriqua jadis avec l'aide de Polly est encore accroché à son chevet où il ne le contemple jamais sans un sentiment de tendresse, mais bien entendu ce n'est plus de violons semblables que se sert ce grand virtuose qui est aussi un grand compositeur. Quant à sa baguette enchantée, quant à son archet, vous ne sauriez compter les diamants dont les rois de l'Europe entière l'ont enrichi, tandis que leurs peuples décernaient à ce nouveau Paganini ce qui vaut mieux que les richesses : la gloire.

LE CRIEUR DE VILLE

I

Ceci est une histoire dans laquelle il est question d'une petite fille riche, du nom d'Edith Leigh, et d'une petite fille pauvre, appelée Nancy Brown.

Pour commencer par Edith Leigh, nous dirons qu'elle avait dans sa belle maison de campagne toute sorte de plaisirs, d'animaux favoris et de joujoux magnifiques. D'abord un agneau, des lapins blancs, un faisan argenté et des poules, puis des poissons dorés dans le petit bassin de son jardinet particulier, et, tout à côté, une cabane pour serrer ses outils et même une serre pour conserver ses plantes les plus précieuses pendant l'hiver.

Elle était fille unique et n'avait pas de compagnons par conséquent ; aussi son papa et sa maman avaient-ils fait de leur mieux pour lui donner beaucoup d'occupations amusantes, afin qu'elle ne s'attristât pas d'être seule.

De tous ses favoris, celui qu'Edith préférait était un petit serin, si familier, si caressant ! Il passait son bec à travers les barreaux de sa cage pour l'embrasser, se perchait sur son

doigt et mangeait dans sa main. Et puis il tirait de son gosier
des trilles dignes d'un rossignol; Edith ne trouvait rien
d'aussi joli.

La propriété de M. Leigh n'avait qu'un défaut, et ce défaut
provenait de la grande quantité de beaux arbres qui environ-
naient la maison. C'était un endroit humide et malsain vers
l'époque de la chute des feuilles.

Edith avait été une fois si malade d'un gros rhume, dans
cette saison-là, que son papa et sa maman avaient pris la résolution d'aller toujours en octobre séjourner au bord de la mer
jusqu'à l'hiver. Au moment où commence mon histoire, la
famille se préparait à partir pour Folkestone.

Il faut vous dire qu'Edith était, comme presque tous les
enfants, ravie de changer de place, ravie à la pensée de se
baigner dans la mer, de fouiller le sable des grèves et de
faire des promenades à âne. Mais ce qui la contrariait, c'était
de quitter son jardin, ses lapins, ses poissons dorés, ses
poules, son agneau et toutes ses bêtes. Néanmoins, comme
son excellente mère lui avait dit qu'elle pourrait emporter son
serin et que c'était lui qu'elle aimait entre tous, Edith se
résigna plus aisément à laisser les autres.

Le voyage n'était pas long. M. et Mme Leigh arrivèrent avec
leur fille, vers trois heures de l'après-midi, à la maison qu'ils
devaient occuper sur Bouverie-Square. Il y avait dans cette
maison une chambre charmante pour Edith, et. à la fenêtre
de cette chambre, un clou solide pour accrocher la cage de
Dicky. Il fut bien vite installé avec une abondante provision
de sable fin, de graines et d'eau fraîche, choses dont il avait
été privé pendant le voyage. Et aussitôt il se mit à sauter et
à faire entendre ses trilles joyeux, comme s'il n'eût pas quitté
sa place habituelle.

Edith aussi se sentait heureuse, car tout était nouveau pour
elle : le soleil brillait sur la mer étincelante et elle voyait une

foule de petits enfants gais et bien portants, les uns en voiture à chèvres, d'autres montés sur des ânes, d'autres enfin courant de-ci de-là, armés de leurs pelles. Elle passa le reste de la journée à la fenêtre du salon et alla se coucher de bonne heure, afin que le lendemain fût moins long à venir, car il lui tardait d'aller, elle aussi, remuer le sable avec sa pelle et faire une promenade à âne.

Aussitôt après le déjeuner du jour suivant, Edith se rendit avec sa mère sur la plage; elle s'occupa ensuite d'acheter du seneçon pour Dicky, car il était habitué presque chaque jour à en avoir une jolie botte fraîche, provenant du jardin de sa petite maîtresse.

Mme Leigh avisa bientôt la boutique d'un fruitier, où elle entra, pendant qu'Edith restait à la porte pour voir dans la rue. Comme elle se tenait là, une pauvre femme s'avança, poussant une charrette auprès de laquelle marchait une petite fille pâle, maigre et qui semblait n'avoir pas mangé à sa faim depuis longtemps.

C'était Nancy Brown, dont je vous ai dit qu'il serait question dans mon histoire. Edith regarda cette pauvre enfant avec attention, de sorte que la mère de Nancy crut qu'elle voulait acheter quelque chose et s'arrêta, disant :

« Vous faut-il des poires ou des noix aujourd'hui, du seneçon, du mouron pour les serins, du gazon pour les alouettes?

— Oh! du seneçon, dit Edith; attendez un instant que j'appelle maman. Et elle courut au fond de la boutique.

— Maman, il y a là une pauvre femme qui a du seneçon.

— J'en ai acheté assez pour approvisionner Dicky pendant une semaine et plus, » répondit la maman; puis elle continua de donner au fruitier des instructions relativement à ce qu'il devait faire porter chez elle.

Edith vit que sa mère était occupée et qu'il ne fallait pas la déranger; aussi, en enfant bien élevée, n'insista-t-elle pas.

8

comme beaucoup d'autres l'eussent fait à sa place. Elle retourna dire à la pauvre femme que le seneçon était acheté déjà.

La marchande répondit :

« J'en suis fâchée, mademoiselle, car nous n'avons vendu, depuis ce matin, que pour huit sous de légumes. »

Et la petite Nancy regarda Edith si tristement que celle-ci en eut du chagrin.

« Vous êtes donc bien pauvres? » hasarda-t-elle, s'avançant sur le trottoir.

Nancy allait répondre, quand Edith entendit sa mère qui l'appelait et courut vite la rejoindre.

« Maman, dit-elle, il y a là une petite fille très malheureuse. Je vous en prie, donnez-moi de l'argent. Elle n'a encore gagné que huit sous.

— Un instant, répliqua Mme Leigh, prends d'abord ce paquet; tu vas le porter jusqu'à la maison. »

Edith se chargea du paquet et attendit que sa mère eût payé.

« Voyons maintenant ta petite fille. »

Edith saisit la main de sa mère et, l'entraînant jusqu'à la porte : « Elle est si pauvre, avec des yeux si tristes, et pas plus grande que moi, maman! »

Mais, quand elles furent dans la rue, la petite fille et la pauvre femme avaient disparu.

Mme Leigh et Edith eurent beau regarder à droite, à gauche ; d'aucun côté elles n'aperçurent la charrette.

II

Edith en fut contrariée. Elle s'était prise d'une belle passion pour la petite fille aux grands yeux tristes.

Sa maman lui assura qu'elle retrouverait la charrette, car

IV

CET HOMME ÉTAIT HABILLÉ COMME UN FACTEUR.

Folkestone est une petite ville qui a peu de rues. Si elles ne la rencontraient pas le matin même, ce serait certainement pour l'après-midi, et si, par extraordinaire, elles ne la rencontraient pas dans l'après-midi, elles ne pouvaient manquer de la joindre le lendemain.

Ceci consola Edith et elle s'éloigna avec sa mère. Sur le chemin, une troupe de gamins entourait un gros homme qui portait une cloche. Cet homme était habillé comme un facteur, seulement son ajustement était plus beau. Il avait sur la tête un chapeau à trois cornes avec un galon d'or et le col de son habit était aussi galonné.

« Oh maman! dit Edith, quel est cet homme? »

Sa mère lui répondit que l'homme allait parler et qu'elle pouvait écouter ce qu'il allait dire. Toutes deux s'arrêtèrent donc au milieu de la foule.

L'homme sonna sa cloche trois fois et cria ensuite en enflant la voix :

« Il a été perdu !

« Perdu !!

« Perdu !!! »

Tous les gamins éclatèrent de rire, et Edith ne put s'empêcher d'en faire autant, bien qu'elle fût un peu ahurie.

L'homme sonna encore sa cloche et répéta par trois fois :

« Il a été perdu !

« Sur la plage !

« Une *montre* de Genève ! »

Il hurla le mot *montre* d'une telle façon qu'Edith tressaillit et qu'il en fut de même pour beaucoup des enfants qui se trouvaient là.

Tous redevinrent attentifs, voyant que l'homme allait continuer :

« Il a été perdu !

« Sur la plage !

— Je ne sauterai pas cette fois, dit un petit garçon auprès d'Edith, car je sais qu'il va crier *montre* bien fort.

— Je ne sauterai pas non plus, répéta un autre petit garçon.

— Moi non plus, dit Edith à sa mère.

— « Il a été perdu!

« Sur la plage!

« Une *montre* de Genève!!

« Et sa CHAÎNE !!! »

Pour le coup, Edith fit un bond et aussi les petits garçons qui avaient dit qu'ils ne sauteraient pas; tous rirent de bon cœur de ce qu'il leur était arrivé.

Qui pouvait se douter qu'il allait crier si fort le mot *chaîne*?

Le gros homme fit connaître que quiconque trouverait cette montre et la porterait telle rue, tel numéro, aurait vingt-cinq francs de récompense. Puis il partit pour crier la même annonce dans d'autres rues.

En rentrant, Mme Leigh expliqua à sa fille que cet homme était un crieur de ville, et que les gens qui avaient perdu quelque objet, s'adressaient à lui pour qu'il le publiât partout, afin que ceux qui l'avaient trouvé pussent le rapporter à qui de droit et obtenir la récompense de leurs peines. S'il criait si fort le nom des choses perdues, c'était pour être entendu même des sourds.

III

L'heure du dîner allait sonner.

« Va vite donner à Dicky son seneçon, dit Mme Leigh, et reviens te mettre à table. »

Ayant commencé à écrire une lettre, elle fut bientôt dérangée par le retour d'Edith qui se jetait à son cou en sanglotant.

« Eh bien! chère petite, qu'y a-t-il donc? »

Mme Leigh s'aperçut que sa fille n'avait pas encore quitté ses vêtements de promenade. Craignant qu'elle ne se fût blessée en montant l'escalier, elle la prit sur ses genoux :

« Serais-tu tombée, chérie?

— Oh! non, non.

— N'as-tu pas trouvé ta bonne?

— Oh! si, si.

— Est-ce que quelque chose t'a fait peur? »

Edith secoua la tête et continua de pleurer plus fort que jamais.

« Chère enfant, tâche de me dire ce qu'il t'est arrivé, ne pleure pas ainsi. »

Edith essaya de parler, mais tout ce que sa mère put comprendre fut que quelqu'un ou quelque chose était parti.

« Qui donc est parti? »

Edith fondit en larmes de nouveau et soupira le nom de Dicky.

« Dicky? Veux-tu dire que ton serin s'est échappé? »

Edith fit de la tête un signe affirmatif et finit par raconter qu'en haut de l'escalier elle avait trouvé sa bonne qui l'attendait pour lui annoncer que quelqu'un avait laissé par mégarde la porte de la cage ouverte, et que Dicky avait dû s'envoler.

« Elle m'a montré la cage vide, sanglotait Edith, tout à fait vide, et plus de Dicky, plus rien dedans! Oh! maman, n'est-ce pas affreux? »

La bonne parut alors, la cage vide à la main, et elle confirma les paroles de la petite fille.

« Mademoiselle, dit la bonne, plaçons la cage sur la fenêtre, avec la porte ouverte; il est probable que Dicky reviendra, si vous mettez dedans votre seneçon pour l'attirer.

— Et, en admettant qu'après le dîner, Dicky ne soit pas de

retour, dit Mme Leigh, j'ai un autre plan qui, je crois, nous le fera retrouver.

— Quel plan, petite mère?

— Après dîner, je te le ferai connaître, répondit la maman. Va te débarbouiller et changer de robe. »

Dix minutes après, la cloche sonna; Edith descendit dans la salle à manger.

« Eh bien! dit Mme Leigh, as-tu mis la cage sur la fenêtre?

— Oh oui, maman, et Dicky n'est pas revenu. La cage est toujours vide. J'ai bien peur que Dicky ne revienne jamais. »

Edith était fort triste, mais comme elle avait grand'faim, dès qu'elle fut à table, elle se mit à manger, et la parole lui revint.

IV

« Maman, allez-vous me dire maintenant quel est votre projet?

— Tu demandes quel moyen je compte employer pour retrouver Dicky? Ne le devines-tu pas? »

Edith ne put deviner; elle eut beau se creuser la tête.

« N'as-tu gardé aucun souvenir de ce que nous avons vu ce matin?

— La pauvre petite fille, maman, celle qui avait des yeux si tristes?

— Non, il ne s'agit pas d'elle. Cherche encore.

— La boutique du fruitier, peut-être?

— Non. Cherche toujours. »

Edith ne trouvait pas. Tout à coup elle battit des mains et s'écria : « Vous voulez parler de ce drôle d'homme qui crie :

« Il a été perdu!

« Perdu!!

« Perdu!!! »

— Tu as deviné juste, dit Mme Leigh. Oui, c'est de lui qu'il s'agit. Nous irons lui raconter la perte de Dicky, et si quelqu'un l'a trouvé, il le rapportera bien vite.

— Mais que criera-t-il, maman? Oh! j'y suis :

« Il a été perdu!

« Perdu!!

« Perdu!!!

« Le pauvre petit Dicky! »

— Nous le laisserons crier ce qu'il voudra, » répondit Mme Leigh.

Edith et sa mère partirent à la recherche du crieur de ville. Après avoir marché longtemps inutilement, elles finirent par entendre sa cloche.

« Oh! le voilà enfin, dit Édith, le voilà, au bout de la rue. »

C'était lui en effet ; malgré la distance, on pouvait l'entendre annoncer encore la perte de la montre de Genève.

Mme Leigh se hâta de le rejoindre, et dès qu'il eut fini son annonce, l'appela d'un signe.

Edith ne put entendre ce que disait sa mère ni ce que répondait le crieur, mais quand le gros homme fut rentré dans la foule, elle attendit anxieuse.

Après les trois coups de cloche réglementaires et la triple répétition du mot *perdu*, le crieur ajouta : « un petit serin! »

— C'est le mien! » ne put s'empêcher de dire Edith à un enfant près d'elle; et elle se sentit si fière du rôle qu'elle jouait dans cette affaire, qu'elle oublia son chagrin et la perte de son petit Dicky.

Le crieur annonça que cinq francs de récompense seraient donnés à quiconque le rapporterait, 9, Bouverie-Square.

Edith attendait encore, s'imaginant que quelqu'un allait crier : « Je l'ai, c'est moi qui l'ai trouvé! »

Mais personne ne dit mot, et, l'instant d'après, le crieur changeait de place, suivi de nombreux gamins, tandis que

9

le reste de la foule se dispersait. Edith et sa mère demeu-
rèrent seules.

« J'ai bien peur que personne n'ait trouvé Dicky, dit tristement Edith.

— Mais, mon enfant, ne sois pas être si pressée ; il faut que
le crieur parcoure toute la ville pour que tous les habitants
de Folkestone connaissent la perte de Dicky. Nous ne pouvons pas avoir de nouvelles avant ce soir au plus tôt.

— Comme ce sera long !

— Non, ce ne sera pas long. Nous ne rentrerons pas avant
l'heure du thé, et d'ici là, tu feras, si tu veux, une promenade
à âne. »

Edith fut enchantée de la perspective de cette promenade, et
elle courut à l'endroit où stationnaient les ânes pour choisir le
plus joli.

V

Pendant qu'Edith jouit de sa promenade à âne, retournons
à la pauvre Mme Brown et à sa petite fille qui avaient disparu
si brusquement le matin, vous vous en souvenez.

Au moment où Édith allait chercher sa mère, Mme Brown
vit un jeune garçon qui, du coin d'une ruelle transversale, lui
faisait signe d'avancer. Craignant de perdre une occasion de
vendre, elle se hâta d'accourir. Elle remonta la ruelle et trouva
sur sa porte la femme d'un marchand de tabac qui lui
demanda un chou-fleur.

Le chou-fleur coûtait quatre sous, et la femme du marchand
de tabac donna une pièce blanche ; mais comme Mme Brown
n'avait vendu, depuis le matin, que pour huit sous de légumes, il fallut envoyer le garçon qui l'avait appelée chercher de la monnaie. Tout cela prit du temps et fut cause que

Mme Leigh, en suivant la grande rue, chercha inutilement la charrette.

Quand Mme Brown rejoignit la rue principale, Edith et sa mère avaient rencontré le crieur de ville, et il est probable que, si elles n'eussent été assourdies par la voix formidable qui publiait les annonces, elles auraient entendu la voix faible de Mme Brown crier de son côté : « Des poires, des noix ! Du mouron, du seneçon pour les petits oiseaux, du gazon pour les alouettes ! »

Mme Brown quitta bientôt la ville haute et se dirigea vers les quartiers pauvres. Après les avoir parcourus, elle prit la grande route qui longe le chemin de fer, pour rentrer chez elle.

Jusque-là elle avait été si occupée à regarder aux portes et aux fenêtres, en quête d'acheteurs, qu'elle n'avait pas remarqué combien était pâle la petite Nancy, avec quelle peine l'enfant se traînait pour la suivre. Elle s'en aperçut sur la route et, se retournant, lui demanda si elle était fatiguée ?

« Non, maman, pas trop ! »

Nancy était une petite fille très patiente, qui ne se plaignait jamais.

« Tu as faim, alors ?

— Non, pas trop.

— Tu te sens malade ?

— Non, maman, pas trop. »

La voix de la pauvre petite était toute chevrotante.

« Mais, tu pleures ! Qu'as-tu donc ? Dis-le à maman. »

Et Mme Brown, laissant sa charrette au milieu de la route, s'assit sur le revers du fossé pour prendre Nancy dans ses bras.

Chose curieuse, cela se passait juste au moment où, dans la belle maison de Bouverie-Square, Mme Leigh attirait sa petite fille sur ses genoux et s'efforçait de connaître le motif de ses pleurs.

Edith faisait à peu près les mêmes réponses que Nancy ; mais elle pleurait la perte de son serin, tandis que c'était la fatigue, la maladie, la misère et la faim qui faisaient pleurer Nancy.

Nancy, à toutes les questions de sa mère, répondait : « non, pas trop », parce qu'elle ne savait pas au juste pourquoi elle pleurait. En réalité, comme depuis plusieurs jours elle n'avait pas mangé suffisamment, et que depuis le matin elle n'avait pas mangé du tout, mais s'était traînée derrière la charrette à travers la ville, elle était épuisée et éprouvait le besoin de pleurer.

Il y avait une grande différence entre elle et Edith ; pourtant celle-ci se croyait l'être le plus malheureux qu'il y eût au monde. Mais combien d'enfants, qui se croient fort à plaindre, rougiraient de faire tant de bruit de leurs petites contrariétés s'ils songeaient à ceux dont la misère dure du matin au soir et se renouvelle tous les jours ! Certainement Edith n'aurait pas tant pleuré la perte de son serin, si elle eût pu voir Nancy dans les bras de sa mère, au bord de la route.

Mme Brown berçait tendrement son enfant en lui demandant si elle ne mangerait pas bien un petit morceau de pain, ou bien si elle préférait rentrer tout de suite se coucher.

« J'aimerais mieux aller à la maison, dit Nancy, seulement cela vous empêcherait de continuer la vente. »

Et la pauvre petite, quelque besoin qu'elle eût de repos, était toute disposée à prolonger ses souffrances pour ne pas mettre sa mère dans l'embarras.

« Oh ! répondit Mme Brown, je n'ai plus grande chance de vendre mes légumes aujourd'hui. J'ai parcouru toutes les rues et personne n'a semblé avoir envie de rien acheter. Ma marchandise n'a pas assez bonne mine pour tenter le monde, et les affaires vont de mal en pis. Je ne peux pas me procurer des légumes de choix ; peut-être le mieux serait-il de renoncer à

ce commerce-là pour tâcher de gagner notre vie autrement.
Mais que faire ? »

Nancy ne répondit rien et ne sembla même pas avoir
entendu.

Sa mère se pencha sur elle pour voir si elle dormait. Ses
yeux étaient clos et un air de joie répandu sur ses traits
fatigués.

« Entendez-vous, maman, dit-elle à demi-voix, ce petit
oiseau qui chante si bien ?

— Les oiseaux ne chantent pas au mois d'octobre, mon
enfant. Tu te trompes.

— Mais, maman, écoutez donc. C'est bien un petit oiseau ;
voilà qu'il recommence. »

C'était bien un petit oiseau qui chantait sur la route, et pourtant il n'y avait dans le voisinage ni arbre ni buisson qui pût
l'abriter.

« Voilà qui est extraordinaire, dit Mme Brown, on dirait
qu'il chante près de la charrette. Voyons ce que cela peut être.

— Prenez garde de l'effrayer, maman. Allons ensemble,
s'il vous plaît.

En approchant de la charrette, elles virent derrière un tas
de choux-fleurs un serin qui paraissait prendre grand plaisir
à picorer le seneçon.

« Oh ! le joli petit oiseau tout jaune ! Je vous en prie,
tâchez de l'attraper, que je puisse le porter à la maison.

— Le porter à la maison ! s'écria la pauvre Mme Brown,
mais qu'en ferions-nous, grand Dieu ? Nous n'avons ni cage,
ni graines, rien de ce qu'il lui faudrait.

— Il y a sous le hangar la vieille cage de la pie. Est-ce
qu'on ne pourrait pas le mettre dedans ?

— Mais il faudrait lui donner à manger, ma chérie, et comment le nourrir, nous qui manquons souvent nous-mêmes de
pain ?

— Et le seneçon, maman, riposta Nancy, nous n'en manquons pas, il l'aime bien. Voyez comme il le dévore.

— Mais il ne peut vivre de seneçon seulement, ce n'est pas un oiseau des champs. Il est accoutumé au millet, au biscuit et à bien d'autres choses encore... Et puis il n'est pas à nous. C'est par accident qu'il a dû sortir de sa cage.

— Oh! chère maman, je vous en supplie, ne me refusez pas; j'en mourrais. »

Et Nancy fondit en larmes.

Mme Brown n'eut pas le courage de faire des objections. L'état de Nancy l'épouvantait, car, pour pleurer si facilement, il fallait qu'elle fût bien malade, elle qui d'ordinaire était l'enfant la plus douce, la plus raisonnable qu'il y eût au monde. Il lui tardait de rentrer pour la mettre au lit. Sans ajouter un mot, elle s'avança vers l'oiseau et s'en empara. Le serin se débattit un peu d'abord, mais presque aussitôt il se calma et resta tranquille, car c'était, vous le savez, un oiseau bien apprivoisé et habitué à être tenu dans la main.

Mme Brown le remit donc à Nancy, puis, plaçant enfant et serin sur la charrette, poussa le tout vers son gîte.

VI

Mme Brown habitait une chambre dans la maisonnette d'un maraîcher. Le maraîcher et sa femme étaient de braves gens, vraiment bons pour Nancy et pour sa mère; mais ils étaient si pauvres qu'ils avaient bien de la peine à se nourrir et à se vêtir eux-mêmes, de sorte qu'ils ne pouvaient pas les aider beaucoup.

Le vieux King fournissait à sa locataire les fruits et les légumes qu'elle allait vendre. Il lui cédait à bon compte le rebut du jardin, tout ce qui n'eût pu se placer au marché; or, comme les plus beaux produits du vieux King étaient assez médiocres déjà, vous devez en conclure que les marchandises de Mme Brown ne valaient pas grand'chose; toutefois celle-ci se trouvait encore bien heureuse d'avoir ces misérables légumes, car elle n'aurait pu s'en procurer d'autres, et le maraîcher lui faisait crédit, ce qui était un grand soulagement pour elle les jours où la vente n'allait pas, — comme ce jour-là précisément.

Dans le jardin, il y avait un petit hangar qui servait au vieux King pour serrer ses outils et à Mme Brown pour mettre à l'abri sa charrette. Ce hangar était le lieu où Nancy jouait de préférence; elle s'amusait là tout aussi bien que Mlle Edith dans le beau parc de ses parents.

C'est parce qu'elle se tenait si souvent sous le hangar que Nancy songea tout de suite à la cage qu'elle connaissait depuis longtemps.

Cette cage avait appartenu à son père, qui était pêcheur et qui avait péri en mer, il y avait bien des années déjà. Elle servait de domicile à une pie qui mourut peu de temps après son maître, de chagrin, disait Mme Brown, les larmes aux yeux, — faute de soins plutôt, disaient les voisins, car depuis la mort de feu Brown, sa veuve était devenue trop pauvre pour pouvoir s'occuper de l'oiseau comme elle faisait du vivant de son mari.

De toutes façons, la pie étant morte, la cage pouvait être mise à la disposition de M. Dicky quand il pénétra dans la maisonnette, serré bien fort par Nancy qui craignait de le voir s'échapper.

Mme Brown porta l'enfant sur son lit et alla chercher la cage.

Elle la chercha d'abord dans tous les coins et recoins, et ne la découvrit que quand elle se fut cogné la tête contre un de ses angles, tant les toiles d'araignées qui la couvraient la rendaient méconnaissable. Elle la porta au grand jour, et, après l'avoir nettoyée, constata qu'elle pouvait encore servir.

C'était une grande cage d'osier, pas du tout faite pour un serin, mais sans barreaux cassés, ce qui était l'essentiel.

L'enfant n'eut pas la force de s'asseoir pour la regarder.

Mme Brown mit Dicky dans la cage. Sans doute il s'était trouvé mal à l'aise entre les doigts de Nancy, car aussitôt il se prit à voleter en poussant des cris joyeux.

Lui ayant donné de l'eau et du seneçon, la mère revint déshabiller sa fille, à qui elle demanda si elle ne prendrait pas volontiers un peu de lait.

Nancy, somnolente, fit signe que oui, et Mme Brown partit en lui promettant de ne pas rester absente longtemps.

A son retour, Nancy était trop souffrante pour pouvoir manger : elle goûta le lait, mais ne toucha pas au pain. La mère poussa les volets, afin d'assombrir la chambre et voulut porter Dicky dehors dans la crainte qu'il ne fît du bruit, mais au moment où elle prenait la cage, Nancy ouvrit les yeux et son regard sembla demander qu'on ne lui enlevât pas le petit oiseau.

Dicky resta donc et se comporta fort bien jusqu'à ce que, la nuit survenant, il s'endormît, la tête sous l'aile.

Nancy passa une nuit fort agitée.

Le médecin vint, la trouva fort mal et déclara que son état exigeait de grands soins. Un bon régime était indispensable pour la remettre des fatigues et des privations qu'elle avait endurées.

Pauvre Mme Brown! Après le départ du docteur, sa situation lui apparut sous un jour plus triste que jamais. La maladie de sa fille allait l'empêcher de travailler, car elle ne pouvait la laisser seule; et si elle restait à la maison, comment ferait-elle pour se procurer le nécessaire?

Dans son désespoir, elle ouvrit l'Évangile et ses regards

tombèrent sur ces mots : « Ne vous mettez point en peine et ne dites point : Où trouverons-nous de quoi manger, de quoi boire, de quoi nous vêtir, comme font les païens qui s'inquiètent de ces choses, car votre Père sait que vous en avez besoin. »

Les yeux de la pauvre femme se remplissaient de larmes de joie à mesure qu'elle lisait; ces paroles semblaient être une promesse que Dieu pourvoirait aux besoins de Nancy.

Voulant continuer, elle s'approcha de la fenêtre et lut : « Considérez les oiseaux du ciel; ils ne sèment point, ils ne moissonnent point et n'amassent rien dans les greniers; mais notre Père céleste les nourrit. »

La chambre était si sombre qu'elle poussa le volet afin de voir plus clair. Un rayon de soleil entra, et le petit serin aussitôt se mit à gazouiller. Il parut à Mme Brown qu'il entonnait un hymne de louange et de reconnaissance, car c'était un oiseau du ciel qui n'avait ni semé, ni moissonné, ni fait aucune provision avant de s'échapper de sa cage, et pourtant il avait trouvé nourriture et abri.

« Mais votre Père céleste les nourrit », répéta la veuve, bénissant l'oiseau de lui avoir rendu si claires les paroles du Maître.

Dès lors elle ne se laissa plus aller au désespoir tant que dura la maladie de sa fille. Ce n'était donc pas un hasard qui avait amené Dicky !

Les jours succédèrent aux jours, et jusqu'à ce que Nancy fût entrée en convalescence, le serin, tenu dans l'obscurité, s'imagina que la nuit durait encore, de sorte qu'il ne mangea guère; et comme son unique nourriture était du seneçon, il maigrit sensiblement.

Pendant ce temps-là, le crieur de ville parcourait les rues, faisant inutilement l'annonce de la perte de l'oiseau.

VII

Quand Nancy fut mieux, la première chose qu'elle demanda fut que l'on plaçât la cage sur son lit, afin de mieux voir son serin. Celui-ci se familiarisa bien vite avec elle et ils devinrent de grands amis.

De son côté, Mme Brown se privait souvent d'un sou pour acheter du millet au petit oiseau qui avait fait rentrer l'espoir dans son cœur.

Cependant ses dernières ressources étaient épuisées ; le peu d'épargnes qu'elle possédait avait été absorbé, et il ne restait plus rien à la maison. Elle résolut de reprendre sa charrette dès le lendemain et demanda au vieux King de lui confier par charité un assortiment de fruits et de légumes.

Le bon jardinier fut charitable comme toujours, et Mme Brown fit ses dispositions pour se mettre en route.

« J'ai bien faim, lui dit Nancy quand elle vint l'embrasser, et le serin a faim aussi.

— Tant mieux, mon enfant, c'est une preuve que tu te rétablis ; je vais sortir et je rapporterai un joli morceau de viande pour faire du bouillon.

— Apportez des graines pour lui, maman.

— Certainement, des graines pour lui », répéta Mme Brown.

L'enfant lui dit au revoir, l'oiseau poussa un petit cri d'adieu et la mère partit pour la ville.

Tout d'abord l'air de la mer qu'elle n'avait pas respiré depuis tant de jours la fortifia. Elle eut bien vite atteint les rues où elle avait l'habitude de promener son petit commerce et se mit à crier sa marchandise comme par le passé. Mais la saison était avancée ; il ne faisait plus chaud comme à l'époque où Nancy était tombée malade ; la pluie tombait et il y avait peu de monde dehors. Nul ne jetait seulement un coup d'œil sur la charrette.

Une heure s'écoula sans qu'elle eût rien vendu, puis deux heures. Elle arriva enfin à la ruelle où demeurait la marchande de tabac, espérant décider celle-ci à lui acheter quelque légume ; mais la place était prise ; une autre charrette stationnait devant la boutique, et son ancienne cliente était en train d'y faire des acquisitions.

Mme Brown passa tout droit et continua de crier sa marchandise. Elle avait envie de se mettre à genoux devant les passants pour les supplier de lui acheter quelque chose.

Sur ces entrefaites, deux enfants, suivis de leur bonne, s'arrêtèrent.

« Je voudrais bien du gazon pour mon alouette, dit le petit garçon.

— Vous n'avez pas d'argent cette semaine, monsieur Édouard, objecta la bonne. Vous savez bien que, faute de bons points, vos parents ne vous ont rien donné samedi dernier. »

Le petit garçon parut consterné et il soupira :

« Quel dommage que je n'aie pas bien travaillé la semaine passée ! »

Mme Brown le regrettait certes plus que lui. Quand nous nous conduisons mal, nous faisons tort aux autres comme à nous-mêmes. Si le petit Édouard avait bien travaillé et s'il avait été sage, il aurait eu de l'argent, son alouette y eût gagné du gazon, et Mme Brown aurait pu acheter à manger pour la pauvre Nancy.

« Ne pleure pas, Édouard, dit la petite fille à son frère, j'ai eu ma semaine, moi, et je vais acheter le gazon pour ton alouette.

— Mademoiselle, dit la bonne, vous avez dépensé tant d'argent en coquillages, qu'il ne vous reste pas de quoi payer le gazon. Je vous avais bien dit que vous regretteriez vos emplettes, mais voilà comme vous êtes toujours. Vous voulez tout ce que vous voyez. »

La petite fille, confuse, ne répondit rien.

« Pourtant, ajouta la bonne, vous avez peut-être quelque monnaie encore; j'ai vu le marchand vous en rendre. »

La petite fille fouilla dans ses poches et finit par les tourner à l'envers, mais sans rien trouver.

« Que faisiez-vous donc sauter en quittant la plage, n'était-ce pas un sou par hasard?

— Je crois bien que oui, répondit l'enfant en rougissant. J'ai dû le perdre. Quel ennui! Je voudrais bien l'avoir conservé.

— Ce sera une leçon pour vous une autre fois, dit la bonne. Gaspiller ainsi les sous, quand il y a tant de gens qui meurent de faim, faute d'en avoir!... »

Les enfants, considérant le visage navré de Mme Brown, comprirent la justesse de la remarque de leur bonne et furent tout chagrins d'être obligés de partir sans rien donner.

Il se faisait tard; la pauvre mère sentait qu'il ne servirait à rien de rester plus longtemps dehors; mais comment rentrer et ne rien apporter à Nancy, sans parler du vieux King?

Pensant à son enfant alitée, elle faillit pleurer, mais les paroles qui l'avaient déjà consolée lui revinrent à l'esprit. « Considérez les oiseaux de l'air... Votre Père sait que vous avez besoin de ces choses. »

Oui, Dieu savait que la convalescente avait besoin d'une bonne nourriture. Il avait pris soin de Dicky, il devait prendre soin également de Nancy.

Comme Mme Brown s'essuyait les yeux, elle entendit à trois reprises sonner une cloche, puis ces mots arrivèrent jusqu'à elle :

« Il a été perdu, perdu, perdu... un petit serin. »

Frappée de l'idée qu'il s'agissait de celui qu'elle avait trouvé, elle se rapprocha du crieur, qui achevait son annonce :

« Quiconque le rapportera, 9, Bouverie-Square, aura cinq francs de récompense ! »

La foule se sépara comme à l'ordinaire, le crieur continua sa promenade et Mme Brown demeura seule au milieu de la rue.

Je vous laisse à penser sa joie.

Cinq francs ! Il lui semblait que ce fût une fortune ; car avec cinq francs, ne pouvait-elle pas acheter ce dont elle avait besoin pour Nancy ?

Elle remercia Dieu du fond du cœur, Dieu qui savait ce qu'il lui fallait, et retourna chez elle pour prendre Dicky afin de le rapporter à Bouverie-Square.

La pluie tombait bien fort, mais elle n'y prenait pas garde, quoiqu'elle fût vêtue très légèrement, car elle songeait aux cinq francs qu'elle allait avoir dans une heure, ou plutôt elle ne songeait qu'à une chose : arriver vite.

VIII

« L'enfant dort toujours, lui cria au passage la mère King. Un peu de bouillon lui ferait du bien ; elle a mangé tout le pain et le lait que vous lui aviez laissé.

— Elle va en avoir du bouillon, Dieu merci ! dit Mme Brown le visage rayonnant. Est-ce qu'elle m'a demandée ?

— Elle vous aurait demandée pour sûr, n'était son petit serin qui lui tient compagnie, répondit la bonne vieille. Il faut que la cage soit sur son lit, et ils s'embrassent à travers les barreaux que c'est un plaisir de les voir. C'est elle qui appelle ça s'embrasser ; moi je dis que c'est recevoir des coups de bec.

Ne m'a-t-elle pas fait approcher la figure de la cage pour voir combien il était caressant? Ma lèvre saigne encore de ce baiser-là. Mais que je ne vous retienne pas. Vous avez à préparer le dîner. »

Mme Brown monta lentement l'escalier. Ce qu'elle venait d'entendre troublait un peu sa joie.

Le bavardage de la vieille femme l'avait avertie d'une chose qu'elle n'avait pas comprise jusque-là : pour Nancy elle apportait une mauvaise nouvelle.

Comment annoncerait-t-elle à l'enfant que l'oiseau devait la quitter, sans provoquer une explosion de douleur?

Elle entra tout doucement.

Nancy dormait, et Dicky, à côté d'elle dans sa cage, poussait d'instant en instant un petit cri, comme pour lui dire de se réveiller, afin de recommencer leurs jeux.

Mme Brown, debout au pied du lit, fut frappée de l'aspect souffreteux de l'enfant, et son cœur saigna bien fort à la pensée qu'il faudrait l'affliger dès son réveil.

Pourtant c'était indispensable et le temps pressait.

Il faisait presque nuit. Si elle ne portait pas bien vite le serin à Bouverie-Square, elle pouvait trouver la maison fermée; alors pas de cinq francs pour ce jour-là et par suite pas de bouillon pour Nancy.

« Enlevons l'oiseau pendant qu'elle est endormie, se dit Mme Brown, je lui raconterai plus tard toute l'affaire. »

Comme une voleuse, elle s'avança sur la pointe des pieds et emporta la cage avec précaution. Déjà elle tournait le bouton de la porte quand Dicky se mit à chanter, mais à chanter si fort que Nancy se réveilla.

En ouvrant les yeux : « Où donc est mon petit serin? s'écria-t-elle.

— Le voilà, chérie, » répondit Mme Brown rentrant bien vite et remettant la cage sur le lit.

Elle s'assit près de Nancy et causa de choses et d'autres, dans l'espoir que l'enfant lui viendrait en aide en demandant si elle avait acheté du millet. C'eût été un moyen d'aborder la question. Elle aurait fait valoir que, dans l'intérêt de l'oiseau, il fallait le rapporter à ses anciens maîtres qui étaient à même de lui donner autant de graines et de sucre qu'il pouvait en désirer ; Nancy était une enfant si bonne, si peu égoïste, que, par amour pour le serin, elle s'en séparerait peut-être avec joie.

Mais Nancy n'avait pas envie de causer ; elle ferma les yeux aussitôt que Dicky fut replacé à côté d'elle et eut l'air de vouloir se rendormir.

Que devait faire Mme Brown ?

Bouverie-Square était à une certaine distance, et, si elle voulait y aller, il fallait partir tout de suite.

Elle rassembla ses forces, et, se penchant sur Nancy, finit par lui dire sans préambule :

« Sais-tu que j'ai découvert d'où vient le serin ?

— Oh! moi aussi je le sais, murmura la petite fille. Mme King me l'a dit. »

— Comment se fait-il qu'elle le sache, se demanda Mme Brown, et comment, le sachant, ne m'en a-t-elle rien dit ?

Elle ne fit pas part à Nancy de cette réflexion, mais, contente de penser que l'enfant était quelque peu préparée, elle reprit avec plus de calme :

« Ah! elle te l'a dit? Eh bien, chérie, ne penses-tu pas que je devrais le reconduire là d'où il vient ?

— Si loin, maman! Mais vous ne le pourriez !

— Ce n'est pas si loin que cela, dit Mme Brown, et la cage n'est pas bien lourde.

— Mais il faudrait vous embarquer sur la mer, maman.

— Sur la mer! répéta Mme Brown, tu rêves.

— Du tout, répliqua Nancy ; je sais qu'il faudrait vous

embarquer sur la mer, Mme King l'a dit. Vous resteriez bien des jours en route et bien des nuits aussi.

— Mais, bon Dieu, d'où croit-elle donc que vient ce serin? s'écria Mme Brown.

— Des îles Canaries, répondit Nancy avec assurance; c'est bien loin, allez; quelque part dans un pays qu'on appelle l'Afrique, je crois.

— Oh! ce n'est pas du tout ce que je voulais dire. Je parlais, moi, de l'endroit d'où était parti le serin le jour que nous l'avons trouvé, d'une maison de Bouverie-Square. Ses maîtres ont offert cinq francs de récompense à qui le rapporterait. Tu vois bien, ma petite Nancy, qu'il faut que je le rende à ces gens-là; il leur appartient, il n'est pas à nous. »

Nancy, sans répondre, se cacha la tête sous les couvertures; son oreiller était trempé de pleurs; elle étouffait, à force de vouloir comprimer ses sanglots; ensuite elle fut prise d'une quinte de toux.

Mme Brown, effrayée, finit par lui dire que, si elle voulait se calmer, être sage, on ne la priverait pas de son serin. Et Nancy s'apaisant, tomba dans un profond sommeil la minute d'après.

Mme Brown se demandait ce qu'il lui restait à faire.

Elle sentait que c'était mal de laisser plus longtemps les maîtres de Dicky dans l'ignorance de son sort, alors qu'elle l'avait détenu, involontairement sans doute, pendant quinze grands jours. Elle se persuadait d'un autre côté que Nancy, qui s'était toujours montrée si honnête, ne s'opposerait plus le lendemain au départ de l'oiseau. Elle finit donc par conclure qu'il lui fallait courir à Bouverie-Square, faire connaître ce qui était arrivé et promettre de rapporter le serin dès le lendemain. Si ces gens-là étaient compatissants, ils lui donneraient peut-être tout de suite, vu l'état de son enfant, les cinq francs promis.

Priant Dieu d'attendrir leur cœur et de veiller sur Nancy pendant son absence, elle sortit de nouveau, à peine défendue contre le froid et la pluie par un pauvre châle bien mince.

Il faisait tout à fait nuit quand elle arriva au n° 9 de Bou-verie-Square.

Elle sonna en tremblant, car elle était inquiète, ne sachant pas à quelle sorte de personne Dicky appartenait. Si ce pouvait être à une dame, surtout à une dame ayant des enfants, pour sûr cette dame-là aurait pitié de la pauvre petite Nancy.

Un domestique ouvrit.

« Puis-je voir la dame de la maison?

— Cela dépend. Que désirez-vous?

— Il y a une dame, se dit la malheureuse, reprenant un peu de courage.

« Voulez-vous lui dire, continua-t-elle tout haut, que quel-qu'un a trouvé son serin? »

Le domestique fit asseoir Mme Brown dans le vestibule, en attendant qu'il eût prévenu sa maîtresse. Il revint ensuite et l'introduisit dans une pièce où il la laissa seule.

Mme Brown jeta un coup d'œil anxieux autour d'elle, cher-chant à deviner d'après un indice quelconque si la dame était bonne ou non.

Il y avait une poupée sur le sofa et un chapeau de paille, un chapeau d'enfant sur la table. « Si elle a une petite fille, pensa Mme Brown, elle s'intéressera à la mienne. »

Presque aussitôt une porte s'ouvrit et la mère de Nancy se trouva en face de la mère d'Edith.

IX

Revenons maintenant à Edith, que nous avons laissée cou-rant pour choisir un bon âne.

11

Il n'en restait qu'un, de sorte que le choix fut bientôt fait. Et c'était un bon âne tout de même, ni fatigué, ni paresseux, de sorte qu'elle put faire un joli temps de galop sur la route.

Elle rentra après cinq heures.

Quand elle vint rejoindre son père et sa mère au salon, sa première parole fut pour demander si l'on avait retrouvé Dicky.

« Pas encore, répondit Mme Leigh.

— Ah mon Dieu! ah mon Dieu! s'écria Edith. Et il fait nuit! Que va dire le pauvre Dicky?

— Qu'est-il donc arrivé? » demanda M. Leigh.

Edith s'installa sur les genoux de son père et lui raconta la triste histoire de Dicky, les annonces du crieur public à travers la ville et le peu de succès qu'elles avaient eu.

L'histoire fut si longue, qu'Edith n'avait pas encore fini quand vint l'heure d'aller se coucher.

Elle demanda de rester encore un peu au salon, pour le cas où quelqu'un rapporterait Dicky dans la soirée. Sa maman y consentit.

Chaque fois qu'elle entendait sonner, Edith courait à la fenêtre et en revenait très désappointée.

Elle vit successivement apporter un paquet, une lettre, des journaux, et finit par rester une bonne fois à la fenêtre, pour n'avoir plus à se déranger. Son père l'aidait à faire le guet.

On sonna encore plusieurs fois dans la soirée, mais personne n'apporta le serin, et, quand l'obscurité devint trop grande pour qu'il fût possible de rien voir sur la place, Mme Leigh décida qu'Edith devait aller dormir.

La pauvre petite se désolait sur le sort de Dicky contraint à rester dehors dans la nuit, sans cage et sans nourriture.

Lecteur, vous savez bien qu'elle n'avait pas besoin de tant se chagriner, car Dicky avait trouvé une cage et du seneçon à discrétion; mais Edith ne pouvait le deviner; elle se coucha le cœur gros et pria sa bonne de couvrir la cage vide, dont la vue lui faisait mal.

Le lendemain matin, aussitôt après le déjeuner, elle sortit avec sa mère, et, rejoignant le crieur de ville, lui demanda des nouvelles de son serin. Il n'en avait aucune.

La journée s'écoula, puis la soirée, sans qu'on entendît parler de Dicky. Edith resta en observation, à la fenêtre, jusqu'à sept heures du soir, avec son papa, mais personne ne rapporta Dicky, et elle alla se coucher aussi désolée que la veille.

Il en fut de même le jour d'après et tous ceux qui suivirent.

Pauvre Edith ! C'était une perte cruelle pour elle que celle de Dicky. Elle n'avait ni frère ni sœur, et il était devenu pour elle un vrai petit camarade.

Le matin où Mme Brown sortit pour la première fois après la maladie de Nancy, il faisait mauvais temps, de sorte qu'Edith, ne pouvant quitter la maison, eut tout le loisir de se livrer à ses tristes pensées. Quand Mme Leigh, qui était allée rendre des visites, revint, elle trouva l'enfant dans sa chambre, assise devant la fenêtre, occupée à regarder les gouttes de pluie qui tombaient du toit. Son visage était baigné de larmes.

« Je suis si malheureuse sans Dicky ! soupira Edith, cachant sa tête dans le sein de sa mère.

— Est-ce pour cela que tu pleures ?

— Non, pas tant pour cela que pour une autre chose bien plus terrible.

— Qu'est-ce donc, mon amour ?

— J'ai peur qu'il n'ait été mangé par quelque horrible, gourmand, cruel, scélérat de chat, sanglota Edith, et je ne puis m'empêcher de pleurer quand j'y songe. »

Mme Leigh fut très affligée de l'état où elle voyait sa fille. Elle n'était pas éloignée de croire que ses craintes fussent fondées, car il lui semblait étrange que, depuis dix jours, on n'eût pas de nouvelles de l'oiseau.

« Oh! maman! reprit Edith avec exaltation, je déteste les chats, je voudrais les tuer tous. Alors ils ne pourraient plus croquer nos petits oiseaux. Pourquoi le font-ils quand ils ont du mou de veau et tant d'autres choses à manger, des choses délicieuses?

— Mais, mon ange, c'est leur nature qui les porte à cela, et il ne faut pas plus leur en vouloir qu'à nous-mêmes qui mangeons des poulets, des moutons et même de pauvres petits pigeons. Pourquoi ne dirais-tu pas aussi bien que ton père et moi nous méritons la mort, parce que nous allons manger un lapin ce soir, à dîner, alors qu'il y a tant d'autres bonnes choses que nous pourrions nous faire servir? On ne doit pas tuer les chats parce qu'ils obéissent à leurs instincts dans le choix de leur nourriture. Lequel est le plus cruel de tuer un chat ou de tuer un oiseau? Je crois bien, ajouta-t-elle en riant, que ma petite Edith est plus méchante que les chats, car elle veut les tuer tous, parce qu'elle suppose qu'un seul a mangé son petit serin. C'est à cela que tu as songé toute la journée?

— Oui, répondit tristement Edith, toute la journée, excepté quand je pensais à deux autres choses.

— Quelles sont ces deux choses, chérie?

— D'abord que Dicky est peut-être tombé dans la mer, où il se sera noyé, dit Edith d'une voix vibrante; ensuite qu'un gamin abominable l'a peut-être attrapé et l'aura vendu à quelque vilain marchand d'oiseaux qui l'aura tué, et puis empaillé, et puis placé dans la vitrine de sa boutique. Oh! si un de ces jours j'allais voir Dicky avec des yeux de cristal et retenu sur un perchoir par des fils de fer! Je n'oserai plus regarder les boutiques maintenant, non! Ah! que j'ai de chagrin, ma petite maman! »

Edith fondit de nouveau en larmes.

« Je comprends, chère mignonne, dit Mme Leigh la caressant ; mais il faut tâcher de ne s'arrêter à ces idées-là que le moins possible.

— Si je pouvais seulement apprendre qu'il se porte bien et qu'il est en sûreté, sanglotait Edith, il me semble que je me ferais à l'idée de ne plus jamais le voir ; mais c'est affreux de rester dans le doute quand on songe à tout ce qui a pu lui arriver. »

En ce moment on frappa à la porte.

« Il y a là une femme qui désire voir madame, annonça le domestique.

— Quel ennui ! dit Edith ; j'avais tant besoin de causer avec vous.

— Ce ne sera pas long, » répondit Mme Leigh.

Elle se leva et, tout en marchant vers l'escalier : « Savez-vous qui me demande, Thomas ? demanda-t-elle.

— Une femme qui prétend avoir trouvé le serin de Mlle Edith.

— Eh bien, entends-tu ce que dit Thomas ? »

Edith avait bien entendu, car elle se tenait debout, les yeux rayonnants, le teint animé, prête à s'élancer.

« Est-ce qu'elle l'apporte ? s'écria-t-elle. L'a-t-elle dans sa main ? Dites-le-moi bien vite ! »

Mais Thomas était déjà reparti.

« Je vais aller voir, répondit Mme Leigh. Attends-moi ici. Je remonterai tout de suite avec Dicky, car sans doute cette femme l'apporte. Pourquoi l'aurait-elle laissé chez elle ? »

Edith suivit des yeux sa mère, du haut de l'escalier, et, quand elle l'eut vue disparaître par la porte du salon, elle courut auprès de sa bonne lui annoncer la nouvelle.

La bonne fut si contente du bonheur d'Edith qui sautait de joie, qu'elle consentit à sauter avec elle, pendant près de dix minutes. Après quoi, comme elles étaient essoufflées toutes deux, elles s'arrêtèrent.

Mais Mme Leigh ne reparaissait pas.

Pour faire passer le temps, elles préparèrent la cage à l'intention de l'Enfant prodigue. L'eau fraîche, les graines, le colifichet, le sucre, rien ne fut épargné; puis la cage fut remise à sa place devant la fenêtre.

« Quand je pense, disait Edith, que ce soir Dicky va se retrouver là et que je pourrai le caresser comme autrefois!

— Pourvu qu'il n'ait pas perdu ses petits talents! reprenait la bonne. Mais d'où vient qu'il soit resté perdu si longtemps? »

Et toujours pour faire passer le temps, elles se livraient l'une et l'autre aux conjectures les plus extraordinaires.

Quand elles furent lasses de faire des suppositions, elles recommencèrent à danser. Puis elles changèrent l'eau qu'elles avaient mise dans la baignoire, parce qu'il semblait à Edith qu'il était tombé dedans un peu de poussière.

Mais après cela, le temps commença vraiment à paraître bien long. Une demi-heure s'était écoulée; la maman ne revenait pas.

X.

Mme Leigh s'était rendue dans la chambre où l'attendait en tremblant la pauvre Mme Brown.

« Eh bien, ma bonne femme, dit-elle en entrant, vous avez donc trouvé le serin de ma petite fille? Mais... »

Elle s'arrêta court, surprise de ne pas voir l'oiseau.

« Je ne l'ai pas apporté, madame, interrompit avec émotion Mme Brown; je l'apporterai demain de bonne heure, du moins, si vous voulez être assez bonne pour attendre jusque-là. » Et elle attacha sur Mme Leigh un regard suppliant.

« D'où vient que vous ne l'avez pas ici? »

Certes, Mme Leigh avait l'air affable, mais son accent témoignait néanmoins d'une certaine surprise, peut-être d'un peu de méfiance.

« C'est une longue histoire, reprit la mère de Nancy, une histoire bien triste. » Sa voix expirait sur ses lèvres.

Mme Leigh, touchée, l'encouragea par quelques bienveillantes paroles et la fit asseoir.

Alors, Mme Brown raconta comment elle avait trouvé Dicky, combien il lui avait été utile pendant la maladie de sa fille, et tout le chagrin qu'avait éprouvé celle-ci en apprenant qu'elle devait se séparer de son oiseau.

« La petite est trop malade pour entendre qu'on ne doit pas garder ce qui ne vous appartient pas, ajouta-t-elle, et j'ai eu peur de lui faire du mal en insistant. Vous comprendrez cela, madame, vous qui avez une petite fille. Mais demain...

— Ne vous inquiétez pas, dit Mme Leigh, attendrie. Votre fille gardera l'oiseau, ce soir, demain, et tout le temps qu'il faudra. Ce serait mal reconnaître ce que vous avez fait pour lui que de l'enlever à la pauvre petite avant qu'elle soit guérie.

— Dieu vous bénisse, madame, et vous récompense de votre bonté! répondit Mme Brown. Mais Nancy sera assez bien dans un jour ou deux, j'espère, pour juger que le serin doit être rendu à ses maîtres, car c'est une enfant raisonnable; seulement, voyez-vous, la maladie lui a aigri le caractère pour un moment.

— Il faut la soigner, afin qu'elle reprenne vite des forces, dit Mme Leigh, et cela me rappelle que je n'ai pas encore donné les cinq francs de récompense! Les gens de Folkestone doivent être fatigués d'entendre promettre ces cinq francs à quiconque retrouvera le serin. »

Là-dessus elle tira dix francs de sa bourse et les offrit à Mme Brown.

« C'est que je n'ai pas de monnaie, balbutia la pauvre femme.

— Vous ne m'en devez pas, dit en souriant Mme Leigh. Cinq francs de récompense pour avoir trouvé Dicky et cinq francs pour payer sa nourriture depuis dix jours, cela fait bien dix francs.

— Grand merci, madame, mais il ne m'a pas entraînée à de fortes dépenses.

— Comment donc, reprit Mme Leigh en comptant sur ses doigts : du seneçon à discrétion, des graines, du sable, beau- coup de soins, le logement, sans compter l'affection de sa petite gardienne. Mais ceci nous ne pouvons le payer, n'est-ce pas, madame Brown? » Et, sans lui donner le temps de répon- dre, elle sonna, en ajoutant : « Il est trop tard pour que vous fassiez du bouillon aujourd'hui; aussi je vais en envoyer à Nancy avec un peu de confitures, et demain matin j'irai la voir. »

Là-dessus Thomas reçut des instructions, et, quand il re- conduisit Mme Brown à la porte, la pauvre créature pliait sous le poids des provisions dont elle était chargée.

Comme Mme Leigh montait toute pensive l'escalier pour aller rejoindre sa fille, elle faillit être renversée par un ou- ragan qui la surprit à mi-chemin. C'était Edith qui s'élançait à sa rencontre et se cramponnait à sa robe.

« Ah! s'écria Mme Leigh, quelle peur tu m'as faite!

— Enfin, vous voilà donc, maman! Donnez-le-moi vite, je vous en prie. Vous le tenez, n'est-ce pas?

— Je viens d'entendre une histoire bien lamentable, Edith! » répondit Mme Leigh.

Elle songeait à la petite Nancy, à sa pauvre mère, aux souf- frances que toutes les deux avaient endurées, et elle avait perdu de vue l'affaire du serin.

« Très bien, maman, mais Dicky?

— Il est en bonne santé.

— Mais où est-il donc? Cette femme ne l'a-t-elle pas rap- porté? Qu'en a-t-elle fait? Répondez-moi vite. »

Edith trépignait d'impatience.

Mme Leigh resta un moment silencieuse, frappée de l'égoïsme dont peut être capable un enfant, quand il s'agit de ses plaisirs ou de ses petits intérêts.

« Maman, reprit Edith, pourquoi donc ne me répondez-vous pas? Pourquoi paraissez-vous si sérieuse?

— Je vais te raconter l'histoire dont je parlais tout à l'heure, et alors tu comprendras pourquoi je suis si sérieuse, comme tu dis.

— Oh! mais parlez-moi d'abord de Dicky!

— Je t'ai déjà dit qu'il est en bonne santé et à l'abri de tout danger, répondit Mme Leigh, seulement tu ne peux l'avoir ce soir.

— Pourquoi?

— C'est précisément ce que je veux te raconter; viens dans ma chambre. »

Edith suivit sa mère en faisant la moue. Sa contenance trahissait tant de mécontentement que Mme Leigh ne put s'empêcher de lui rappeler qu'une demi-heure auparavant elle eût renoncé de bon cœur à jamais revoir Dicky, pourvu qu'elle fût rassurée sur son sort.

« C'est que la cage est toute prête », dit Edith recommençant à pleurer.

Mme Leigh raconta l'histoire que nous connaissons déjà, et qui, à sa profonde surprise, ne parut pas produire grande impression sur Edith. Après l'avoir patiemment écoutée : « J'ai autant que cette Nancy besoin d'avoir l'oiseau, et il est à moi, dit la petite fille.

— A merveille, répondit sa mère, tu auras ton oiseau, non pas ce soir, mais demain à la première heure. Je m'étais imaginé que tu l'aurais laissé à Nancy jusqu'à sa guérison complète, d'autant plus que, sans Mme Brown, Dicky serait mort sans doute depuis longtemps. Mais puisque tu ne te soucies pas

12

d'être bonne, nous irons chercher ton serin aussitôt après le déjeuner; seulement tu ne l'emporteras qu'à une condition.

— Laquelle ?

— Je te la ferai connaître demain. Maintenant va te coucher. »

Mme Leigh embrassa sa fille avec tant de froideur qu'Edith lui dit : « Vous ne m'embrassez pas comme de coutume. Est-ce que vous êtes fâchée contre moi, maman ?

— Non, répondit sa mère; seulement je suis peinée de voir que ma petite fille est égoïste, qu'elle a le cœur dur. Mais ce n'est pas le moment de parler de cela, il faut que je descende au salon. »

Elle repoussa doucement, sans l'embrasser de nouveau, Edith qui se cramponnait à elle, et elle descendit l'escalier, pendant que sa fille se couchait mécontente, chagrine, animée de sentiments bien différents de ceux que vous vous seriez attendu à rencontrer chez une personne qui vient de retrouver un ami depuis longtemps perdu.

XI

Edith se réveilla le lendemain sous une double impression, l'une charmante et l'autre pénible.

Elle se souvenait que Dicky était retrouvé, mais elle se souvenait aussi du mécontentement de sa mère et de l'air grave avec lequel celle-ci lui avait dit la veille : « Nous irons chercher ton serin, mais à une condition. »

« Quelle peut bien être cette condition ? » se demandait Edith pendant qu'on l'habillait.

Elle n'était pas sans inquiétude, car chaque fois que sa mère avait mis une condition à l'accomplissement de quelqu'un de ses désirs, cette condition impliquait une restriction désa-

gréable ; c'est ainsi que, peu de jours auparavant, il lui avait
été permis d'assister au souper de ses parents, à la condition
que le lendemain elle irait se coucher une demi-heure plus tôt
que de coutume.

Enfin un domestique vint la chercher avec mission de prendre la cage de Dicky et de la placer dans la voiture.

Edith ne pouvait contenir sa joie; mais cette satisfaction
fut singulièrement diminuée, quand, en entrant dans la salle
à manger, elle vit sa mère grave autant que la veille au
soir.

Néanmoins Mme Leigh ne lui parla de rien, et lorsque Edith demanda quelle condition elle mettait au retour de
l'oiseau, elle répondit qu'elle l'apprendrait en temps et lieu.

Pendant toute la route l'enfant pensait : « Enfin je vais
rapporter Dicky à la maison ».

Sa mère persistait dans le même silence.

« Maman, se hasarda-t-elle à dire enfin, serez-vous contente
de revoir Dicky?

— Certainement, très contente.

— Moi aussi », reprit bien timidement Edith.

Un peu plus loin, elle recommença : « Maman?

— Qu'y a-t-il?

— Voulez-vous me faire connaître la condition, maintenant?

— Oui. La condition est que tu diras toi-même à la pauvre
petite malade que tu es venue lui enlever l'oiseau.

— Oh ! maman, répondit Edith en rougissant, pourquoi
donc?

— Parce que je ne puis le faire moi-même. Pour rien au
monde je ne saurais me résoudre à commettre un acte aussi
cruel. S'il doit être accompli, ce ne peut être que par toi. Et
maintenant, descends, car la voiture ne peut s'engager dans
cet étroit passage. »

En arrivant, elles furent introduites par la vieille Mme King. Elles gravirent l'espèce d'échelle conduisant à la chambre de la malade, et, avant d'entrer, purent apercevoir, par la porte entr'ouverte, cette dernière étendue sur son lit.

Quelle ne fut pas la surprise d'Edith en reconnaissant l'enfant aux yeux si tristes qui l'avait tant intéressée quinze jours auparavant et qu'elle avait inutilement cherchée depuis dans les rues de Folkestone !

« Maman, dit-elle à demi-voix, c'est elle, c'est la petite fille ! »

— Chut ! fit Mme Leigh, ne la réveillons pas. »

Edith attendit en silence qu'il plût à sa mère d'entrer. Mais Nancy, se retournant sur son lit : « Maman, murmura-t-elle, êtes-vous là ?

— Tu as fait un long somme, chérie, dit Mme Brown s'approchant du lit, il va être dix heures ; tu dois te trouver mieux, n'est-ce pas ?

— Approchez-vous davantage, maman, reprit Nancy, je voudrais vous dire quelque chose.

— Quoi donc, mon enfant ?

— Il y a un moment que je suis éveillée et je réfléchissais.

— A quoi donc ?

— J'ai été bien méchante hier soir, poursuivit la petite malade d'une voix si faible que ses paroles arrivaient à peine aux oreilles de Mme Leigh et d'Edith. Il faudra porter le serin à ses amis riches, et je ne dirai rien ; je vous promets même de ne pas pleurer ; seulement je voudrais que ce fût le plus tôt possible.

— Ah ! je reconnais ma bonne petite Nancy ! s'écria avec bonheur Mme Brown. Je savais bien que ce matin tu le laisserais partir, et c'est ce que j'ai dit à la dame.

— Quelle dame, maman ?

— Tu dormais hier soir quand je suis allée à Bouverie-

Square pour faire savoir à la maîtresse du serin qu'il était ici en sûreté. C'est elle qui t'a envoyé le bouillon que tu as pris cette nuit et qui t'a procuré un si bon sommeil. La dame et sa petite fille, d'après ce qu'elle m'a dit, craignaient de ne plus jamais revoir l'oiseau.

— Il appartient donc à une petite fille, maman ?

— A une petite fille de ton âge à peu près, je crois.

— Oh ! la pauvre petite ! s'écria Nancy, comme elle a dû avoir du chagrin d'en être séparée si longtemps ! J'ai été trop méchante en vous empêchant de le lui rapporter hier soir. Rendez-le-lui tout de suite, maman, et dites-lui que je suis bien fâchée de ce qui est arrivé. »

Mme Leigh regarda Edith sans proférer une parole ; ce regard semblait dire : « Vous n'avez pas eu pitié de Nancy, et Nancy est touchée de votre chagrin. Quand je vous ai raconté son histoire, vous avez répondu : « J'ai autant que Nancy besoin d'avoir Dicky et il est à moi. » Dès qu'elle apprend votre histoire, elle dit : « Oh ! la pauvre petite fille ! Rapportez-lui bien vite son oiseau ! » Vous n'avez pensé qu'à vous-même. Elle ne pense qu'à vous.

— Donnez-moi l'oiseau, que je l'embrasse encore une fois, » dit la petite voix faible dans l'intérieur de la chambre.

On entendit un baiser, puis des sanglots étouffés.

Edith n'y put tenir, elle s'élança par la porte entr'ouverte, et Mme Leigh put la voir auprès du lit, tenant dans ses deux mains la main de Nancy, à qui elle répétait : « Non, non, ne lui dites pas adieu ; il ne partira pas ; vous le garderez tant que vous voudrez, seulement ne pleurez plus. Je ne peux pas vous voir pleurer. »

Tout cela s'accomplit si vite que, quand Mme Leigh s'approcha à son tour, Edith avait fini de parler et essuyait avec son mouchoir les yeux de la petite Nancy.

Quant à Dicky, il reconnut tout de suite sa maîtresse et fit

tant de bruit dans sa cage que Mme Leigh fut obligée de le
laisser sortir, afin qu'il pût aller caresser Edith.

La joie était générale, mais Mme Leigh déclara bientôt
qu'on devait ménager les forces de Nancy; elle promit de revenir le lendemain.

« Tous les jours, n'est-ce pas, maman? » demanda Edith.

A la façon dont sa maman lui serrait la main en s'en allant,
elle vit bien que tout mécontentement avait disparu.

« Eh bien, mademoiselle Edith, lui dit sa bonne quand
elle rentra, où donc est Dicky?

— Je ne l'ai pas rapporté, répondit Edith; je l'ai laissé à
Nancy qui en a beaucoup plus besoin que moi, et je suis bien
plus contente que si je l'avais. »

Le soir, sa maman lui représenta tout le mal que peut produire l'égoïsme, et lui fit comprendre combien il est affreux
d'être insensible au bonheur ou au malheur des autres; mais
Edith regrettait trop sa faute pour qu'il fût nécessaire d'insister beaucoup.

Voulant se rendre compte de l'impression que cette aventure
avait produite sur sa fille, Mme Leigh résolut de lui laisser
toute initiative, relativement au retour de Dicky. Elle ne lui
parla donc plus de rien.

Pendant dix jours, Edith se rendit chaque matin auprès de
Nancy, lui portant ses jouets et ses livres d'images et ne disant
pas un mot de l'oiseau.

Le jour du départ approchait rapidement, et Mme Leigh,
s'apercevant que sa fille devenait triste, lui demanda un soir
la cause de son chagrin.

« C'est, répondit l'enfant, que Nancy va être privée pendant
longtemps de Dicky et qu'elle en aura beaucoup de chagrin.
J'ai bien songé à un moyen et c'est ce qui me rend triste;
aujourd'hui seulement j'en ai pris mon parti. » Mais Edith
fondit en larmes à la pensée du sacrifice qu'elle s'imposait

volontairement. « Je vais donner mon serin à Nancy, ajouta-t-elle, cachant son visage sur les genoux de sa mère. Je ne puis m'empêcher de pleurer, quand j'y songe ; mais j'y suis bien décidée.

— Cela ne sera pas nécessaire, mon amour, dit Mme Leigh. je suis convenue avec Mme Brown d'une chose dont je ne t'ai pas encore parlé. Il s'agit de ne te séparer ni de Dicky ni de Nancy. »

Alors elle lui expliqua qu'elle avait proposé à Mme Brown de venir habiter sur leurs terres une maisonnette à laquelle attenait un jardin où elle cultiverait des légumes pour les vendre au marché. La digne femme gagnerait ainsi plus aisément sa vie qu'à Folkestone. Nancy irait à l'école du village et entrerait en condition quand elle serait d'âge à le faire. Qu'est-ce qui empêcherait que ce fût chez eux ?

« De cette façon, si Nancy garde Dicky, tu pourras le voir tous les jours ; si c'est toi qui le gardes, elle pourra aussi bien le voir tous les jours », dit Mme Leigh en terminant.

Je n'ai pas besoin de vous apprendre que ce projet plut à tout le monde. Lorsque partirent M. et Mme Leigh avec Edith, Nancy et sa mère quittèrent aussi Folkestone.

Il y a plusieurs années que tout cela est arrivé. Edith est maintenant une grande demoiselle, qui va se promener avec sa gouvernante et prend beaucoup de leçons. Nancy est aussi une grande fille. Elle a quitté l'école et apprend à faire des robes, afin de devenir plus tard une habile ouvrière. Dicky paraît très vieux. Sa voix est éraillée, et il reste presque toute la journée en place sur le même perchoir.

La plupart des gens dont je vous ai parlé ont bien changé depuis lors. Le crieur de ville est le seul que vous puissiez encore reconnaître. S'il vous arrivait d'aller à Folkestone, vous le rencontreriez sans aucun doute dans les rues, avec son escorte de gamins, et vous l'entendriez peut-être crier :

Il a été perdu — sur la plage
Une montre de Genève avec sa chaîne !
Quiconque la rapportera
A Bouverie-Square
Recevra vingt-cinq francs
De récompense !

TROUVÉ DANS UNE CAISSE

« Voulez-vous que je vous le dise? Vous n'avez pas plus d'ambition qu'un escargot, monsieur Joe Somerby ! »

Mme Somerby adressa cette énergique apostrophe à son mari, tout en vaquant, les manches retroussées plus haut que le coude, aux soins du ménage.

Joe, qui fumait tranquillement sa pipe, ne s'interrompit qu'un instant pour répondre :

« Eh bien, après?...

— Après?... Que deviendrions-nous, bon Dieu, si je vous ressemblais? Vous avez la prétention de faire le commerce des chiffons, n'est-ce pas? Tout votre argent passe à en acheter de ces malheureux chiffons... Vous emmagasinez la marchandise, bon ! Et puis vous croyez que tout est dit ! Le grenier en regorge, la grange en déborde, le hangar aussi... Je ne puis plus remuer pied ni patte sans rencontrer un tas de chiffons. Répondez, monsieur Somerby ! Qu'attendez-vous pour les vendre?... »

Joe continuait d'envoyer méthodiquement au plafond les bouffées de sa pipe.

13

« Vous attendez,... vous attendez toujours, et en attendant vous laissez passer les bonnes occasions. »

Mme Somerby alla ranger son balai dans une armoire, puis, d'un air pensif et profond :

« Écoute, reprit-elle, j'ai un pressentiment... »

Joe ne manifesta aucune curiosité ; ce ne fut qu'après avoir achevé sa pipe qu'il prononça lentement : « Voyons, ma petite femme...

— Oui, j'ai un pressentiment.... » Et la petite femme interpellée vint s'asseoir aux côtés de son seigneur et maître. « Si tu portes aujourd'hui un lot de chiffons en ville, tu trouveras acquéreur chez le premier fabricant de papier auquel tu t'adresseras. C'est une idée qui me poursuit depuis ce matin.

— Je ferai ce que je jugerai convenable », répliqua Joe avec dignité. — Cependant il se levait et serrait sa pipe.

Mme Somerby trouva inutile d'insister ; elle connaissait son excellent mari comme elle connaissait l'horloge de la cuisine ; elle savait jusqu'à quel point précis il fallait tourner la clef, après quoi horloge et mari marchaient tout seuls. Un peu trop vive peut-être, elle était bien la moitié qui convenait à un homme plein de bonnes intentions, mais passablement engourdi ; Joe avait la plus haute opinion du mérite de sa femme, ne se fâchait d'aucune de ses boutades, et quand elle le *réveillait*, selon son expression, un peu trop rudement, il l'excusait tout le premier en disant : « Elle a un si bon cœur! » C'était vrai. Le cœur de Mme Somerby était aussi chaud que son humeur était parfois difficile.

Une heure après, la carriole avançait tout attelée devant la porte. Mme Somerby s'élança, un morceau de sucre à la main, au-devant de Tom, pauvre vieux cheval efflanqué que Joe avait acheté autrefois avec la prétention de s'en défaire ensuite à gros bénéfice : « Dans un mois, avait-il dit, j'en aurai fait un trotteur et je le revendrai à quelque riche bourgeois. »

Son système de perfectionnement ne valait rien ou bien le sujet n'offrait pas d'étoffe. Quoi qu'il en fût, Tom continuait à mettre péniblement un pied devant l'autre et se refusait obstinément à engraisser ; mais, trotteur ou non, il était devenu la coqueluche des deux époux, qui eussent refusé de s'en défaire à aucun prix. C'étaient de braves gens que ces Somerby, prompts à s'attacher et fidèles aux objets de leur affection.

« Qu'il est gentil ! » s'écria Mme Somerby quand le vieux Tom se mit à hennir.

Elle l'embrassa sur les naseaux, tandis que M. Somerby tâtait les jambes de son élève avec une évidente satisfaction :

« Il est en progrès, ma chère Clarisse, décidément en progrès !

— Attends, Joe, dit Clarisse, je vais t'aider, mon ami. »

Elle se mit à charger les sacs avec lui, malgré tout ce qu'il pouvait dire et faire pour l'en empêcher :

« Il est certain, déclara-t-elle, quand le dernier sac fut dans la voiture, que nous devrions avoir à notre service quelque jeune garçon pour te donner un coup de main au besoin.

— Sans doute, ce n'est pas un travail de femme que tu fais là, ma Clarisse. Ah ! si le bon Dieu nous avait donné un fils ! Il pourrait avoir vingt ans aujourd'hui. Allons, ne t'afflige pas,... les enfants sont souvent une cause de souci... » Tout en constatant cette vérité banale, M. Somerby poussait un gros soupir de regret. Un fils eût été le complément et la plus belle part en somme de son bonheur. « Ne t'afflige pas, répéta-t-il, va plutôt préparer le goûter qu'il faut que j'emporte. »

Mme Somerby emballa soigneusement un fin repas dans un petit panier, alla chercher la peau de bique et le chapeau de son mari, lui donna le tout avec un gros baiser, et, longtemps après qu'il eut disparu au tournant de la route, continua d'agiter son mouchoir.

« Quelle femme j'ai là ! pensait le bon Joe en se dirigeant

vers la ville, — sa maison était à quelques milles de Boston, dans la campagne, — quel trésor! Je ne suis pas à sa hauteur, je le sais... — et un éclair d'orgueil conjugal jaillit de son œil bleu, un œil de brebis, — mais ça n'empêche pas. Avanceras-tu, Tom?... » Et il décocha un coup de fouet très doux au prétendu trotteur qui, la tête entre les jambes, semblait perdu dans une méditation profonde.

Tom ne témoigna pas la moindre émotion; il continua de se traîner cahin-caha. Le froid piquait ferme : Joe, impatienté de la lenteur de son cheval, fut obligé de marcher pour se réchauffer un peu. Il était plus de midi quand la carriole fit son entrée en ville.

Arrivé sur la place du marché, Joe attacha son cher Tom à un anneau de fer scellé dans la muraille, le revêtit soigneusement d'une bonne couverture, lui mit au nez un sac d'avoine, puis s'en alla offrir ses chiffons. Malheureusement, c'était l'heure du dîner : tous les fabricants de papier auxquels il avait affaire étaient allés prendre leur repas.

« Jusqu'ici, pensa Joe, je n'ai pas grande confiance dans le pressentiment de ma femme. Pourvu qu'ils prennent ma marchandise à la fin! Ce serait dur d'avoir fait pour rien une telle course par ce froid de loup... »

Il était remonté sur son siège et s'occupait à ouvrir son panier de provisions.

Au moment même un fait étrange se produisit. Tom releva brusquement sa tête pensive, renifla avec bruit et finit par se cabrer de toute sa hauteur.

« Eh bien! s'écria son maître, ravi de cette manifestation inattendue de force et d'entrain, tu te décides donc à devenir un trotteur comme je l'avais dit, mon gaillard?

— Votre poulet d'Inde a-t-il souvent des lubies comme ça? demanda un polisson qui faisait la roue sur ses mains dans le marché, au grand ravissement de ses camarades.

— Il est un peu vif, dit Joe avec fierté. N'approchez pas, mes enfants. »

Déjà cependant Tom s'était calmé, mais ses gros yeux ternes restaient obstinément fixés sur une pile de caisses que l'on apercevait dans la cour à l'entrée de laquelle il était attaché.

« Qu'est-ce qui te tracasse, mon Tom ?

— C'est l'ermite qui le chagrine, fit un des gamins en montrant du doigt une grande caisse dressée contre le mur d'où l'on voyait sortir une tête et des épaules.

— As-tu bientôt fini de faire peur à mon cheval, mauvais sujet! » cria le marchand de chiffons.

La figure interpellée s'était penchée en avant; elle était très pâle, avec de grands yeux creusés, hagards, les yeux d'un affamé. Joe Somerby eut le temps d'en faire la remarque, si courte qu'eût été cette apparition.

Il reprit son goûter interrompu, mais garda les guides en main, de crainte que Tom ne fût effrayé par une nouvelle sortie de l'ermite, comme on l'appelait. Celui-ci néanmoins ne donnait plus signe de vie; Joe en conclut qu'il préparait quelque mauvais tour. Un peu inquiet, il mit pied à terre et alla regarder ce qui se passait dans la caisse : quelle fut sa surprise, en approchant, de voir un enfant à genoux et d'entendre le mot : « Mon Dieu! » prononcé entre deux sanglots, avec un tel accent de douleur et de prière que son cœur en fut tout ému.

« Pauvre petit, murmura l'honnête marchand de chiffons, pauvre petit! Il a froid, il a faim, peut-être, il a quelque gros chagrin, très certainement. Si ma femme était ici, elle saurait l'interroger, elle arrangerait ses affaires... Oh! elle s'y prendrait bien, la fine mouche!... Moi, je ne sais pas; je voudrais pourtant bien le tirer d'embarras... Voyons... Hé! petit!... »

L'enfant, qui tournait le dos à demi, était en train d'enfiler une aiguille pour raccommoder ses haillons probablement ; il fit un soubresaut.

« Pourquoi restes-tu là, mon enfant, à geler ? Tu devrais rentrer chez toi, dit avec bonté M. Somerby.

— Où voulez-vous que j'aille ? répondit le pauvret. Je n'ai pas d'autre chez moi que celui-ci.

— Allons donc ! tu te moques ! Prétends-tu me faire accroire que tu loges dans une vieille caisse ? »

Celui qu'on appelait l'ermite eut une minute d'hésitation :

« Monsieur, dit-il enfin, vous êtes de la campagne ?...

— Eh bien, après ? Est-ce que je porte ma qualité de campagnard écrite sur la figure ? » dit M. Somerby d'un ton bourru, car il avait la prétention, quand il était en toilette, d'avoir aussi bonne mine qu'aucun citadin.

L'enfant parut intimidé par cette brusque sortie ; néanmoins il reprit à demi-voix :

« C'est que rien ne m'empêche de répondre à vos questions, si vous n'êtes pas de la ville. Je me nomme John, monsieur, je suis fils d'émigrants anglais ; les gamins du quartier m'appellent l'ermite parce que je ne me soucie pas de leur compagnie...

— Où donc sont tes parents ?

— Ils ont péri en mer, monsieur, répondit l'orphelin d'une voix étranglée ; bien souvent je regrette qu'on m'ait sauvé du naufrage, allez !...

— Mais tu dois avoir des compatriotes ici ?

— Je ne sais pas,... personne ne veut me donner d'ouvrage,... d'ailleurs je n'ai pas de métier, voyez-vous, et quant à tendre la main,... non, non, monsieur, j'aimerais mieux mourir ici tout seul, balbutia le pauvre garçon en pleurant à chaudes larmes. Je fais quelques commissions dans le marché, quand on veut de moi,... c'est ma seule ressource ; et puis je vais me réchauffer dans les gares de chemin de fer, mais

presque toujours on me chasse comme un vagabond, et c'est
comme vagabond aussi que la municipalité de Boston me
renverra de la ville, si j'y reste trop longtemps.

— Allons, du courage, du courage ! répétait le brave Joe
d'un ton mal assuré, sans trop savoir ce qu'il disait.

— Vous êtes maintenant au courant de tout ce qui me
regarde, reprit tristement le petit John. J'ai fait peur à votre
cheval,.... je vous devais des explications à cause de ça. Et
puis vous avez l'air bon. Est-ce qu'on est meilleur qu'à
Boston dans l'endroit où vous demeurez ? »

Joe s'était éloigné sans lui répondre.

« Je vais toujours calmer sa faim, si je ne puis faire autre
chose, pensait-il en regagnant sa voiture, d'où il rapporta le
panier de provisions. — Allons, dit-il à l'ermite, tu ne me re-
fuseras pas un coup de main... Prends ce pâté, prends ce pain
blanc ; ma femme me gronderait si je rapportais un seul morceau du goûter qu'elle m'a préparé. Mange et dépêche-toi. »

La faim étouffa l'orgueil du petit Anglais ; il mangea de bon
cœur et eut bientôt fait plat net. Ses joues se colorèrent faible-
ment, il sembla renaître. Rien ne tue le courage comme une
faim dévorante.

Tant qu'avait duré le repas de son protégé, Joe Somerby
s'était mis l'esprit à la torture pour trouver un moyen de lui
rendre quelque nouveau service.

« Ah ! si ma femme était ici ! se disait-il intérieurement.
Elle qui a l'esprit inventif... »

Tout à coup une inspiration lumineuse lui vint :

« Veux-tu garder mon cheval tandis que j'irai à mes
affaires ? » demanda-t-il à l'enfant.

Celui-ci sortit de sa caisse en rampant et grimpa sur le siège
de la carriole, où il lui fut recommandé de bien s'envelopper
d'un manteau que Mme Somerby forçait toujours son mari à
emporter.

« De cette façon il gagnera l'argent que je compte lui donner avant de partir, il ne se sentira pas trop humilié, avait
imaginé le digne Joe. Car il est un peu fier ce garçon-là! Il
serait capable de refuser une aumône... Ce sera encore un
coup de main que je lui aurai donné. »

Mais après ce second coup de main, que deviendrait le pauvre petit vagabond? Joe se sentait déjà de l'amitié pour lui, il
avait de la peine à s'étourdir sur la nécessité où il allait être,
avant peu, de l'abandonner à son triste sort. Heureusement
une parole en l'air du fabricant de papier auquel il alla proposer ses chiffons lui ouvrit de nouveaux horizons. Après
avoir donné un bon prix du chargement de la voiture et réalisé ainsi le pressentiment de Mme Somerby, cet homme lui
dit : « Je vous achète le reste de votre magasin, aux mêmes
conditions, si bon vous semble.

— Bien volontiers, répondit Joe Somerby. Vous me rever-
riez dès demain si j'avais un aide, mais, dame! il me faut
faire la besogne tout seul et cela exige du temps.

— Comment, vous n'avez pas d'aide avec l'accroissement
que prennent vos affaires! s'écria le fabricant de papier. A
votre place j'aurais chez moi quelque garçon actif... Tenez,
j'en connais un, la probité même, plein de bonne volonté...

— Oui, oui, interrompit brusquement Joe en plantant là
son interlocuteur qui le crut fou, oui, je le connais, il est dans
ma carriole. Ma femme aussi m'avait bien dit qu'il me faudrait
un aide », se répétait-il en courant vers le marché.

A son approche, l'ermite voulut descendre du siège; mais
Joe Somerby l'en empêcha. Secouant vigoureusement le petit
John par le collet de son propre manteau, il lui cria plein
d'enthousiasme et de jubilation :

« Il me faut quelqu'un pour m'aider, entends-tu? C'est
l'avis du marchand de papier, c'est celui de ma femme, c'est
le mien. Veux-tu être ce quelqu'un-là? je t'emmène !

V

« MANGE ET DÉPÊCHE-TOI. »

14

« — Oh! monsieur, je savais bien que vous étiez bon... »

Le pauvre John n'en put dire davantage. Le soir même il eut excellent souper, excellent gîte. L'impérieuse Clarisse sut gré à son mari d'avoir suivi ses conseils une fois de plus ; elle trouva une figure intéressante au petit domestique, qui bientôt fut traité comme l'enfant même de la maison. Au lieu de le faire travailler manuellement, on l'envoyait à l'école tout l'hiver.

« Tu n'as vraiment besoin de ses services qu'en été, avait dit à son mari Mme Somerby, et ce garçon a tant d'intelligence qu'il serait fâcheux de ne pas lui mettre le pied à l'étrier, comme on dit, une fois pour toutes. »

Les progrès de John furent rapides ; ils émerveillèrent sa protectrice, qui déclara que son propre fils, si le ciel lui en eût donné un, n'aurait pu mieux faire.

« Et pourquoi ne serait-il pas notre fils, Joe ? demanda-t-elle un jour à son mari.

— Oui, pourquoi ?... répondit doucement Joe.

— Mais notre fils irait au collège, monsieur Somerby ; nous avons toujours dit que notre fils irait au collège.

— Sans doute, puisque nous avons des économies.

— Mettons-le au collège », dit Mme Somerby.

Aujourd'hui le petit John est un gros négociant, la joie et l'orgueil de son père adoptif qui, toutes les fois que Clarisse le traite trop cavalièrement, s'écrie volontiers :

« Tu n'étais pourtant pas là quand j'ai trouvé notre John ! Et ça n'empêche pas que c'est la meilleure acquisition que j'aie faite de ma vie,... après toi, bien entendu, après toi, madame Somerby. »

LE SACRIFICE DE RULI

I

La comtesse Yseult, dame et maîtresse de plusieurs villages,
dans un temps où subsistaient encore quelques vestiges de la
féodalité, n'avait pas une bonne réputation parmi ses vassaux.
Il faut bien convenir que c'était un peu sa faute. Elle habitait,
sur le sommet d'une colline, un vieux château, percé de
nombreuses fenêtres qui semblaient, comme les yeux d'Argus,
surveiller sévèrement la misérable petite bourgade construite
dans la vallée inférieure. Le sort des paysans de l'endroit
était entre les mains de la comtesse ; leur bonne ou leur
mauvaise fortune dépendait d'elle. Or, les aspirations de ces
braves gens ne s'étendaient pas au delà d'une poignée de
semences pour emblaver leurs champs, d'une biquette pour
remplacer la chèvre morte de vieillesse, d'une miche de pain
blanc arrosée de bon vin en cas de maladie, d'un peu d'aide,
au besoin, pour réparer leurs fermes, entretenir leurs routes,
élever leurs enfants, ou d'une protection efficace contre les
inondations périodiques de l'hiver. Tout cela, la vieille dame
eût pu le leur procurer facilement et sans qu'il lui en coûtât

gros, car il n'y avait ni maison, ni champ, ni arbre, ni
broussaille, à plusieurs milles du château, qui ne lui appar-
tînt ; cependant elle n'y songeait pas. Comment donc s'étonner
qu'en présence d'un pareil oubli des misères des autres, de
la part d'une personne si favorisée en apparence de tous les
biens de ce monde, on accusât la comtesse Yseult d'avoir
le cœur dur ? Mais on allait plus loin encore, et, sa laideur
aidant, les villageois avaient fini par la considérer comme une
sorte de fée malfaisante.

Ce qui contribuait à faire de la comtesse un objet d'effroi
pour ses tenanciers, c'était la nature des rapports qu'elle
avait personnellement avec eux. Coiffée d'un haut chapeau
de forme bizarre, et toujours armée d'une canne à béquille,
elle battait le pays, montée sur un cheval noir dont la longue
queue balayait le sol. S'arrêtait-elle à la porte de quelque
chaumière, elle en appelait d'une voix rude les habitants,
qui s'avançaient, tremblants, jusqu'au seuil de leur demeure,
pour s'entendre interdire la récolte du bois mort, annoncer la
reprise d'une parcelle de terre, ou réclamer une augmentation
de loyer. Personne n'aurait eu l'idée de protester, car, aux
mécontents, il eût été répondu qu'ils étaient libres de s'en
aller. Et où auraient-ils transporté leurs pénates ? La châtelaine, son discours terminé, donnait au terrible cheval noir
un coup de sa canne à béquille, et partait en riant de l'effroi
des petits enfants et de la mine piteuse des grandes personnes.

Bien plus, nul n'avait jamais été admis à pénétrer dans le
château. Nul, à vrai dire, ne se serait soucié d'être obligé de
le faire. Il résultait de tout cela que chacun croyait aveuglé-
ment le mal qui se débitait sur la comtesse, et les histoires
ténébreuses qui circulaient sur son antique castel ; chacun
même, selon la somme d'imagination qu'il possédait, ajoutait
un petit chapitre à la légende locale.

II

Vers la fin d'un long hiver, la misère était grande dans le village, plus grande encore que de coutume. Chaque année, il est vrai, la moitié, au moins, du vallon restait sous l'eau pendant plusieurs semaines ; mais, cette fois, l'inondation avait couvert plus de pays, elle avait duré plus longtemps et causé plus de dégâts qu'à l'ordinaire.

Avec un peu d'argent, dont l'emploi n'eût pas laissé un vide appréciable dans ses coffres, la comtesse aurait pu se rendre maîtresse de la rivière, et, au moyen de levées, de réservoirs et de canaux, empêcher que les pauvres gens ne souffrissent, l'hiver, d'avoir trop d'eau, l'été, de n'en avoir pas assez. Mais, quand on lui parlait de cela, elle haussait les épaules, et demandait si c'était elle qui était cause que les eaux vinssent toutes à la fois.

Le printemps approchait ; la rivière était rentrée dans son lit, emportant, hélas, récoltes et bestiaux ; les maisons menaçaient ruine ; les jardins, les champs et les vergers étaient ravagés ; les provisions s'épuisaient, les celliers étaient presque vides ; et la dame continuait à galoper de tous côtés, sur son cheval noir, réclamant ses loyers, comme si de rien n'était.

La petite Ruli et sa mère, dans ce désastre général, se trouvaient avoir moins souffert que les autres, parce que leur champ était situé plus haut que ceux de leurs voisins. L'inondation avait bien emporté leur chèvre, mais elles avaient pu sauver le chevreau et mettre en sûreté quelques poules. Grâce à ce qui leur restait, elles aidaient de plus malheureux qu'elles, ajoutant toujours à leurs dons quelque bonne parole de consolation ou d'encouragement. Ces charités leur imposaient mille privations ; elles en imposaient à la mère, voulons-nous dire, car Ruli recevait toujours aux mêmes heures sa jatte de lait aussi pleine et sa tartine de pain noir aussi épaisse. Cependant l'enfant, toute jeune qu'elle était, avait une intelligence au-dessus de son âge, jointe à un cœur fort aimant, et souvent il lui arrivait de partager son déjeuner avec les malheureux chiens, chats ou oiseaux affamés que leurs maîtres ne pouvaient plus nourrir. Ruli, il faut le dire, confondait un peu dans le même amour les gens et les bêtes ; elle n'était, en somme, que l'humble instrument de Celui qui pourvoit à la nourriture des petits des oiseaux et au vêtement du lis des vallées.

En général, les pauvres gens s'assistaient réciproquement de leur mieux ; outre les dons qu'ils se faisaient en nature, nombre d'entre eux trouvaient encore le moyen de laisser tomber quelques gros sous dans le tronc disposé, à l'église, pour secourir les plus misérables. Beaucoup d'hommes aban-donnaient l'argent destiné à payer leur tabac et leurs dépenses de cabaret, les femmes sacrifiaient le petit pécule amassé sou à sou dans le but de s'acheter une robe neuve. Christine, la mère de Ruli, avait fait offrande des boucles d'oreilles en argent qu'elle tenait de son cher défunt mari ; mais Ruli n'avait rien à donner pour son compte personnel, et elle en était profondément affligée. Elle se serait volontiers dépouillée de son petit capuchon rouge, elle aurait retiré de ses pieds son unique paire de souliers, ainsi que ses bas de laine, au profit de ceux qui en manquaient, si Christine ne lui eût fait comprendre qu'elle ne consentirait jamais à voir sa petite fille souffrir du froid. « Un vrai sacrifice, lui avait-elle expliqué, consiste à se priver, soi seul, en faveur des autres. Or, tu comprends bien que je me priverais, à mon tour, de mes vêtements pour te rendre ceux que tu aurais donnés. Attends donc que, devenue plus grande, tu aies quelque chose en propre. Jusque-là, contente-toi de distribuer des miettes aux

VI

« COMMENT T'APPELLES-TU ? »

rouges-gorges affamés ; le ciel te tiendra compte de cette charité, la seule qui soit selon tes moyens. »

Ces moyens-là, toutefois, étaient trop disproportionnés avec les désirs de Ruli, pour que l'enfant se résignât facilement à obéir. Aussi agitait-elle sans cesse, dans son esprit, la question de savoir comment elle pourrait accomplir un sacrifice réellement personnel, car les paroles de sa mère avaient fait sur elle une profonde impression.

III

Un jour, Ruli, coiffée de son capuchon écarlate, comme un nouveau Petit Chaperon rouge, avait été envoyée par sa mère jusqu'à une chaumière située sur la colline, à moitié chemin de l'église ; elle portait à un malade une miche de pain, avec un bol de bonne soupe, et, encore comme le Petit Chaperon rouge, elle fit rencontre d'un loup. Seulement ce loup n'avait que deux jambes ; il était, en outre, coiffé d'un singulier chapeau à haute forme, armé d'une canne à béquille, et perché sur un cheval noir comme la nuit, qu'il arrêta en apercevant Ruli.

« Où vas-tu, petite ? » demanda la comtesse avec un sourire qui découvrit ses grandes dents, si grandes, que ce fut miracle que l'enfant ne jetât pas son panier pour s'enfuir à toutes jambes, comme l'auraient fait sûrement tous les autres marmots du village.

Ruli, à vrai dire, ignorait les contes bleus qui avaient cours dans la localité ; sa mère veillait à ce qu'on ne lui en troublât pas la cervelle ; tout ce qu'elle savait, au sujet de la comtesse, c'est qu'elle était leur propriétaire. Elle lui fit donc une petite révérence, et lui dit où elle allait.

« Comment t'appelles-tu ?

— Ruli.

— Et où demeures-tu ?

— Là, fit Ruli étendant son petit bras potelé dans la direction du village.

— Est-ce joli, l'endroit où tu demeures?

— Oh ! très joli, répondit l'enfant d'un air satisfait.

— Et à qui appartiens-tu ?

— A maman.

— Le nom de ta maman ?

— Christine.

— Fort bien. Maintenant, petite friponne, tu vas faire une promenade avec moi, sur mon beau cheval noir. Allons, saute!

— Non, merci, dit Ruli ; je n'ai pas le temps.

— Qu'est-ce que cela signifie? Je te dis que tu viendras, et, si tu ne sautes pas derrière moi à l'instant même, c'est moi qui sauterai à terre et qui te fourrerai dans ma poche ; je te porterai ensuite au château, où tu seras mise à cuire dans une marmite, avec un cent de gros clous et des coquilles d'huîtres, pour être servie à mon souper. »

Ruli partit d'un franc éclat de rire.

La comtesse observa un moment ce petit minois pétillant de gaieté, puis elle reprit :

« C'est que je le ferai comme je le dis. »

Et elle grinça des dents.

« Ne me connais-tu donc pas? J'habite la tour toute noire qui est là-haut, et je suis bien méchante. Voyons, saute, que je te mène voir la marmite dans laquelle je veux te faire cuire à l'étuvée. »

Cette plaisanterie persistante commençait à troubler un peu Ruli ; son visage reflétait une certaine inquiétude ; instinctivement, elle recula d'un pas.

« Il faut que j'aille d'abord où l'on m'a envoyée, dit-elle en secouant la tête.

— Non, non ! s'écria la comtesse. Je meurs d'envie de manger une jolie petite fille. Il faut venir tout de suite avec moi.... Tu ne veux pas, petite entêtée ? Alors je vais t'emmener de force ! »

Ce disant, elle descendit de cheval et s'avança d'un pas inégal vers l'enfant, qui ne savait si elle devait rire ou pleurer.

Ruli cependant n'eut pas le temps de se décider à avoir peur. La comtesse, qui, tout en traînant la jambe, marchait fort vite, se heurta le pied contre une pierre et tomba, au moment où elle allongeait le bras pour saisir l'enfant ; sa tête avait heurté violemment le sol, et elle demeura sans connaissance.

La petite fille aurait pu aisément se sauver, et ce fut sa première idée ; une bonne pensée, succédant à ce mouvement irréfléchi, la retint. Était-il bien possible qu'elle s'éloignât, sans secourir la vieille dame blessée ? S'agenouillant donc auprès de la comtesse, elle fit ce qu'elle put pour la tirer de son évanouissement ; mais elle manquait d'expérience, et ses efforts, tout en prouvant beaucoup de bonne volonté, restèrent médiocrement efficaces.

La surprise de la dame fut grande, quand elle revint à elle, de voir les beaux yeux bleus de Ruli, fixés, pleins d'anxiété, sur les siens, de sentir deux petites mains qui écartaient ses cheveux de son front meurtri, et d'entendre une voix argentine lui dire :

« Du courage, madame, voilà que ça va mieux ; encore une minute, et vous serez tout à fait bien. »

Ces bonnes paroles agirent comme aurait pu le faire une aspersion d'eau froide, ou une application de sels anglais. Se mettant sur son séant :

« N'aie pas peur, dit la châtelaine, je ne te taquinerai plus. »

Cependant Ruli ne se lassait pas de lui prodiguer ses bons

offices, et la comtesse finit par lui dire, en la repoussant doucement :

« Tiens, va-t'en maintenant ; aussi bien mon envie de manger une petite fille pourrait-elle me reprendre. »

Ruli ne se le fit pas dire deux fois ; elle ramassa son panier,
prit ses jambes à son cou et disparut.

Pendant ce temps-là, le cheval noir s'était écarté et avait
mis à profit le loisir qui lui était laissé, en broutant l'herbe
au bord du chemin. Sa maîtresse le rappela, et le docile animal vint aussitôt se placer devant elle ; mais, quand elle voulut
se remettre en selle, elle éprouva une douleur aiguë qui l'arrêta court dans son élan. Force lui fut donc de se résigner à
conduire sa monture par la bride, jusqu'à ce qu'elle pût faire
rencontre de quelque personne capable de l'aider à remonter.

La comtesse arriva ainsi jusqu'à l'église, dont elle trouva la
porte ouverte, malgré l'heure assez avancée déjà. Ce n'était pas
dans un temps de calamité semblable, alors que tous les cœurs
étaient affligés, qu'il eût convenu de fermer de bonne heure le
lieu de la prière. Comptant requérir l'aide du sacristain, la
comtesse franchit le porche, après avoir attaché son cheval à
une branche d'arbre.

La nef était déserte. Jugeant toutefois qu'il faudrait bien
que quelqu'un vînt fermer les portes et éteindre deux cierges
qui brûlaient, la comtesse Yseult résolut d'attendre, et s'assit
dans un coin, les pieds sur une chaise, les coudes sur ses
genoux, le menton dans ses mains. Son regard rencontra le
grand tronc destiné à recevoir les offrandes en faveur des inondés. Ce tronc ressemblait plutôt à un coffre dont le couvercle
serait percé d'une large ouverture assez semblable à celle d'une
boîte à journaux. La comtesse avait eu tout le temps de l'examiner et de constater aussi le délabrement de l'édifice, qui
ne l'avait jamais autant frappée que ce jour-là, quand le silence
profond fut troublé par des pas légers. Elle aperçut Ruli, à

qui précisément elle songeait depuis un bon moment. Sans se rendre compte du mobile qui la poussait à se cacher, elle s'enfonça dans une encoignure où l'ombre était plus épaisse, et ses yeux suivirent l'enfant qui s'arrêta devant le tronc des inondés.

La petite fille avait le visage grave et l'air résolu. Dans ses bras elle portait une poupée très vieille, assez mal vêtue, qui était son seul jouet et qu'elle trouvait superbe. Que prétendait-elle donc faire? A force d'y réfléchir, Ruli avait fini par conclure que l'unique objet qui fût à elle en propre, et dont l'offrande, constituant un vrai sacrifice, pût remplir les conditions de l'acte de charité tel que le lui avait défini sa mère, était sa poupée bien-aimée. Elle l'avait donc apportée aux inondés, et la tenait là sur son cœur.

Ruli leva les mains si haut qu'elle put, mais elle eut beau se dresser sur la pointe des pieds, elle atteignait à peine la partie inférieure du coffre aux offrandes; alors, marchant droit à un prie-Dieu placé non loin de là, elle le traîna jusqu'au tronc et grimpa sur les traverses comme sur les barreaux d'une échelle.

Mais son premier essai ne fut pas couronné de succès, car la chaise bascula, et la pauvrette tomba tout de son long, le nez sur les dalles.

Elle se releva, heureuse de pouvoir pleurer un peu. Sa mère n'avait pas versé une larme, le jour où elle avait fait le sacrifice des boucles d'oreilles en argent; Ruli n'avait pas voulu en verser une seule non plus sur sa chère poupée. Mais un genou écorché était un excellent prétexte pour cesser de se faire violence : elle éclata donc en sanglots; puis, après avoir soulagé sa douleur, elle s'essuya les yeux, releva le prie-Dieu qu'elle assura de son mieux en l'appuyant contre la muraille, renouvela son escalade, et réussit enfin, dans cette seconde tentative, à dominer le tronc des inondés.

Le sacrifice fut alors consommé ; il ne s'accomplit pas sans quelques nouvelles difficultés ; la poupée ne pénétra dans la fente qu'en laissant au passage le bout de son nez et une partie des brillantes couleurs dont sa face était enluminée. Enfin, la tête ayant passé, le corps glissa aussi, et la poupée entière allait disparaître, quand un des pieds s'accrocha par hasard au rebord de l'ouverture. Longtemps l'enfant contempla ce petit pied d'un regard anxieux, la poitrine haletante, sa pauvre âme torturée par la douleur qu'elle-même s'imposait. Enfin, avec un courage digne d'être proposé à tous en exemple, du bout de son doigt mignon elle poussa le petit pied, et la poupée disparut définitivement. Alors, descendant de sa chaise au plus vite, Ruli s'élança hors de l'église. Elle ne songea pas à réciter la prière que sa mère lui avait apprise ; elle ne songea pas à remettre le prie-Dieu à sa place : elle ne savait qu'une chose, c'est qu'en rentrant chez elle, elle ne retrouverait plus sa petite poupée bien-aimée.

IV

Une demi-heure plus tard, peut-être, le sacristain gravissait les marches de l'église en faisant sonner son trousseau de clefs. Comme il s'engageait d'un pas discret sous le porche, une forme humaine émergea de la pénombre intérieure et lui barra le passage, en le sommant de lui remettre la clef du tronc des inondés. Le digne sacristain fut abasourdi au point de perdre la parole ; il resta cloué sur place, serrant machinalement ses clefs à deux mains et contemplant, bouche béante, la terrible comtesse dont les yeux semblaient lancer des éclairs.

« Vous... vous avez besoin de la clef du... du tronc? bégaya-t-il avec effort.

— Oui, répondit-elle avec un geste d'impatience. Allons,

DU BOUT DE SON DOIGT MIGNON ELLE POUSSA LE PETIT PIED....

16

décidez-vous, ou je vous fais chasser de votre emploi ! M. le curé n'osera rien refuser à la comtesse Yseult. »

Le malheureux trembla que cette menace ne fût suivie d'effet. La clef en question faisait partie précisément du trousseau qu'il avait à la ceinture; aussi, bien qu'il tremblât comme au plus fort d'un accès de fièvre, réussit-il à satisfaire son impérieuse interlocutrice avant qu'elle eût perdu patience.

« Maintenant, allez à vos affaires, lui dit-elle en saisissant la clef. Vous m'attendrez dehors. Je veux savoir quelles peuvent être les offrandes de gens qui se plaignent sans cesse de mourir de faim. Ce n'est pas que j'aie l'intention d'y rien ajouter de ma poche !

— Je le crois sans peine », murmura entre ses dents le sacristain en se conformant aux ordres qu'il avait reçus.

Voici, en effet, quelle idée le cerveau troublé du pauvre homme s'était fait des intentions de la dame : sans aucun doute, elle allait prendre l'argent des pauvres, pour rentrer dans l'arriéré d'une rente que lui devait la fabrique. En cela il se trompait.

Armée de la clef, la comtesse s'était précipitée vers le tronc, qu'elle força plutôt qu'elle ne l'ouvrit. Que trouva-t-elle au fond? La poupée sacrifiée, dont la tête éraillée reposait sur quelques gros sous et deux petites pièces blanches; fort peu de chose, en somme. Repoussant dédaigneusement l'argent, la comtesse se saisit de la poupée, qu'elle engouffra dans une de ses vastes poches dont les profondeurs recélaient déjà plusieurs clefs de dimensions colossales, un sifflet de chasse et une tabatière d'or de grand prix, bossuée de tous côtés. Puis elle plongea la main dans une autre poche d'où elle retira une bourse, en jetant autour d'elle des regards aussi inquiets que si elle l'eût tirée de la poche du voisin. Cette bourse, sorte de sac graisseux gonflé d'or, fut vidée sans bruit dans le tronc. Cela fait, la châtelaine sortit de l'église.

« Où est maintenant mon imbécile? dit-elle tout haut en cherchant des yeux le sacristain, dès qu'elle fut dehors.

— Me voici, madame.

— Il est heureux que vous connaissiez votre nom. Reprenez votre clef. Et maintenant tâchez de me comprendre : si vous vous avisez de regarder dans le tronc pour savoir ce que j'ai fait, ou de souffler un seul mot de tout ceci, vous aurez de mes nouvelles. Vous êtes averti.

— Oh! je n'aurai garde, madame la comtesse....

— Aidez-moi à me mettre en selle. »

Puis, avant de rendre la main à son cheval, elle ajouta :

« Qu'est-ce que c'est qu'une petite fille du nom de Ruli, dont la mère s'appelle, je crois, Christine?

— Un petit ange! s'écria le sacristain avec chaleur, un petit ange qui a pour mère une sainte! Sauf votre respect, madame, quand l'aîné de mes garçons a failli mourir, Christine l'a veillé tout le temps; lorsque ma femme, accablée de fatigue, s'endormait dans la journée, Christine s'occupait du ménage, et la petite la remplaçait auprès du malade, comme eût pu le faire une grande personne. Jamais je n'oublierai cela.

— Bon, bon! Vous direz au curé de ne pas oublier qu'il me doit quelque chose, — je l'ai battu à l'écarté l'autre soir, — et vous enverrez vos mioches ramasser des pommes de pin qu'ils m'apporteront au château. J'aime la flamme des pommes de pin, moi, et ce sera un jeu pour eux que d'en ramasser. Vous entendez, n'est-ce pas? »

V

Quelle ne fut pas la surprise de la mère de Ruli, quand sa porte s'ouvrit brusquement et laissa paraître la terrible comtesse, avec son grand chapeau et sa canne à béquille.

« Bonjour, dit-elle à la mère. Te voilà, petite! Viens m'embrasser. Dépêche! »

Christine respirait à peine. Mais l'enfant, sans hésitation, présenta son petit museau rosé.

La comtesse, surprise de la trouver si peu sauvage, lui donna une tape amicale sur la joue, et la mère, à cette vue, se sentant rassurée, osa s'avancer pour offrir une chaise à sa propriétaire et fermer la porte derrière elle.

« Allons, venez ici que je vous voie, dit la dame dès qu'elle fut assise. J'ai à vous parler d'affaires. »

Les transes de la malheureuse Christine la ressaisirent à ce mot d'affaires, et ce fut en tremblant qu'elle vint se poser devant son interlocutrice.

« Alors, comme ça, vous êtes une brave femme? commença celle-ci. Je vous trouve bien pâle et bien maigre tout de même! Voyons, répondez franchement : auriez-vous confiance en moi, toute confiance?

— Cela dépend », répondit la mère de Ruli d'une voix faible.

La comtesse éclata de rire.

« Voilà du moins de la franchise, ou je ne m'y connais pas! s'écria-t-elle. Cela me plaît. Pour tout dire, je vous fais un peu peur, comme aux autres, n'est-il pas vrai? Vous seriez bien embarrassée d'expliquer pourquoi, par exemple! »

Christine eut un mouvement d'épaules qui équivalait à un acquiescement.

« Je vois qu'il y a moyen de parler raison avec vous, reprit la dame, qui avait interprété favorablement le geste échappé à la mère de Ruli. Maintenant, suivez-moi bien. Vous êtes pauvre, et vous avez une charmante enfant, condamnée fatalement à la misère; moi je suis riche et seule au monde. Donnez-moi la petite, et son sort est assuré.

— Oh! c'est une plaisanterie, madame! fit la mère avec angoisse.

— Rien n'est plus sérieux. Croyez-vous donc que je serais venue jusqu'ici plaisanter avec vous?

— Mais Ruli est mon seul trésor!

— Votre avenir sera assuré en même temps que celui de la petite.

— Rien ne remplacerait ma fille.

— Voyons, il ne faut pas être égoïste. On vous a dit que je l'étais, et on a eu tort peut-être. Vous ne savez pas toutes les excuses que je puis opposer à cette inculpation : d'abord, je n'ai pas été élevée par une bonne mère, moi; j'ai souffert de l'indifférence des étrangers depuis mon premier jour, et j'ai rencontré si souvent des ingrats, que j'ai fini par prendre la résolution de ne plus faire de bien. Il vous semble facile d'être bonne et heureuse quand on est riche, dites? Eh bien, vous vous trompez! J'étais laide, j'étais infirme, j'étais méfiante, comme on le devient quand on a été maintes fois trompé. Personne ne chercha jamais à découvrir si, derrière ma réserve et ma froideur, il n'y avait pas un besoin d'expansion, des tendresses refoulées; je ne fus jamais aimée, je n'eus jamais ni enfants ni neveux. L'isolement, le chagrin ont fini par m'aigrir; je me suis dit que je ne ferais jamais rien pour rien. Voilà mon égoïsme. A vous de m'en guérir; donnez-moi le bon exemple, et, en échange du sacrifice que vous aurez fait à mon profit, j'en ferai un, je le jure, au profit de la population du village tout entière. Elle souffre périodiquement des inondations; eh bien, on endiguera la rivière, je m'en charge, et je créerai en outre les canaux nécessaires à l'irrigation des terres, en été.

— Madame, je vous en supplie!...

— Je construirai un hospice pour les malades et les infirmes. Hésiteriez-vous encore?

— Hélas! madame, que me demandez-vous!... »

La pauvre mère était au supplice : priver ses voisins des

bienfaits dont la châtelaine prétendait payer son sacrifice, lui paraissait bien dur ; mais se séparer de sa fille lui était impossible. La comtesse lisait sur sa physionomie toutes ces émotions successives ; elle prévit un refus définitif, et comprit qu'il fallait rabattre de ses prétentions.

« Concession pour concession, fit-elle. Donnez-moi l'enfant pendant un laps de temps déterminé. Fixons, si vous voulez, le jour de la clôture des travaux en question. Ce jour-là, vous la reprendrez, soit ! Mais jusqu'à cette époque, l'enfant me sera complètement livrée ; vous vous interdirez même de la voir. »

La comtesse pensait que les deux ans nécessaires pour exécuter tout ce qu'elle avait promis étaient une période assez courte pour ne pas trop effaroucher la mère. Elle pensait aussi que ce délai suffirait à lui donner l'habitude de vivre loin de son enfant ; elle se disait surtout que, voyant alors la situation faite à la petite fille, Christine, cette créature dévouée, renoncerait sans doute à se prévaloir de ses droits.

« Allons, décidez-vous, acheva-t-elle. La question est de savoir si vous aimez assez vos semblables pour vous imposer une privation de cœur, une privation douloureuse, je le veux bien, mais momentanée, en vue de leur assurer à jamais un avantage incomparable. Autrement, bonsoir ! Les gens mourront de la fièvre, le village disparaîtra sous l'eau chaque hiver, le blé périra de sécheresse, les enfants resteront ignorants : point de canaux, point d'école ; mais vous aurez gardé votre fille ! Voilà votre générosité, à vous autres, gens de bien ! C'est ridicule ! Auprès de moi, la petite vivrait comme une princesse. Je l'aime, cette enfant. Vous la trouvez gentille ? Eh bien, moi aussi. Voilà pourquoi je la veux. »

La pauvre Christine fut vaincue. Les yeux baignés de larmes, elle donna par signe son consentement, et, la comtesse faisant les demandes sans attendre les réponses, il fut convenu qu'à huit jours de là, vers sept heures du matin, la petite Ruli serait amenée à la grille du château.

VI

Le huitième jour, la paysanne fut debout bien avant l'aube, occupée à préparer les modestes vêtements de sa fille; elle en fit un paquet, puis, prenant un panier, elle y enferma un beau pigeon blanc qui nichait dans un trou de la muraille; ensuite elle réveilla l'enfant.

« Nous allons être séparées, ma chérie, lui dit-elle. Ne pleure pas; ça sera bien vite passé, et puis la dame a promis d'être très bonne pour toi; cependant, comme il faut tout prévoir, tu vois bien ce pigeon? Si quelqu'un te faisait de la peine, au château, tu n'aurais qu'à lui donner la liberté, et je courrais à ton secours. Garde-toi bien, en revanche, de le lâcher sans nécessité ou de le laisser envoler par mégarde. »

L'enfant promit de ne pas oublier la recommandation, et on se mit en route.

Pendant le trajet, leur attention fut appelée, du côté de la rivière, par le mouvement inusité qui se produisait en cet endroit. Le fond de la vallée était couvert d'ouvriers, de bêtes de trait et de chariots; un grand bruit de scies et de marteaux s'élevait du village. Le travail avait commencé; la comtesse tenait sa promesse.

« A nous de tenir la nôtre », dit la mère, se remettant en marche avec un soupir.

L'heure d'après, elle redescendait seule la pente de la colline. Sa fille était restée à la grille, où l'attendait la comtesse.

VII

Les jours, puis les mois se succédèrent; la rivière coulait maintenant entre deux levées solides, les récoltes s'annonçaient bien, et l'eau, emmagasinée dans d'immenses réservoirs, promettait de les défendre contre l'ardeur de l'été. Le village n'était plus reconnaissable : les vieilles masures avaient fait place à des constructions régulières et salubres, les murailles noires avaient été recrépies à neuf, les volets et les barrières peints d'une jolie couleur verte. Cette transformation générale s'était opérée comme par enchantement, car une année à peine avait passé depuis le commencement des travaux. Il faut bien le dire : aussitôt que les paysans eurent appris ce que coûtait à la mère de Ruli les avantages dont les dotait la comtesse, leur activité se trouva décuplée, et ils poussèrent l'ouvrage avec tant de zèle, que le moment où l'enfant devait être rendue à sa mère devança de beaucoup l'époque présumée tout d'abord.

Cependant le pigeon blanc n'avait pas paru à la chaumière ; la petite fille n'avait donc jamais eu à se plaindre d'aucun mauvais traitement, de la part de qui que ce fût. Voici quelle était sa vie au château : elle se levait de bonne heure, et sa protectrice, couchée dans un grand lit à colonnes, lui faisait réciter ses prières à haute voix ; venait ensuite le déjeuner, après lequel Ruli descendait courir dans les jardins. Elle jouait et mangeait à sa guise, prenait des leçons de toute sorte. Au commencement, elle pleurait en songeant à sa mère ; mais, à l'heure présente, cela lui arrivait bien moins souvent, non pas que sa pensée eût cessé de se reporter vers Christine, mais parce que la comtesse lui disait que le moment était proche où elle pourrait la revoir. Cette promesse suffisait à la consoler, car

elle y ajoutait une foi entière. Comment aurait-elle pu mettre
en doute la parole de qui que ce fût, puisque jamais on ne
l'avait trompée? D'ailleurs Ruli, on le sait bien, était aussi
raisonnable que jolie.

Dans l'après-midi, quand la vieille dame s'asseyait sur la
terrasse, d'où l'on dominait les campagnes environnantes,
Ruli lui désignait les maisons qu'elle connaissait, lui parlait
de ceux qui les habitaient, et l'initiait à toutes les misères de
l'existence des pauvres gens. Peut-être n'avait-il manqué à la
comtesse Yseult que de les bien connaître, pour être humaine
et bienfaisante. La reconstruction presque entière du village
fut la première conséquence de ces renseignements; ensuite
eut lieu l'édification d'un hospice, d'une école et d'un asile
pour les petits enfants. La comtesse, on le voit, ne s'était
pas arrêtée aux limites du programme tracé autrefois par sa
seule fantaisie. Ruli avait porté au château d'utiles lumières;
tout s'était réchauffé autour d'elle, à la chaleur de son petit
cœur aimant, et plus que tout le reste cette vieille femme, qui
jusque-là n'avait rien eu à chérir. La vue d'un jouet traînant à terre, d'un petit tablier d'enfant oublié sur un fauteuil,
le bruit d'un éclat de rire qui égayait les grandes salles
désertes, à la façon d'un rayon de soleil, suffisaient à dissiper
les humeurs noires de la châtelaine. Cette âme aride fleuris-
sait, pour ainsi dire. Elle croyait au bien désormais : Ruli
avait donné sa poupée pour les autres; pour les autres encore,
la mère de Ruli avait donné Ruli elle-même. La charité n'était
donc pas un vain mot!

Les grands travaux entrepris, d'où devait résulter un nouveau village aussi prospère que le premier avait été misérable,
durèrent environ un an. Il ne fallut pas moins de tout le courage, de toute la confiance en Dieu qu'avait la pauvre mère,
pour l'aider à traverser cette année de cruel abandon. Enfin,
le jour de la bénédiction solennelle des travaux arriva; ce jour

devait être également celui de la réunion de la mère et de la fille. Dès le matin, la population tout entière se pressait autour des arcs de triomphe érigés, à l'entrée du village, en l'honneur de la châtelaine. Combien les temps étaient changés ! Celle qui, un an auparavant, faisait l'effroi du pays, était maintenant bénie par toutes les bouches, car chacun avait ressenti les effets de sa générosité.

La veille au soir, tandis que tout se préparait pour la fête, Christine, à bout de patience, était à genoux, demandant à Dieu de lui donner la force d'attendre jusqu'au lendemain, quand un léger coup fut frappé au volet.

« Entrez ! » dit-elle.

La porte s'ouvrit doucement, et une voix prononça ces mots :
« Voilà Ruli ! »

Qui pourrait décrire une pareille scène? Il y eut un cri, un embrassement, et puis un silence interrompu seulement par des sanglots.

A mesure que la mère de Ruli reprenait possession d'elle-même, la comtesse Yseult paraissait plus agitée ; enfin elle éclata.

« Oui, oui ! s'écria-t-elle, serrant avec passion Ruli dans ses bras, maintenant que tu as retrouvé ta mère, tu vas m'oublier. Il me faudra retourner seule dans ma solitude; je ne compte plus ! Mon cœur ne s'était donc ouvert à la joie que pour être torturé ensuite? Non, je ne puis consentir à te perdre ! »

Et, se tournant vers la mère :

« Qui vous empêche de venir demeurer toutes deux au château? Consentez à ce que Ruli m'aime un peu. Vous serez toujours celle qu'elle préférera. »

La mère eut un sourire témoignant qu'elle le savait bien.

« C'est un bel endroit que le château, maman, insinua Ruli.

— Et je suis si vieille! dit la comtesse.

— Eh bien, de Ruli faisons deux parts, prononça la mère.

À moi son sommeil, ses maladies, ses pleurs; à vous ses joies
et ses sourires, ma bonne dame! Est-ce dit? »

La comtesse Yseult bondit sur ses pieds, et, frappant la
terre de sa béquille, elle s'écria, avec un mélange comique
d'émotion et d'allégresse :

« Dans la bonté, il y a du bon après tout! »

Dès qu'apparut la cavalcade descendant du château, les
acclamations retentirent de toutes parts. La comtesse s'avançait, assise sur une mule, car le terrible cheval noir qui semblait autrefois ne faire qu'un avec sa maîtresse était mort de
gras-fondu, par suite d'une trop longue inaction. Le grotesque
chapeau à haute forme avait aussi disparu; la petite favorite
l'ayant déclaré laid, déplaisant à la vue, depuis longtemps il
avait été jeté aux chiffons. D'ailleurs, la dame n'était pas
changée, elle brandissait toujours sa canne à béquille, elle
avait la même brusquerie de gestes et de langage; mais personne ne s'en inquiétait plus, car la bienveillance, l'atten-
drissement rayonnaient tout au fond de ses yeux. Sur une autre
mule venait, auprès d'elle, la mère de Ruli, et entre les deux,
Ruli en personne, montée sur un âne dont le harnachement
disparaissait sous d'innombrables nœuds de rubans.

Le cortège se rendit d'abord à l'hospice. Là, au-dessus de la
porte d'entrée, une niche existait, fermée par un rideau.
Quelle statue pouvait bien renfermer cette niche? Le directeur
des travaux l'avait placée lui-même, en grand secret, la veille,
après le départ du dernier ouvrier, et tant de mystère avait
prodigieusement surexcité la curiosité des villageois. Les suppositions allaient leur train, quand la voix de la comtesse se fit
entendre.

« Sachez enfin, s'écria-t-elle, à qui vous devez ce qui a été
fait pour vous! »

Et le voile, en tombant, laissa apercevoir, sous un globe, la
poupée de Ruli, avec son nez cassé, la peinture de son visage

éraillée, telle enfin que l'avait rendue son passage à travers le tronc des inondés.

A cette vue, un murmure circula dans la foule, un murmure d'étonnement, qui se transforma en hourras d'enthousiasme lorsque l'énigme eut été expliquée. Ce fut alors à qui approcherait de Ruli ; les plus favorisés enlevaient les nœuds de rubans qui décoraient son âne, les hommes les attachaient à leur boutonnière, les femmes les plaçaient à leur bonnet.

La journée se passa en réjouissances, et, quand vint le soir, la comtesse remonta chez elle accompagnée de Christine et de Ruli.

Jamais plus la vallée ne fut inondée : l'aisance régna dès lors dans le pays, et les malades, les infirmes trouvèrent les soins nécessaires dans l'hospice connu de tous sous le nom d'*Hospice de la Poupée*.

C'était certes bien peu que le sacrifice d'une pauvre vieille poupée accompli par une petite fille ; mais l'intention qui avait animé l'enfant était digne d'une belle récompense. Tant il est vrai que, si petit qu'on soit, on peut, en se conduisant bien, faire, sans même s'en douter, de grandes choses.

TI-TRÉSOR

L'un des sites les plus charmants que nous ayons pu admirer à la Martinique, cette perle des Antilles françaises, est celui que présentent, au couchant, les derniers contreforts du mont David. Vers la partie inférieure de la montagne, le terrain, d'une fertilité extraordinaire, est coupé à chaque pas par de gais ruisseaux et d'éblouissantes cascades; des roseaux de dix à quinze mètres de hauteur, des malangas aux gigantesques feuilles d'un vert pâle, sur lesquelles les gouttelettes de rosée roulent comme du vif-argent, des bambous légers autant que des plumes d'autruche croissent au bord des eaux. Çà et là de petits bois de cacaoyers chargés de fruits d'or couvrent la terre d'une ombre si épaisse, qu'aucune plante ne réussit à percer le matelas de feuilles brunes tombées de leurs rameaux; telles parties de terre inculte sont envahies par les fougères arborescentes, par les goyaviers couverts de fruits pendant six mois de l'année et qu'escaladent des lianes fleuries, au milieu desquelles voltige une nuée de colibris. En avant de ce riant coteau s'allonge la coulée de la rivière Mahault, comprimée d'un côté par la chaîne du Montauban, de l'autre par les hauteurs du

morne des Cadets. A l'ouest, le paysage est fermé par la mer.
Tel est le paradis terrestre où naquit Ti-Trésor, le plus pauvre
peut-être des pauvres enfants d'un pauvre village nègre.

Aucun hameau de France, si déshérité qu'il soit, ne peut
donner l'idée du village nègre avec ses cases éparpillées, couvertes en paille de cannes et formées de piquets que relient
des gaulettes de pomme-rose. Les murs sont en boue et en
herbes gâchées. A peine si la porte et la fenêtre uniques lais-
sent pénétrer à l'intérieur un peu de lumière, à peine si le sol
raboteux est battu tant bien que mal. Le mobilier, tout pri-
mitif, se compose d'une table, de deux ou trois bancs et d'une
méchante armoire. Encore ce dernier meuble est-il rare. Plus
rare encore est le lit. Quand il y en a un, c'est un lit de parade ;
on ne couche point dessus ; les habitants du logis dorment d'ordinaire sur une planche recouverte le soir d'une poignée de
chiffons et très improprement nommée *la cabane*.

Dans une de ces cases, où le moins dégoûté de nos paysans
ne voudrait pas loger son âne, Ti-Trésor (on l'appelait ainsi,
pour le distinguer de son père, le grand Trésor, décédé depuis
peu) vivait avec sa mère et ses cinq petits frères et sœurs. Trésor, le père, avait laissé pour tout bien à sa famille ce chétif
abri et un demi-carré de jardin. Tant que Trésor avait vécu,
le jardin bien cultivé avait été d'un bon rapport ; il produisait
encore beaucoup, grâce à la fécondité naturelle d'une terre
vraiment bénie de Dieu : le manioc, les patates, les choux
caraïbes, les pois d'Angola y poussaient pêle-mêle ; les ignames
d'eau grimpaient dans les touffes de bananiers, les écrasant du
poids de leur luxuriant feuillage ; mais malheureusement certains maraudeurs, nombreux aux environs, ne craignant plus
le poing solide ou même le fusil de Trésor, ne se gênaient pas
désormais pour voler les récoltes, avant maturité même, ce qui
était un sujet de désespoir toujours renaissant pour Francilia,
la pauvre veuve. Elle ne savait comment faire pour joindre les

deux bouts, d'une année à l'autre. Eulalie, sa fille aînée, avait toujours sur les bras, ou pendu à la jupe, un de ses petits frères Finis et Assez ; on leur avait donné à leur naissance ces noms bizarres pour marquer que la famille était au complet et qu'on ne souhaitait pas qu'elle devînt plus nombreuse. Eulalie trouvait encore le temps de tresser pour ses frères des chapeaux contre le soleil avec les lames épaisses et trian- gulaires comme des épées que pousse le bacoua, arbre bizarre, au tronc lisse, suspendu pour ainsi dire sur un faisceau de racines droites et munies de branches relevées en forme d'arc. Il y avait un bacoua de deux pieds de diamètre au moins, près de la case, et, grâce à lui, chacun se trouvait convenable- ment coiffé sinon vêtu ; mais c'était vraiment tout ce que pou- vait faire, quelque bonne volonté qu'elle eût, cette fille de douze ans, faible et maladive. Sa cadette Perpette (abréviation de Perpétue) aidait à soigner une poule frisée, — la poule fri- sée, selon la superstition nègre, éloigne les maléfices — et à nettoyer le jardin où les giromons et les concombres, qui cou- rent et se glissent partout, tendent à étouffer les autres légumes si l'on n'y prend garde. La mère allaitait encore son dernier né appelé, non sans raison, Montrop. Tout ce monde eût trouvé la vie bien dure s'il n'avait été consolé par une grande ten- dresse mutuelle, et si Ti-Trésor, malgré son jeune âge, — il avait dix ans et quelques mois, — n'eût soutenu la famille.

Ti-Trésor était vraiment un garçon remarquable. Sa figure étrange mérite d'être peinte ici. N'allez pas croire qu'il fût d'un noir d'ébène comme l'avait été son père ; non, son teint rap- pelait celui de sa mère, une pâle mulâtresse. Si ce teint était jaune, il fallait s'en prendre à la faiblesse de son sang appau- vri par les privations plutôt qu'à son origine de couleur. Sa figure étroite et longue, qu'éclairaient des yeux expressifs, avait un air de tristesse habituelle, et, malgré cela, on ne pouvait le regarder sans rire, tant les deux colossales incisives dont était

18

armée sa mâchoire supérieure produisaient un effet extraordinaire dès qu'il ouvrait la bouche. Grave et poli, Ti-Trésor avait les mouvements mesurés, la voix douce. En toute circonstance il se montrait serviable envers les gens du voisinage, se chargeant de leurs commissions et les exécutant avec une fidélité scrupuleuse. Enfin, il était toujours propre, sans une tache ni un accroc, contrairement à ses frères et sœurs dont les guenilles faisaient mal à voir, quelque peine que prît la mère pour les raccommoder.

Tant que durait la semaine, Ti-Trésor parcourait les bois à la recherche de feuilles de cachibou, qui servent à fabriquer les paniers caraïbes, et de feuilles de balisier dans lesquelles les marchands de comestibles enveloppent leurs denrées. Il pêchait des écrevisses qu'il allait vendre au marché, ou bien il aidait les charbonniers à tirer le charbon, à *casser leur four*, comme on dit, et rapportait un petit sac de charbon en échange. Cet enfant était une bénédiction pour les siens. Il avait gagné l'estime de tous ceux qui le connaissaient. Sa mère prévoyait déjà que, six ou sept ans plus tard, quand il serait d'âge à travailler à la tâche sur les habitations[1] sucrières du quartier, le bien-être régnerait au logis. En attendant, toutes les veilles de dimanches et de fêtes, Ti-Trésor, quelque temps qu'il fît, se rendait en ville, franchissant treize kilomètres pour rapporter à sa mère un *tray*, un plateau de gâteaux et de sucreries qu'elle vendait le lendemain à la porte de l'église. Ce petit commerce produisait une pièce de deux francs qui aidait la famille à vivre jusqu'au dimanche suivant, pourvu toutefois qu'il ne survînt pas quelqu'un de ces accidents trop communs dans les villages nègres, où la police laisse fort à désirer. Tantôt, en effet, de grands vauriens culbutaient, comme par mégarde, en courant, le petit étalage de la pauvre veuve, afin de

1. On appelle *habitation* toutes les propriétés rurales.

VIII

TOUT A COUP, TI-TRÉSOR ÉPROUVA UNE SECOUSSE.

pouvoir ensuite dévorer sa marchandise sous prétexte d'aider à la ramasser; tantôt, même, un pillage général avait lieu, un *pia*, ainsi nommé à cause du cri : *pia! pia!* poussé sans relâche par la foule, et la vendeuse sauvait alors à grand'peine le capital engagé.

N'importe, elle ne se plaignait pas; elle avait le meilleur des fils, et les mères qui peuvent être fières de leurs enfants ne sont jamais malheureuses. Tous les soirs, à genoux devant la couchette où reposaient côte à côte les trois petites têtes laineuses de Finis, d'Assez et de Montrop, elle demandait à Dieu de faire que ces diablotins ressemblassent avec le temps à Ti-Trésor.

Un soir qu'elle priait ainsi, Ti-Trésor était en route. Il avait encore deux grandes lieues à faire pour rentrer à la case maternelle, une lourde charge de charbon posée sur son épaule. Son pauvre petit cou tremblotant se courbait sous le poids. Il avançait courageusement à pas pressés, car l'obscurité était proche, et il ne fait pas bon s'annuiter dans les *traces* qui, formées par les pieds des nègres, toujours enclins à marcher à la file, les uns derrière les autres, deviennent de véritables ruisseaux quand il a plu, comme c'était le cas ce jour-là.

Tout à coup, Ti-Trésor éprouva une secousse. Quelque chose comme le choc d'un corps souple l'atteignit aux jambes, et il ressentit en même temps une cruelle douleur, une piqûre profonde suivie d'un engourdissement. Il comprit qu'il venait d'être mordu par un serpent *lové*, roulé en spirale au bord du sentier. Cela arrive fréquemment à la Martinique. Sa vie, il le savait, dépendait de la rapidité du secours, mais où en chercher? Il était loin de tout. L'idée ne lui vint pas de jeter son fardeau. Non, non, la mère comptait là-dessus pour acheter à manger aux petits frères, aux petites sœurs; il ne tromperait pas son attente, et, s'il devait mourir, eh bien, il aurait du moins rapporté auparavant son dernier sac de charbon. La nuit

était noire, il marchait dans l'eau, ce qui est plus dangereux
que tout le reste quand on vient d'être piqué par un serpent;
il lui fallut traverser une petite rivière, sauter de roche en
roche. Soit qu'il ne fît plus assez clair pour lui permettre de les
bien apercevoir, soit que sa jambe blessée, déjà alourdie par
l'action du venin, commençât à lui refuser service, il tomba,
et fut mouillé plus haut que le genou. Une heure après, il
s'affaissait, épuisé, sur le seuil de sa case où la mère inquiète
l'attendait.

Elle jeta un grand cri, le porta sur sa couche ; puis l'en-
flure l'avertissant de ce qui venait d'arriver, elle entreprit,
au péril de sa propre vie, de sucer la blessure, ce qui réussit
parfois, mais il était déjà trop tard pour que ce moyen produisit son effet. En même temps Eulalie et Perpette couraient, sur l'ordre de leur mère, chercher au plus vite l'une
le docteur blanc, l'autre le panseur nègre. Ce fut celui-ci qui,
demeurant plus près, arriva le premier. Il constata que la
jambe était fort grosse, que le bras du même côté était déjà
lourd, hocha la tête, tira de sa poche un remède préparé d'a-
vance, qui s'employait avec des paroles, et prescrivit un traitement sudorifique.

Beaubrun, le panseur, était un grand nègre d'une cinquan-
taine d'années, qui, grâce à un air de bonhomie parfaite,
lequel n'était pas sans mélange de dignité, ne pouvait être pris
pour un charlatan vulgaire. Sa voix lente, d'un timbre sympa-
thique, son regard profond et doux semblaient exercer sur ses
malades une action bienfaisante. Malgré certaines superstitions,
qui tenaient à sa race et à son ignorance, il était fort estimé par
son savant confrère, le docteur Feuillet lui-même. « Il traite
à peu près de même toutes les maladies des bêtes et des gens,
disait le docteur Feuillet, mais qu'importe s'il les guérit?
D'ailleurs je lui reconnais une spécialité : la piqûre des ser-
pents. Pour une personne piquée que je sauve selon les règles

de l'art, il en sauve dix avec son grimoire. Force est donc à la science de s'incliner en ce cas devant la diablerie. »

Le docteur Feuillet savait à merveille, cela va sans dire, qu'il n'y avait pas de diablerie dans le sac du panseur Beaubrun, mais simplement des plantes médicinales du pays, choisies, mélangées et administrées à propos, avec un certain appareil, nécessaire, paraît-il, pour frapper l'imagination de la gent noire et lui inspirer confiance.

Quant le docteur, conduit par Perpette, atteignit la case, plusieurs heures après l'accident, bien qu'il eût fait diligence, la cuisse de Ti-Trésor était de la grosseur d'une barrique.

Beaubrun s'écarta du lit pour laisser son confrère examiner l'enfant. Personne ne savait, comme lui, affecter des façons respectueuses, mais toujours, sous le respect, perçait un certain sentiment de sa valeur personnelle que le bon M. Feuillet voulut ménager.

Prenant Beaubrun à part, tandis que la pauvre Francilia suivait d'un œil anxieux la consultation des deux oracles, il lui dit que l'enfant était au plus mal, — Beaubrun s'inclina affirmativement; — que, pour lui, il était perdu. Un léger sourire d'espérance peut-être, mais qui aurait pu être aussi bien de défi, passa sur les grosses lèvres du panseur. « Cependant, ajouta M. Feuillet, j'essayerai du traitement par le citron, quoique les progrès du mal ne permettent pas d'en attendre grand'chose. » Cette fois le sourire de Beaubrun devint franchement sarcastique; le citron est un remède trop simple pour plaire à un médecin noir.

Quand le docteur blanc eut fait ses prescriptions et glissé quelque argent dans la main de la mère, car c'était un homme charitable et compatissant sous une apparence insouciante ou même goguenarde, il s'en alla, laissant le champ libre à Beaubrun qui s'installa au chevet de l'enfant.

La mère avait évidemment confiance en lui, beaucoup plus

qu'en M. Feuillet ; un médecin sorcier était à ses yeux bien au-dessus d'un médecin savant.

Nous ne vous dirons pas quels philtres et quelles drogues employa Beaubrun ; mais il est certain que son patient alla longtemps de mal en pis. Il fut bientôt paralysé du côté de la piqûre, la gangrène envahit le pied. Ti-Trésor perdit ensuite la parole ; une fluxion de poitrine, provoquée par les sueurs auxquelles l'amenait le pansement tout particulier que lui faisait subir Beaubrun, vint aggraver son état. Peu importent cependant les diverses phases d'une situation qui longtemps fut en apparence désespérée, puisqu'à la fin il guérit. On peut croire que les prières de la mère, qui était une bonne âme, y furent pour quelque chose. Beaubrun lui-même censentit à l'admettre, quelque jaloux qu'il fût de la vertu de ses herbes. Il triomphait cependant devant le docteur Feuillet, qui avait été le premier, du reste, à le féliciter de cette cure merveilleuse.

Le bon docteur venait parfois à la case, non pour donner ses soins au malade, qu'il trouvait, disait-il gaîment, en meilleures mains que les siennes, mais pour juger de ses progrès et lui apporter quelques petites douceurs. Chacune de ces visites l'intéressait davantage à Ti-Trésor. La mère lui avait raconté l'acte courageux de dévouement filial, si simplement accompli, qui l'avait mis à deux doigts du tombeau, et ce jour-là les yeux du docteur s'étaient mouillés de larmes derrière ses lunettes bleues. Depuis, il avait constaté avec admiration que l'humble petit héros ne poussait pas une plainte dans les plus atroces souffrances, qu'il n'était préoccupé que de la gêne qui devait résulter, pour les siens, de sa longue maladie, que toutes les friandises offertes à son intention, il les partageait entre ses petits frères, toujours pressés autour de sa couchette, tandis qu'il leur contait des histoires d'une voix affaiblie, avec un perpétuel sourire de ses dents baroques, qui continuaient, même en ce triste état, à lui prêter une physionomie comique.

Un jour, il commençait à se lever, on l'avait porté sous ces caféiers d'un vert brillant comme l'émail qui, au nombre d'une douzaine, se dressent devant les cases de tout village nègre. Étendu à demi, au milieu d'un groupe d'enfants, — ses frères, ses sœurs, de petits voisins, — il ressassait pour la centième fois un de ces vieux contes qui font les délices des négrillons et de leurs parents. Le docteur, qui venait d'arriver, s'arrêta derrière lui, sans qu'il le vît, et tendit l'oreille :

« *Bonbonne fois* », mais nous n'essayerons pas de reproduire ici le jargon créole que ne comprendrait aucun de nos lecteurs et qui, par sa naïveté, donne cependant tant de saveur au moindre récit. — « Il y avait une fois un chien à qui l'homme, son maître, pour récompenser ses services, avait accordé la liberté. Voilà le pauvre chien bien content ; mais, comme il se savait un peu étourdi et léger dans ses habitudes, il pria le chat, son voisin, — dans ce temps-là tous les animaux étaient bons amis, — de lui ranger, afin qu'il ne fût pas perdu, le papier qui le faisait libre. Malheureusement le chat, quand il prit ledit papier, avait un peu de beurre à la patte. Vite, il porte « la liberté » dans un trou qu'il connaît sous le plancher du grenier, le trou de maître rat. Maître rat eût été dépositaire fidèle si le papier n'eût senti le beurre de façon à l'allécher. Maître rat est gourmand, le voilà qui grignote la malheureuse liberté. « J'ai besoin de ma liberté », dit un jour le chien à son compère le chat.

« Le chat court la chercher, il n'en trouve que des lambeaux informes ; il interpelle le rat, qui fuit pour éviter de répondre. Le chat s'élance après le rat pour réclamer la liberté du chien qui, de son côté, court après le chat en lui demandant compte du dépôt compromis, et c'est ainsi que nous voyons toujours ces trois bêtes se poursuivre avec tant de rage. C'est la liberté qui est cause de cette chasse. »

Au moment même, un affreux chien maigre et pelé passait à toute vitesse sous les caféiers, poursuivant un minet de la plus vilaine espèce, qui crachait et jouait des griffes. Tout l'auditoire, enchanté de voir ainsi apparaître en chair et en os les héros de l'histoire, partit à la fois d'un de ces éclats de rire nègre si éclatants, si fous, si communicatifs, que les pierres mêmes doivent être tentées de s'y joindre. Tout le village en retentit.

Le docteur Feuillet riait de son côté:

« Eh ! dit-il en se montrant, l'homme, lui aussi, a donné la chasse à cette diable de liberté. Il a fini par l'attraper, il la tient, Dieu merci ; vous êtes tous libres à présent. Seulement, il y a des gens parmi vous qui font mauvais usage d'un bien si précieux, parce qu'on ne leur a pas appris à s'en servir. Tout exige un apprentissage. Veux-tu venir en apprentissage, chez moi, Ti-Trésor, quand tu seras tout à fait remis sur pattes ? »

Le petit convalescent ouvrit de grands yeux hagards; il ne comprenait pas.

« Je veux dire, reprit le docteur, que, lorsqu'on redevient gai, on est bien près d'être guéri. Et quand tu seras guéri, mon garçon, qu'est-ce que tu comptes faire ? »

Ti-Trésor exprima modestement son impatience de pouvoir se remettre à *casser le four* des charbonniers, ramasser des feuilles et garnir de gâteaux le *tray* maternel.

« Tout cela, dit le docteur, ce n'est pas un métier. »

Le pauvre enfant le savait bien, mais il était trop jeune pour qu'on l'employât sur aucune habitation sucrière.

« Je crois que tu ne seras jamais bien robuste, dit le docteur, et ce genre de travail exige de bons bras. »

Ti-Trésor regarda d'un air désespéré ses pauvres petits poignets maigres.

« Mais, continua M. Feuillet, tu es assez intelligent pour en faire un autre, si quelqu'un prenait la peine de t'instruire. »

Ti-Trésor dit qu'il avait eu bien souvent envie d'apprendre à lire. Savoir lire, pour lui, c'était la science suprême, et, en effet, c'est la clef de toute science; il ne se trompait donc qu'à demi.

« Eh bien! voici ce que je t'offre : compère Beaubrun t'a guéri, tu lui dois un fameux cierge; moi, je ne veux pas être en reste, je prétends t'élever, et tu me devras plus encore. Viens demeurer chez nous. Ma femme ne te laissera manquer de rien, et tu iras à l'école. »

Un éclair jaillit des yeux de Ti-Trésor, mais pour s'éteindre aussitôt; il regarda sa mère qui venait de sortir de la case, puis les petits frères et sœurs qui écoutaient tout anxieux. D'une voix tremblante, il répondit :

« *Moë lé pas quitter moun moë* (Je ne veux pas quitter les miens, mon monde). »

Sa mère l'embrassa, il lui rendit ses caresses tendrement, mais d'un air un peu triste.

« Oui, dit le docteur, en passant affectueusement la main sur la tête crépue de Ti-Trésor, oui, je sais, tu es nécessaire ici; nous chercherons un moyen. »

Ce fut encore le panseur Beaubrun qui trouva le moyen, tandis que son docte confrère en était à le chercher.

Un jour Ti-Trésor, rendu à la santé, se présenta, le visage tout rayonnant de plaisir, chez M. Feuillet pour lui annoncer une bonne nouvelle. Beaubrun, pendant les longues semaines qu'il avait passées à soigner celui de ses malades dont la guérison flattait le plus son amour-propre, ce Ti-Trésor, condamné par la faculté, en la personne du docteur Feuillet, Beaubrun donc, s'était attaché à Francilia et aux enfants. Francilia était encore jolie comme le sont beaucoup de mulâtresses passé la première jeunesse; les enfants avaient tous d'aimables caractères. Quand Beaubrun, sa cure faite, s'en fut retourné dans sa case de célibataire, il se trouva bien seul ; le tapage de la marmaille lui manqua, et aussi la société d'une femme douce, bonne, avenante ; il regrettait même la façon espiègle qu'avait le petit Montrop de lui tirer la laine de son vieux crâne à tour de bras, avec des cris de joie. Depuis longtemps déjà Beaubrun s'ennuyait un peu de n'avoir pas de famille ; il avait gagné à guérir les gens et les bestiaux une certaine aisance dont il ne savait que faire. « Parbleu ! s'était-il dit, voilà des héritiers tout trouvés ! »

Bref, il avait demandé à Francilia de devenir sa femme.

« De sorte que tu n'es plus indispensable au logis ? » dit le docteur.

Ti-Trésor fit comprendre en son langage qu'il aspirait à devenir riche à force de travail pour pouvoir établir chacun de ses frères et sœurs, couvrir sa mère des bijoux les plus magnifiques et reconnaître les bontés de Beaubrun en lui faisant honneur.

« Enfin, dit la bonne Mme Feuillet, qui se trouvait là, tu consens à rester avec nous ?... »

Ti-Trésor exécuta une gambade que lui eût enviée le singe le plus agile. . . . .

. . . .

Cet hiver, un jeune garçon de couleur, d'une figure fort originale et âgé de quinze ans environ, a été admis dans un des grands lycées de Paris. La classe dont il fait partie est un peu inférieure à son âge, car il a commencé le latin plus tard que bien d'autres, mais il s'y maintient à un bon rang. On dit qu'au sortir du collège il compte étudier la médecine.

Sans les formidables incisives qui lui donneront toute sa vie une physionomie à part, vous auriez peine en le voyant à reconnaître Ti-Trésor. Reçu docteur, il retournera certainement à la Martinique pour recueillir la clientèle de son excellent patron, dont les bienfaits, cette fois, n'ont pas été perdus.

LA PETITE RAMASSEUSE DE CENDRES

Je vais vous raconter l'histoire d'une petite fille qui vivait dans une condition misérable sans que personne prît soin d'elle. Le genre de vie qu'elle menait, vous ne pouvez vous en faire aucune idée, ayant toujours été protégés par la tendresse de parents attentifs. Pensez à cette pauvre enfant quand vous verrez un petit balayeur de rues, un petit mendiant quelconque, qui, sous un extérieur grossier, cache peut-être un cœur aimant, une âme restée, en dépit de tout, pure et sincère.

Par une brillante matinée de mai, notre petite ramasseuse de cendres était assise sur le pavé, appuyée contre la grille d'un des plus beaux squares de New-York, et elle songeait. Peu de temps auparavant une dame, s'étant montrée à la fenêtre d'une des maisons situées en face, avait souri à ses enfants qui jouaient dans le parc.

Catherine avait souri, elle aussi, et rougi à travers la poussière grise qui donnait à son visage un aspect sauvage, car elle s'était imaginé que la dame lui souriait comme à ses propres enfants, et jamais, jusque-là, un regard d'affection n'était tombé sur elle. Quelques minutes après, la dame était

sortie sur le pas de la porte, et les enfants avaient couru vers
elle avec des cris joyeux : « Maman! maman! » puis tous
étaient partis ensemble. La petite ramasseuse de cendres, pensant que la dame lui souriait encore, s'était levée précipitam-
ment, sautant d'abord sur un de ses pieds nus, puis sur l'autre,
croisant et décroisant ses petites mains sales, repoussant les
mèches ébouriffées qui tombaient sur ses yeux, bref ne sachant
quelle contenance tenir; mais la dame dit seulement aux trois
beaux enfants qui la suivaient : « Venez mes chéris. » Alors la
petite Catherine s'assit de nouveau sur le pavé pour réfléchir.

« Maman! murmura-t-elle. Ils disaient tous : Maman! le
petit, qui peut à peine parler, a dit aussi : Maman! Ah! fit-elle
en riant toute seule et en serrant son genou qu'elle tenait enlacé
de ses deux mains, que c'est drôle, trois enfants courant après
une femme et criant : « Maman! » L'une des filles était
aussi grande que moi, oui! Qu'avait-elle besoin d'une maman
pour la garder? J'aurais honte si j'étais à sa place. Quelle
figure je ferais à mon âge, si je courais après quelqu'un comme
ça!... »

Là-dessus elle lâcha son genou et se mit à trottiner sur la
pointe de ses pieds nus, avançant à très petits pas, avec des
gestes affectés, le menton en avant d'un air de moquerie; d'une
voix zézayante, elle appelait une personne imaginaire marchant devant elle : « Ma-man! ma-man! »

« Ha! ha! ha! reprit-elle en riant plus fort, et en s'asseyant
de nouveau sur le bord du trottoir; ne serais-je pas bien
ridicule? Dans tous les cas je ne courrais point, je suppose,
après une belle dame. Si j'avais une maman, elle aurait de
vieux habits malpropres et peut-être une figure rouge comme
celle de la vieille Biddy.

« Si je m'avisais de courir après Biddy en lui disant d'un
ton câlin : « Maman, » ma foi! elle ne tarderait pas à se retourner pour m'envoyer une injure : — Veux-tu te cacher,

petite traîneuse de rues ! Je l'entends d'ici, et quelle grimace ! »

Elle s'arrêta pour donner un libre cours à son hilarité ; mais tout à coup son visage devint sérieux, et elle dit à voix basse, d'un ton de mystère et de crainte respectueuse :

« Je me demande... je me demande ce qu'une dame dirait si je l'appelais comme cela ; la dame de tout à l'heure, par exemple. Je ne suis pas si différente, après tout, des enfants riches. Si j'étais débarbouillée, avec mes cheveux bouclés, j'aurais peut-être l'air d'appartenir, tout comme une autre, à une bonne et belle maman. Comme les joues de cette dame étaient roses ! Comme ses dents brillaient quand elle a souri !

« Certainement elle m'a regardée en faisant un signe de tête. Si j'avais crié : « Maman ! maman ! » si je m'étais élancée avec les autres, qu'aurait-elle fait ? Mais elle m'avait certainement oubliée quand elle est venue à la porte. Je n'ai pu ramener son regard jusqu'à moi, j'ai pourtant bien essayé. Elle a passé de l'autre côté de la rue avec ses marmots pendus à ses jupes, sans seulement soupçonner que j'étais encore là, aussi près de ses yeux que les trois autres. »

La petite fille appuya son coude sur son genou, sa tête sur sa main, et songea longuement à ces choses. Puis une autre pensée la frappa.

« Je voudrais avoir une mère, dit-elle à la fin. Cela me serait égal si la vieille Biddy et tous les gamins et les chiffonniers que j'ai connus dans ma vie se moquaient de moi alors. *Elle* ne se moquerait pas. Ma mère serait bonne. Oh oui ! bien sûr, quand les autres me tourmenteraient, elle m'attirerait contre elle en me disant comme disait cette dame : — « Viens, chérie ! » Et si elle disait cela, on pourrait me charger d'injures ou de sottises, je n'y ferais pas attention. Oh ! je voudrais savoir... Mon Dieu ! si j'allais dans toute la ville, si je cherchais bien par les rues, si je frappais à toutes les portes...

est-ce que je ne trouverais personne qui voulût être ma mère?
Oh! si j'en venais à bout, la vieille Biddy ne me retiendrait
pas. Elle n'a aucun besoin de mes services. Je ne gagne pas
assez pour la dédommager de ce qu'elle fait pour moi, elle le
dit souvent. Elle répète toujours qu'elle voudrait se débarrasser de moi, et que le jour où elle m'a ramassée toute
petite sur le pavé après la mort de ma mère, pour l'aider à
mendier, a été un jour de malheur. Je n'ai pas besoin d'une
mère comme Biddy ni comme les vilaines femmes de notre
quartier; j'ai besoin d'une vraie maman, et je vais voir si je
ne pourrais pas en trouver une... Où vais-je d'abord chercher?
Pour commencer, je ne veux pas de la dame qui demeure
de l'autre côté de la rue, parce qu'elle a tant d'autres petits à
aimer. Mais celle-là pourtant est une vraie mère, c'est la première que j'aie vue. Elle est sortie d'une jolie maison! Il y a
des fleurs sur les balcons et des rideaux en dentelle aux fenêtres. Il se peut que les meilleures mamans soient dans les
plus belles maisons. J'irai droit à toutes celles que je pourrai
rencontrer. C'est ça, je marcherai tout droit devant moi, aussitôt que j'aurai rempli mon panier et que je l'aurai remis à
Biddy. »

Elle sauta gaiement à cette seule pensée, puis expédia son
travail ordinaire, qui consistait à retirer les charbons à demi
brûlés de tous les tonneaux, boîtes ou seaux exposés devant
les portes.

Les méchants gamins qui passaient lui donnaient une bour-
rade par-ci par-là, ou même la chassaient pour prendre sa
place; mais elle était si absorbée dans ses réflexions qu'elle ne
se souciait pas d'autre chose, et elle travailla, pauvre fille,
avec tant d'activité, qu'elle regagna le taudis de la vieille Biddy,
le plus délabré qui fût dans le quartier le plus misérable de
New-York, longtemps avant l'heure habituelle.

Elle soumit ses charbons et ses cendres à l'inspection de

Biddy, les vida dans le tonneau destiné à cet usage, et allait
repartir quand une nouvelle inspiration la frappa.

« J'ai dit que je ne voulais pas d'une maman comme Biddy,
songea-t-elle, mais je ne sais pas quelle maman voudrait d'une
petite fille comme moi ! Je ferais mieux de m'arranger proprement, de soigner mes vêtements ; je n'y peux rien (et elle
regardait ses haillons d'un air désespéré), mais je me débar-
bouillerai, cela je le peux, et la mère que je trouverai me
donnera une jolie robe et toute sorte de belles choses. Je sais
qu'elle le fera. »

Là-dessus, elle prit un bassin de fer-blanc, se lava le visage ;
ensuite elle s'essuya avec un vieux torchon ; enfin, après s'être
efforcée de lisser ses cheveux à l'aide d'un morceau de peigne
cassé, elle s'élança dehors sans être vue par personne.

L'enfant se dirigea vers un quartier riche de la ville. Elle
se promena de long en large lentement, regardant non pas
les portes de cuisine comme dans ses tournées ordinaires,
mais les belles fenêtres, cherchant à deviner quelle maison lui
offrirait le meilleur gîte. Toutes se ressemblaient beaucoup.

« Elles sont fermées et tranquilles, pensa-t-elle, on dirait
que personne n'y loge ! J'ai peur de sonner. »

Au bout d'un certain temps néanmoins, elle eut le courage
d'entrer dans une des cours et de tirer la sonnette de service.
Une cuisinière à l'air renfrogné ouvrit une porte, puis la laissa
retomber sans dire un mot.

« C'est là ce qu'ils font presque toujours quand je mendie,
dit la petite. Comment leur faire comprendre qu'aujourd'hui
je ne pense pas à mendier ? C'est peut-être mon panier qui
me donne l'air si pauvre. Je vais le laisser dehors. »

Elle posa donc son panier par terre, et courut sonner à une
autre porte. Presque aussitôt cette porte s'ouvrit et un domestique se montra pour dire : « Passez ! je n'ai et n'aurai jamais
rien à vous donner. »

20

Après quoi il tapa la porte comme l'avait fait la cuisinière.

« Ah ! murmura-t-elle, soyez tranquille, si je reviens ce ne sera que pour vous faire enrager ! »

Elle sonna ainsi à beaucoup de portes, avec le même résultat, mais elle n'était pas fille à se décourager. Ses yeux brillaient encore, elle souriait d'un air de défi en menaçant de son petit poing osseux la dernière grille qui s'était refermée devant elle, et en criant au domestique qui l'avait éconduite :

« Vous croyez que je suis une mendiante, n'est-ce pas ? Eh bien ! vous ne savez rien du tout. Vous me repoussez maintenant, mais attendez que vous voyiez maman me promener ; attendez, je vous dis, jusqu'à ce jour-là, et vous serez les plus sots !

— Regardez donc cette drôle de petite créature qui se parle à elle-même, dit une dame qui passait à l'amie dont elle tenait le bras. Avez-vous jamais vu pareils gestes ? Regardez le mouvement de son petit menton !

— Étonnons-la un peu », dit l'autre dame, et, prenant une pièce d'argent dans sa bourse, elle la jeta sur les genoux de l'enfant, qui, tout abasourdie, vit les deux dames lui sourire en s'éloignant.

Elle courut après elles, la pièce de monnaie dans une main, et l'autre machinalement étendue : « S'il vous plaît ! s'il vous plaît !...

— Non », répondit sèchement l'une des dames, et elles tournèrent le coin de la rue, disant entre elles : « Voilà ce qu'on gagne à être bonne ! Que pensez-vous d'une pauvresse de cette taille qui vous suit et vous demande après qu'on lui a déjà donné ? »

Mais la petite ramasseuse de cendres haussa les épaules et dit : « Vous n'êtes pas de vraies mamans. » Elle mit l'argent dans sa poche et alla un peu plus loin. Voyant une autre grille ouverte au-dessus d'un perron et un domestique qui entrait justement, elle s'élança vers cet homme et lui dit : « Écoutez, monsieur ! »

— Qu'est-ce que vous voulez ? demanda-t-il en se tournant vers elle.

— Je ne suis pas une mendiante,... mais je voudrais... je pensais.... Dites, y a-t-il une dame dans cette maison qui ait besoin d'une petite fille ? » bégaya-t-elle à la fin, ne sachant plus, maintenant qu'on l'écoutait, comment poser sa question.

« D'une servante, voulez-vous dire ? Ma foi non, il n'y en a pas, et s'il y en avait, elle ne s'arrangerait pas d'une fille de votre espèce, répondit-il, sans méchanceté d'ailleurs ; — cependant, attendez un peu, ajouta cet homme, frappé par l'expression de sa physionomie. Vous ne demandez pas l'aumône, c'est bon, mais voulez-vous manger ?

— Oui, s'il vous plaît », répondit-elle, et elle plongea un regard affamé entre les barreaux de la grille tandis qu'il pénétrait dans la maison. Elle n'y avait pas pensé jusque-là, mais en réalité elle tombait d'inanition.

Au bout d'une minute ou deux, l'homme revint avec du pain et un peu de viande froide proprement enveloppée d'un papier blanc.

« Ce n'est pas mon affaire de donner aux pauvres, j'aurais pu envoyer la laveuse de vaisselle, se dit-il pompeusement à lui-même, mais vraiment cette petite m'a touché. Chercher déjà une place à son âge ! »

S'asseyant sur le pas de la porte, l'enfant, dans la jouissance de satisfaire son appétit, oublia pour quelque temps sa maman imaginaire, tandis qu'elle s'exerçait avec acharnement contre les os et le pain, ramassant jusqu'à la moindre miette. Lorsqu'elle eut tout dévoré, elle s'arrêta encore devant plusieurs sonnettes, courut après nombre de belles dames, s'adressa à maints domestiques, hommes et femmes, et peu à peu fit une

certaine provision de restes dans son panier ; mais les réver-
bères étaient tous allumés et les étoiles brillaient déjà ; elle
dut retourner chez la vieille Biddy et remit sa recherche au
lendemain.

Bien qu'elle ne fût pas parvenue à faire comprendre à une
seule personne ce qu'elle souhaitait, elle n'était point décou-
ragée. Son expérience de la mendicité l'avait habituée aux
rebuffades.

L'idée de trouver une mère avait rempli son esprit de songes
flatteurs et de tableaux fantastiques qui, malgré un premier
échec, ressemblaient de plus en plus à la réalité. Ce matin-là
elle s'était mise en route avec l'idée vague qu'elle finirait
peut-être tout de même, à force de chercher, par réussir un
jour ou l'autre. En rentrant le soir, elle se croyait beaucoup
plus sûre encore du succès. Le contraste entre ses brillantes
visions et la triste apparence du bouge de la vieille Biddy
l'oppressa, sans qu'elle comprît pourquoi, au point de lui
arracher des larmes.

Les ramasseuses et ramasseurs de cendres, les chiffonniers
et autres rôdeurs du voisinage revenaient à cette heure de leur
travail ou de leur flânerie de la journée ; la scène habituelle
de bavardage, de querelles et de désordres particulière à de
pareils lieux, se renouvela comme toujours.

Notre héroïne s'assit à l'écart, réfléchissant et rêvant ; puis
elle se traîna dans son coin, et, toujours hantée des mêmes
chimères, s'endormit sur un lit de vieux chiffons.

Quelques heures après, la lune, se levant sur les toits des
maisons, fit glisser un rayon de blanche lumière à travers
la petite fenêtre du galetas ; ce rayon s'arrêta sur la figure
fatiguée de l'enfant ; il y éclairait une expression si joyeuse
et si douce qu'un instant on aurait pu prendre Catherine
pour la Belle au bois dormant. Au matin, hélas, cette expression radieuse s'était effacée ; mais l'espérance restait, tenace,

invincible, et la pauvrette semblait plus résolue que jamais quand elle repartit pour sa tournée ordinaire.

Elle sonna partout, et toujours sans résultat ; les plus belles rues, les places les plus élégantes furent explorées par elle. Catherine ne sut combien elle était fatiguée qu'en se couchant le soir.

Plus sa recherche devenait difficile, plus elle s'obstinait et plus s'exaltait son imagination. « Le bon Dieu finira par m'aider, se disait-elle, je le prierai tant ! » Chaque jour sa confiance s'affermissait, ses pieds foulaient le pavé avec plus de courage ; de moins en moins elle s'arrêtait pour réfléchir sous les portes et au bord des trottoirs. Chaque nuit, en revanche, la vieille bicoque de Biddy lui semblait plus sombre et plus laide.

Toujours au guet pour apercevoir une dame qui lui parût avoir un air maternel, elle allait le long des rues, dévisageant les gens qui passaient. De temps en temps, quand elle voyait des mères de famille s'arrêter devant les boutiques et charger les petites mains de leurs enfants de bonbons et de gâteaux, elle les suivait à distance, cherchant à saisir ce qu'on disait, et le cœur épanoui dès qu'elle avait entendu une mère appeler son enfant d'un nom affectueux.

« Mon chéri, mon trésor, se répétait-elle à elle-même en imitant l'accent et les manières qu'elle avait remarqués. Que c'était bon ! Maman m'appellera comme cela, je suppose. » La voyez-vous disant toujours « drôlesse ! » et « la peste soit de toi ! » comme fait la vieille Biddy, par exemple. Ce serait bien impossible ! »

Et souvent, quand elle entendait une expression nouvelle ou étrange pour elle, cela la réjouissait et l'amusait autant qu'une belle histoire aurait pu le faire.

« Mon bijou ! mon petit chat ! ma mignonne ! N'est-ce pas drôle ? Maman me dira cela pourtant, à moi aussi. Oh !

comme je rirai ! Et je jetterai mes deux bras autour de son cou ! »

Elle s'adressait très rarement aux femmes qui promenaient des enfants, bien qu'elle eût découvert qu'elles étaient plus disposées que les autres à lui donner un sou ou un morceau de pain. L'idée lui était venue qu'aucune maman qui avait déjà des enfants ne voudrait d'elle.

« Non, disait-elle, je ne suis pas aimable comme les petites filles bien élevées, et les mamans ne se soucieraient pas de me placer à côté des autres. Il faut que je trouve une maman qui n'ait que moi. »

Il arriva un jour qu'une élégante voiture s'arrêta devant la maison auprès de laquelle se reposait la petite ramasseuse de cendres. Un laquais en très belle livrée ouvrit la portière ; une dame descendit, et Catherine l'entendit donner au cocher l'ordre de revenir plus tard dans la journée pour la conduire au parc. Prête à gravir les marches, elle effleura les haillons de la petite fille, qui osa l'arrêter par la dentelle de son châle.

« Madame ! dit une voix suppliante.

— Quoi donc, enfant ? demanda la dame avec un peu d'impatience. Lâchez ma dentelle, vous allez la salir. Je n'ai rien pour vous.

— Je ne demande rien, dit Catherine lâchant la dentelle et joignant les mains, je voudrais seulement savoir si... si... dans la maison il n'y a pas une dame qui ait besoin d'une petite fille ? »

La dame partit d'un léger éclat de rire.

« Non ; il n'y en a pas ; je peux vous le dire avec certitude. »

Et elle monta les marches, riant toujours, son châle de dentelle et les plis de sa robe de soie flottant gracieusement derrière elle.

L'enfant l'observa très attentivement, tandis qu'elle atten-

ET ELLE MONTA LES MARCHES, RIANT TOUJOURS.

dait qu'on lui ouvrît la porte ; puis, quand elle eut disparu,
elle examina encore les fenêtres de la maison en abritant ses
yeux avec sa main. Enfin elle se détourna perplexe et, selon sa
vieille habitude, s'assit au bord du trottoir pour envisager la
question sous un nouvel aspect.

« C'est drôle, se dit-elle après mûre réflexion. C'est très
drôle. Il n'y a donc pas de vraies mères dans ces belles maisons ?
Et pourtant, reprit-elle après une nouvelle pause, la première
mère que j'ai vue sortait de l'une d'elles ; faut-il croire que
c'était la seule ? Bah ! la dame de tout à l'heure, la maison
n'était pas à elle, elle venait seulement y faire une visite. Elle
demeure ailleurs. Je me suis trompée. C'est à recommencer.
Il n'y a aucune maman dans cette maison-là. »

Elle se releva possédée d'une nouvelle espérance, et elle
allait s'éloigner quand, regardant encore une fois la maison
où la dernière dame était entrée, et de laquelle elle venait de
sortir, n'ayant sans doute trouvé personne, elle aperçut tout
à coup un groupe d'enfants à l'une des fenêtres. Elle
s'arrêta.

« Tiens, qu'est-ce que je disais ? Voici des petits enfants.
Mais qui donc les soigne s'il n'y a pas de mères dans cette
maison ? Oh ! des bonnes, je suppose, des domestiques. Pauvres petits ! Ils sont comme moi, ils n'ont pas de maman. »

Et le cœur de la pauvre ramasseuse de cendres débordait de
pitié pour ces enfants riches qu'elle croyait sans mère. Elle
marchait en répétant tout bas : « Pauvres petits ! Pauvres
petits ! »

Elle se mit désormais à explorer les quartiers plus modestes, fuyant les trop belles maisons, car elle avait décidé en
elle-même que les mères qu'elle y voyait entrer n'y devaient
venir que pour une visite en passant. Cependant ses étranges
supplications continuaient à n'émouvoir personne ; on ne les
comprenait pas. Une seule fois une dame parut frappée

21

de ses paroles et, la tirant à l'écart, lui dit de répéter sa question.

« Je demande si vous n'avez pas besoin d'un enfant qui soit à vous, qui demeure avec vous toujours, madame? dit Catherine.

— Voulez-vous dire par là que vous aimeriez à venir vivre chez moi?

— Oui, madame, je cherche quelqu'un auprès de qui je puisse vivre, répéta Catherine avec vivacité, tout heureuse de voir que son interlocutrice semblait la comprendre.

— Mais que feriez-vous chez moi? Et qu'espérez-vous que je puisse faire pour votre bien?

— Vous.... — La petite fille hésita, prise au dépourvu et un peu déconcertée. — Vous me donneriez, dit-elle, une jolie robe rose, des bas et des souliers. Et ce que je ferais? Je ne sais pas, madame. J'irais jouer et je vous sourirais d'en bas par la fenêtre pendant que vous me regarderiez. Je vous donnerais la main quand nous nous promènerions ensemble dans les rues. Et puis... je ne sais pas ! Je ne sais pas ce que je ferais.... »

Catherine, s'appuyant à une grille, baissa la tête et se mit à pleurer.

« Allons, allons, dit la dame avec douceur, en lui frappant sur l'épaule. Il ne faut pas vous désoler. Je verrai ce qu'il me sera possible de faire pour vous. J'ai deux filles à moi, et je ne peux pas vous prendre ; mais je connais un endroit où l'on reçoit seulement les petites filles dans votre position, et je peux vous y placer.

— Le pouvez-vous, madame? Voulez-vous le faire? s'écria Catherine. Y a-t-il ?...

— Y a-t-il quoi? demanda la dame en la voyant hésiter.

— Y a-t-il dans cet endroit-là des mamans qui auraient besoin de petites filles, de vrais mamans, je veux dire ?... »

Tenant la grille à deux mains, elle fixait toujours sur le visage de la dame un regard anxieux et suppliant.

« Hélas non, pas exactement, ma pauvre enfant, dit la dame émue et surprise; mais il y a là des dames très bonnes qui vous soigneront, vous instruiront.

— Non, non, non! interrompit tristement Catherine en lâchant son appui. Je ne veux pas, je ne veux pas aller là! Non, je ne veux pas! »

Et, comme la dame étendait la main pour essayer de la retenir et de la persuader, l'enfant s'échappa et descendit la rue en courant de toutes ses forces. Longtemps après elle s'assit sur une marche, haletante et sanglotant toujours.

« Holà! pourquoi pleures-tu? dit un gamin qui passait.

— Je ne pleure pas plus que toi! répondit-elle avec un effort de fierté, en tirant son capuchon le plus bas possible sur sa figure.

— Oh! moi, je ne pleurniche jamais! Je suis un homme! Mais si cela peut arrêter le robinet, tiens! » dit l'autre en lui jetant une pomme dans laquelle il avait mordu; et il passa.

Elle se mit à rire, prit la pomme, s'empressa de la grignoter, et, après ce régal, poursuivit ses recherches errantes.

Des jours s'écoulèrent, puis des semaines, elle cherchait toujours, mais plus timidement. Depuis qu'une dame lui avait offert de la placer dans un asile quelconque, elle craignait d'exprimer son véritable désir. L'illusion qui l'avait soutenue commençait à s'effacer; à peine espérait-elle maintenant, et les rayons de la lune, quand ils pénétraient dans son galetas, n'éclairaient qu'une physionomie souffrante et désespérée. Le sommeil même n'avait plus pour elle de beaux rêves. Cependant elle continuait à fouiller les cendres tous les matins, à ramasser les petits charbons qui pouvaient encore servir un peu; elle les portait à la vieille Biddy, se débarbouillait et allait mendier dans les rues, comme on l'avait toujours obligée à le faire. Assise sur le pavé, triste et lasse, elle se demandait parfois, en pleurant, si elle ne ferait pas mieux de renoncer à trouver une mère.

Par un soir d'automne, elle était assise ainsi, contemplant paresseusement la maison en face d'elle où, dans la matinée, elle avait remarqué des tentures de deuil et un rassemblement de voitures. Au milieu de ces voitures, on avait emporté quelque chose de blanc, tout couvert de fleurs. Maintenant les tentures étaient enlevées, les voitures s'étaient dispersées, et si les volets n'eussent été tous hermétiquement clos, rien n'eût distingué cette maison de toutes les autres.

« Je me demande, pensait-elle en grelottant sous ses haillons, car il faisait froid, si c'était un garçon ou une fille. Le cercueil ne m'a pas paru grand. »

A ce moment une voiture revint qui s'arrêta à la porte, et une dame vêtue de noir, à demi couverte d'un long voile de crêpe, en sortit, soutenue par une autre dame qui l'aida très affectueusement à gravir les marches du perron.

Quand la porte se fut refermée sur toutes les deux, la petite Catherine resta encore comme pétrifiée à la même place.

Tout à coup elle se leva, se rassit de nouveau, tira et retira son capuchon, et, à la fin, oubliant son panier, s'élança, rapide comme une flèche, à travers la rue pour sonner à la porte de la maison close. Une bonne ouvrit; alors, retenant la porte de telle sorte qu'on n'aurait pu la fermer sans lui scier les doigts, elle dit avec énergie :

« Il faut que je voie la dame.

— Vous ne le pouvez pas, lui fut-il répondu. Elle ne reçoit personne.

— Je veux la voir ! dites-moi, dites-moi si c'était une petite fille et s'il y en a d'autres ici ? Dites-le-moi, je vous en prie ! » fit Catherine avec une telle insistance, que la bonne, d'abord

OH! MADAME, NE PLEUREZ PAS AINSI!

disposée à la renvoyer rudement, répondit : « Oui, c'était une petite fille ; et il n'en reste pas d'autres, ni garçon ni fille. Que voulez-vous à madame ?

— Je veux la voir elle-même! Je sais qu'elle me recevra. Laissez-moi, laissez-moi lui parler ! supplia Catherine.

— Qu'y-a-t-il? demanda une voix douce, et la porte du salon s'entr'ouvrit.

— C'est une petite mendiante, madame, qui dit qu'il faut qu'elle vous voie, et je lui réponds que vous ne recevez personne.

— N'importe, interrompit la dame en ouvrant la porte tout à fait, laissez-la entrer. Parlez, petite, que demandez-vous? »

Catherine entra dans une jolie chambre tranquille où flambait un bon feu ; elle joignit ses mains bleuies par le froid, et regarda la dame avec une expression qui rendait fort étrange son petit visage maigre aux traits hâves et pincés.

Après un moment de silence, elle dit, en s'arrêtant entre chaque mot, tant sa respiration était précipitée :

« Je viens, je viens vous demander, madame, oh! j'ai tant cherché, tant cherché dans les rues, demandant une maman partout, à tout le monde, parce que la vieille Biddy n'est pas ma mère et qu'elle ne m'aime pas... personne ne m'aime, et si, si... on m'a dit à la porte que c'était votre petite fille... et je sais avec cela que vous n'avez plus d'enfants, et je.... Oh! madame, ne pleurez pas ainsi ! Je ne suis pas comme les jolies petites filles, non, je suis laide, mais j'ai besoin d'une maman au monde qui veuille de moi.... »

Son capuchon était tombé en arrière sur ses épaules ; le visage entre ses mains, elle pleurait, elle sanglotait, tremblante de la tête aux pieds, devant la pauvre mère qui s'était tournée du côté du mur, son mouchoir sur ses yeux.

Tout à coup la dame fit un mouvement brusque, les bras ouverts, les joues baignées de larmes :

« Viens, dit-elle, viens à moi! C'est Dieu qui t'envoie, c'est comme si mon enfant m'appelait d'en haut! Viens, pauvre petite…. Je serai pour toi une mère, je te le jure, mon cher trésor!… »

Le rêve de Catherine s'était accompli !

LA DOUBLE MÉPRISE

I

Dans un joli nid bien chaud, deux oiseaux sommeillaient, pêle-mêle avec leurs trois petits, dont les ailes achevaient de pousser. Il pouvait être cinq heures du matin, et la journée promettait d'être belle. Tout à coup une des branches au-dessus de la tête des dormeurs fléchit sous le poids d'une linotte matinale qui criait à pleine voix :

« Allons, réveillez-vous ! J'ai une nouvelle à vous annoncer. Je n'ai jamais été si heureuse. Je veux faire partager ma joie à tout le monde ! Ma fille va se marier !

— C'est là votre nouvelle ? Il y a longtemps que personne ne l'ignore plus d'un bout à l'autre de l'avenue. Sans compter que, si vous êtes satisfaite de voir votre fille se marier avec ce jeune freluquet qui se pavane sous son ridicule plastron rouge, eh bien, ma mie, vous n'êtes pas difficile, il faut en convenir. »

Il y eut un moment de silence pendant lequel la vieille linotte rajusta de son bec quelques plumes rebelles qui donnaient un faux pli à sa toilette.

« Ah ! dit-elle enfin, ce plastron rouge vous semblait, à

22

vous aussi, de mauvais goût, n'est-ce pas ? Les linottes s'habil-
lent d'ordinaire d'une façon si peu voyante que je n'avais
jamais réussi à m'expliquer comment ma fille, une personne
bien élevée, avait pu remarquer un oiseau d'aussi vulgaire
apparence ! On disait cependant plus de bien que de mal de
l'oiseau au plastron, il faut l'avouer pour être juste ; mais
ce n'est plus de lui qu'il est question maintenant. Ma chère
Linottine a été demandée hier soir en mariage par un bien
plus grand personnage, ma foi, un étranger de distinction qui
est venu se fixer dans notre pays. Il habite une superbe maison
dorée tout près d'ici, et il est servi par de nombreux domestiques. Le luxe de son existence est vraiment incroyable.
Chaque matin un serviteur spécial lave, gratte et fourbit son
palais, garni de perchoirs du plus beau bois, qui sont soigneusement polis et taillés à la mesure des pattes afin de lui éviter
la crampe. Ses repas, servis à heure fixe, se composent de
graines de première qualité. L'eau qu'il boit est contenue dans
un magnifique vase de cristal. Quant aux salades de primeur
et aux friandises exotiques qu'on met sur sa table pour réveiller son appétit, je renonce à vous les décrire. Puis, lorsque le
froid arrive, on transporte sa maison dans des climats chauds ;
le soleil vient-il à paraître, vite on l'applique contre ce grand
mur gris que vous voyez là-bas, tout couvert de vigne vierge.
Tenez, c'est précisément un jour que nous étions perchées sur
ces vignes que ma Linottine a fait sa conquête. Oui, certes, je
suis une heureuse mère, car, bien que nous appartenions,
chacun le sait, à une très bonne famille, je suis forcée de
reconnaître pourtant que, sous le rapport de la naissance et du
grand air, le futur mari de ma fille nous est bien supérieur.
L'éclat de ses yeux et l'adorable ton d'or de son habit sont
hors de comparaison avec tout ce que j'ai vu jusqu'à ce
jour. »

Ici la vieille linotte perdit haleine et fut forcée de s'inter-

rompre; la surprise tenait clos le bec de ses auditeurs. Enfin,
l'un des petits hasarda cette observation :

« Mais Linottine a une si jolie voix !

— Oui, mon chéri, elle est réellement bien douée sous ce
rapport, mais qu'est-ce que son faible gazouillement, comparé
aux notes vibrantes qui s'échappent du gosier de mon futur
gendre ?

— Et où vont-ils demeurer ? Hélas, allons-nous perdre
Linottine ? demanda inquiet un autre oisillon.

— Ce n'est pas encore décidé. Le serin, — vous ai-je dit
que ce seigneur fût un serin ? Non ! Eh bien, c'en est un. Or
donc, ce seigneur, ce prince peut-être, un oiseau d'or ne peut
pas être moins que prince, veut tout naturellement emmener
sa femme dans son palais; mais elle, la pauvre sotte, pré-
férerait rester dans cette sombre avenue d'arbres centenaires !
J'ai peur qu'au fond elle n'ait gardé une préférence pour l'oiseau au plastron rouge, elle lui trouvait l'air militaire, la petite
niaise ! Il faut lui démontrer, amis, combien son idée est
absurde. Allons, il est temps que je parte. J'étais venue seulement vous apprendre ce mariage et vous inviter tous à la
noce. Je compte sur les enfants, ne l'oubliez pas, car ce sera
une fête comme on en voit peu et qui, vraisemblablement,
fera époque dans leur vie. »

Là-dessus, la vieille linotte s'envola, emportant la promesse
formelle que personne ne manquerait à la réunion.

II

« Je me sens les nerfs agités », disait le serin, passant son
bec mignon entre les barreaux de sa cage, pour tirer par la
manche un gros perroquet gris dont les yeux étaient encore
bouffis de sommeil.

Le perroquet souleva sa paupière plombée :

« Je m'en aperçois, fit-il en bâillant. Vous aurez beau temps tout de même, si je ne me trompe : malheureusement, dans cette saison-ci, le beau temps ne dure pas.

— Je rentrerai de bonne heure. Mais si l'on allait ne pas m'ouvrir la porte ce matin pour ma promenade habituelle travers la chambre?

— Vous n'avez qu'à vous démener un peu, à faire semblant de vous fâcher et à becqueter vos barreaux. Vous savez que cela vous réussit toujours quand on vous a oublié. »

Mais ce jour-là on ne l'oublia pas. A l'heure habituelle, la cage fut nettoyée, les mangeoires furent remplies, l'eau renouvelée et la grille laissée grande ouverte. Le serin sortit triomphant.

« Ne vous pressez pas trop, ayez votre air de tous les jours. Commencez par flâner un peu à droite et à gauche, comme de coutume », lui souffla le perroquet à l'oreille, quand il passa devant lui.

Au même instant, la personne occupée à arranger la cage dit à une autre servante qui balayait l'appartement :

« Ouvrez donc la porte du salon; vraiment on étouffe ici, et vous savez bien que le serin est si sage qu'il ne cherche jamais à se sauver.

— Voilà le moment venu, dit le perroquet. Filez droit au premier étage. La femme de chambre fait les lits et vous ne trouverez pas une fenêtre fermée. »

Frrou !

« Qu'est-ce qu'il y a? Ce n'est pas le serin, bien sûr? Mais si, grand Dieu! c'est lui-même! »

Et les domestiques s'élancèrent dans la pièce voisine, criant à pleine voix :

« Fermez les fenêtres là-haut! fermez tout! »

Il y eut alors un bruit de pas précipités dans l'escalier; puis
une voix anxieuse demanda :

« N'est-il rien arrivé à Fifi? Je viens de voir passer tout à
côté de moi un oiseau jaune, oui, il m'a paru jaune, qui s'envolait par une fenêtre d'en haut! »

III

Le mariage fut célébré sur le vieil arbre préféré de la linotte
et de sa fille. Après tout, cette noce n'eut rien de bien extraordinaire. La mariée n'était pas en beauté. Elle avait du chagrin, c'était évident, de dire adieu à ses branches familières, à
l'air vivifiant et libre de la campagne, au ciel bleu, à toutes
les joies modestes auxquelles il lui fallait renoncer! Qui sait si
elle ne regrettait pas un peu celui dont elle éloignait jusqu'à
la pensée? La pauvrette devait aussi se demander comment il
pouvait se faire qu'un grand personnage tel que le serin voulût emmener dans sa somptueuse demeure une humble campagnarde qui, au fond, se souciait si peu de la partager
avec lui!

Nul dans l'assemblée pourtant ne se méprenait sur les mo-
tifs auxquels obéissait monseigneur Canari. Ce personnage savait qu'en épousant Linottine il aurait la compagne la plus
patiente, la plus soumise, la plus douce, pourvue en outre de
divers talents d'agrément : or, comme il était avant tout occupé
de lui-même, il ne s'était pas arrêté un instant à considérer si
elle était satisfaite ou non.

De nombreux amis avaient été conviés à la noce; on leur
servit une délicieuse collation, composée des grains les plus
délicats, des vers les plus frais, du mouron le mieux choisi;
mais, malgré tout, la fête manquait d'entrain. Bien que le
temps fût beau, monseigneur se plaignit du froid et se tint re-

frogné dans la partie la plus touffue de l'arbre. Il se trouvait
fort mal sur ces branches à écorce grossière, qui n'avaient
jamais été ratissées et que le moindre souffle agitait; aussi
montrait-il son ennui de voir Linottine prolonger les adieux.
Il avait hâte de retourner chez lui pour se réchauffer : il lui
tardait surtout de savoir quelle réception ses puissants pro-
tecteurs feraient à sa modeste petite oiselle brune quand il
leur dirait en chantant :

« Mesdames et messieurs, j'ai l'honneur de vous présenter
ma femme. »

Rien que d'y songer, un long frisson parcourut tout le corps
du serin, qui déjà grelottait.

« Ne vous fâchez pas. Le soleil n'est pas encore prêt
à descendre derrière la maison, et Linottine va revenir.
Elle prend seulement congé de quelques vieilles connais-
sances. »

Ainsi parla la mère linotte en passant une patte tremblante
sur ses yeux.

Pauvre petite Linottine! Elle sautait de rameau en rameau,
le cœur serré. Elle embrassait une à une ses feuilles chéries
et dévorait une dernière fois du regard ses sites de prédilection. La tête tristement appuyée contre le tronc rugueux de
l'arbre, elle se dit qu'il était impossible qu'elle ne revînt pas
l'habiter un jour. Si éloigné que ce jour pût être, elle ne voulait pas en désespérer.

Quand elle eut dit adieu à la grande branche noueuse dont
une fourche supportait le nid maternel, ce nid où elle avait
grandi, insouciante, depuis le jour où elle était sortie de sa
coquille, elle n'eut plus de prétexte cependant pour retarder
son départ.

Alors les mariés ouvrirent leurs ailes et s'envolèrent côte à
côte dans la direction de la vaste maison de pierre qu'ils devaient habiter dorénavant.

Les fenêtres du salon, celles de la salle à manger étaient grandes ouvertes ; on avait facilité au déserteur tous les moyens de rentrer, au cas possible de son retour.

« Allons, avancez ! dit le serin à sa compagne. Encore un coup d'aile, et vous serez en sûreté au fond de ma maison d'or. Voyez, on a mis des morceaux d'échaudé et de sucre sur l'appui de chaque fenêtre. Les braves gens ! Ils ne peuvent vivre sans moi. »

Cependant la pauvre linotte restait en arrière, toute frémissante.

« J'ai bien peur tout de même, dit-elle à son mari.

— Peur de quoi ? Ne suis-je pas là pour vous protéger ?

— Oui, mais.... Oh ! je vois une tête derrière les vitres ! murmura Linottine.

— En haut, peut-être, mais pas au rez-de-chaussée, où nous allons.

— Si, vraiment, on dirait même que c'est celle d'un méchant gros chat.

— Où donc ? Je ne vois rien. Peut-être voulez-vous parler du perroquet ? C'est mon ami. Venez donc, madame, dépêchez-vous, de grâce. On n'aurait qu'à nous fermer, maintenant, les fenêtres au nez ! Ce serait joli ! Il ne nous resterait plus, par un froid pareil, qu'à passer la nuit à la belle étoile, sur le toit, ou à retourner dormir sur votre vieil arbre, où nous ne serions guère mieux.

— S'il devait en être ainsi, je serais bien contente que l'on fermât toutes les fenêtres, soupira la linotte. Mais, que vois-je ? N'est-ce pas une de ces machines qui font *boum* et qui tuent les oiseaux ?...

— Qu'appelez-vous une machine qui fait *boum* ? Combien vous manquez d'usage, ma pauvre enfant ! Sachez, au reste, que dans notre monde nous n'avons à nous occuper ni de pièges ni d'embûches d'aucune sorte. Ces machines-là ne

sont pas faites pour nous autres serins. Entrez vite, nous y
sommes. »

Ce disant, et, chose triste à constater, déjà fort en colère,
l'époux saisit sa pauvre oiselle effarouchée par les plumes du
dos et la poussa devant lui jusqu'à l'intérieur de l'appartement.
Aussitôt sortit de derrière les rideaux une personne qui se
tenait là aux aguets, et le châssis de la croisée se ferma bruyam-
ment.

« Pris ! Il est pris, le méchant déserteur !

— Où avez-vous été, monsieur, depuis le temps que vous
êtes parti ? »

Le serin, perdant la tête, — malgré ses airs de matamore,
il fallait peu de chose pour l'épouvanter, — se précipita au
fond de sa cage sans plus songer à la pauvre Linottine que si
elle n'existait pas. Tandis qu'il allait se cacher sur le perchoir
le plus élevé de ce lieu de refuge, le ressort de la porte claqua ;
il était prisonnier.

Personne ne fit attention à Linottine qui avait volé jusqu'au
sommet du dossier d'un grand fauteuil. Ses griffes inexpéri-
mentées s'embarrassèrent dans les mailles du tissu auquel elle
s'était accrochée avec une vigueur de campagnarde. Elle eut
beau se débattre, elle ne put les dégager.

La seule chose que le guetteur eût aperçue du fond de son
embuscade, c'était le serin au brillant plumage. Du reste, le
serin seul semblait intéresser les gens de la maison, car, aussitôt que se fut répandue la nouvelle de son retour, tous accoururent l'un après l'autre, en abusant des diverses exclamations
susceptibles de rendre l'étonnement, la joie, la louange et l'admiration. On le grondait, on le caressait, on le complimentait
tout à la fois. « Jamais on n'avait vu un si méchant petit oiseau ; mais jamais non plus on n'avait rencontré un être aussi
charmant, aussi attaché à ses maîtres que ce petit vilain ! Que
c'était laid de s'être sauvé, mais que c'était gentil d'être re-

« PRIS ! IL EST PRIS, LE MÉCHANT DÉSERTEUR ! »

venu ! Fallait-il être raisonnable pour être rentré tout seul dans sa cage, et intelligent pour avoir su reconnaître la fenêtre ! Qu'il est joli ! qu'il est futé ! qu'il est courageux ! qu'il est aimable ! qu'il est drôle ! »

C'était réellement de l'enthousiasme.

L'objet de cette ovation se tenait cependant sur son perchoir, silencieux et embarrassé, n'osant remuer que les yeux. A dire vrai, il était quelque peu préoccupé de l'horrible situation où il avait jeté la pauvre Linottine. Tout à coup quelqu'un s'écria :

« Voyez donc ! Un autre oiseau, un petit oiseau brun perché sur le dossier de ce fauteuil.

— Peut-être était-ce avec celui-là même que le serin se battait dehors quand je me suis caché derrière les rideaux. Prenez garde, il va s'envoler ! »

C'était vrai ; seulement, aveuglée par la terreur, la petite linotte ne dirigeait pas bien ses mouvements ; ses ailes retombèrent sur ses flancs palpitants.

« Je la tiens ! je la tiens ! s'écria une voix triomphante. Elle est trop jeune pour voler bien loin.

— Laisse-la !

— Non !

— Si !

— Je la veux !

— Tu ne l'auras pas !

— Enfants, prononça une voix plus grave, que les querelles finissent. Ne voyez-vous pas que vous serrez la pauvre petite bête à l'étouffer. Donnez-la-moi sur-le-champ ! »

Et l'oiseau passa des petites mains crispées des marmots dans celle d'une grande personne, où elle se trouva plus à l'aise.

« Comme son petit cœur bat ! Quelle frayeur elle ressent ! Aimeriez-vous à être tourmentés ainsi par un géant cent fois plus grand et plus gros que vous? Voyons, qu'allons-nous en faire? Lui rendrons-nous la liberté? Qu'en dites-vous, enfants? »

Oh! combien battait alors, en effet, le cœur de la petite linotte! Si quelqu'un avait porté les yeux sur la cage dorée, il aurait remarqué l'émotion du serin, qui, la tête penchée de côté, était tout oreilles.

Naturellement les enfants ne purent se décider à perdre ce charmant petit oiseau brun qui était venu se jeter, on peut le dire, dans leurs bras.

« Maman, il me semble qu'il préfère rester avec nous!

— Maman, je crois qu'il ne sait pas voler.

— Maman, n'est-il pas trop jeune pour se suffire à lui-même?

— Maman, il doit faire bien froid dehors pour un petit oiseau. »

La maman réfléchit un instant.

« Si vous voulez le donner au pauvre Henri, qui est malade, et le lui porter la prochaine fois que nous irons à la ville, je veux bien vous le laisser. »

A ces paroles, les enfants bondirent de joie.

Cependant l'arrêt était prononcé: la linotte était condamnée. Hélas! si ces étourdis avaient pu deviner l'angoisse cruelle de la pauvre bête, ils ne l'eussent pas retenue un seul instant de plus loin de son vieil arbre natal. On la mit dans une jolie cage de bois, peinte en vert, dûment garnie de perchoirs, bien approvisionnée de nourriture; mais elle fut insensible à ces raffinements et passa le reste de la journée et la nuit suivante sur le plancher de sa prison, sans faire un mouvement, les plumes hérissées en boule. La première fois que la famille se rendit à la ville, on y transféra la petite captive en l'abritant sous les plis d'un foulard, afin de la préserver du contact direct de l'air extérieur, qui pourtant lui eût fait grand bien. On

ne savait pas combien elle eût été heureuse de jeter un dernier
regard sur les grands arbres aux ondoiements majestueux, sur
les champs qui s'étendaient à perte de vue, sur toute cette
campagne où elle avait grandi. En arrivant, elle fut offerte au
petit Henri, le cousin de ses jeunes persécuteurs, un pauvre
enfant alité depuis bien des semaines déjà, et dont les jours
et les nuits étaient troublés par des souffrances continuelles,
sans que sa douceur et sa patience se fussent jamais dé-
menties.

IV

Les beaux jours de Linottine étaient passés. Elle devait vivre
désormais dans une étroite chambre de malade, ayant pour
unique horizon des files de cheminées qui cachaient le ciel.
C'était un sort affreux, n'est-ce pas, pour un oiseau des
champs? Aussi son nouveau maître, qui, du premier coup,
s'était attaché à elle, se préoccupa-t-il tout d'abord de la tristesse qu'elle témoignait.

Cependant Linottine, elle aussi, avait le cœur tendre et compatissant. Considérant l'état auquel était réduit le petit garçon,
son existence lamentable, son avenir sans espoir, elle se dit
qu'elle n'était pas seule à souffrir; puis elle souhaita de
pouvoir faire quelque chose pour soulager Henri. L'idée lui
vint que peut-être le récit des peines d'un oiseau lui ferait
oublier momentanément ses propres épreuves, et elle commença une longue histoire de sa petite voix douce, si douce
que l'enfant se souleva sur son coude, retenant son haleine,
pour la mieux écouter.

La linotte chanta les grands arbres agités par la brise,
les haies verdoyantes qui courent au bord des sentiers, les
fraîches fleurs des champs. Elle chanta l'air embaumé de

la campagne, le soleil aux chauds rayons, le gai murmure du ruisseau. Elle chanta la branche fourchue à laquelle était suspendu le nid où elle était née, et redit le chagrin du pauvre petit rouge-gorge auquel l'avait refusée sa mère, éblouie par les mérites du serin des Canaries. Mais alors la voix lui manqua.

Il y eut ensuite un silence que troublait seule la respiration égale du malade qui s'était assoupi. Et Linottine s'applaudit d'avoir, en renouvelant ses propres douleurs, donné une heure de répit à celles du pauvre Henri.

Depuis lors, elle chanta chaque jour, parfois du matin au soir, et Henri, la voyant si gaie, oubliait qu'elle eût des ailes qui ne demandaient qu'à se déployer pour aller rejoindre une mère, des frères et des sœurs et l'ami fidèle qu'elle avait délaissé.

Un jour, il fallut faire au pauvre enfant certaine opération cruelle dont dépendait sa guérison ; cette opération eut lieu par une belle matinée de printemps, et, comme chacun s'empressait ensuite autour du lit du petit patient, si pâle, si épuisé, qu'on eût pu douter qu'il respirât encore, Linottine, jalouse de le secourir aussi, commença la chanson qui lui avait souvent réussi.

« Paix ! fit quelqu'un. Que l'on couvre cette cage, ou qu'on emporte l'oiseau. »

Mais le petit Henri avait entendu, et, ouvrant les yeux, il eut un faible sourire qui aussitôt fut compris.

La linotte put donc continuer son gazouillement, et elle mit toute son âme dans sa chanson, la dernière, croyait-elle, que son ami dût entendre. Cette chanson était la même qu'elle lui avait chantée le premier jour ; elle n'en savait point d'autre ; c'était toujours la plainte d'un prisonnier à son compagnon d'infortune. Et l'enfant, cette fois encore, bercé doucement par la voix de sa petite amie, s'endormit.

XII

« ADIEU, CHER PETIT OISEAU ! » LUI CRIA HENRI.

V

A un mois de là, la cage se trouvait placée sur le rebord de la fenêtre ; la porte en était ouverte, oui, ouverte par la volonté même de Henri, et la linotte, invitée à sortir, sautillait sur le toit voisin, tout étonnée de se retrouver en liberté.

« Adieu, cher petit oiseau ! » lui cria Henri.

Il s'était levé pour la première fois ce jour-là. Il entrait en convalescence, et, redevenu libre lui-même, il avait voulu que sa camarade de captivité redevînt libre aussi. L'oiseau, ravi, le salua d'un remerciement mélodieux et regagna aussitôt à tire-d'aile les ombrages bien-aimés où l'attendaient encore, mais sans presque oser l'espérer, sa mère et ses amis.

Elle leur raconta tout au long la triste expérience qu'elle venait de faire. Il n'y eut qu'une voix pour proclamer le bonheur qu'avait eu la linotte d'échapper à la destinée qui l'eût attendue si son mariage avec M. Fifi se fût accompli selon les règles ; il n'y eut qu'une voix pour célébrer le retour de Linottine à la liberté ; qu'un cri contre la couardise qu'avait montrée M. Fifi dans toute cette affaire.

L'oiseau d'or n'eût certes pas été flatté d'entendre ce qui se disait de lui sous la feuillée. La mère Linotte n'était pas fière non plus pendant ce récit, qui montrait combien son ambition avait failli être fatale à sa fille. Elle avait cru bien faire, elle s'était trompée du tout au tout, c'était clair, et comme elle était bonne et sincère, elle n'hésita pas à le reconnaître, en jurant ses grands dieux qu'on ne l'y prendrait plus.

« N'aurais-je pas cent fois mieux fait, dit-elle avec un gros soupir, de céder aux vœux de Linottine ? Je savais bien qu'elle aimait ce pauvre petit rouge-gorge. Son plastron rouge n'était pas de mon goût ; mais quoi ! nous avions tort de le lui repro-

24

cher, c'est la nature qui le lui avait donné, et là-dessous battait du moins un cœur tendre et sensible. Quel chagrin il a eu
du départ de ma fille, et quelle modération, quel tact! Il ne
m'a pas fait un reproche. Ah! s'il était là, comme je lui ou-
vrirais mes ailes! »

Elle n'avait pas fini de parler, que, de la plus haute branche
de l'arbre où tout cela se disait, descendit un petit oiseau
éperdu.

« Me voici, me voici! dit-il. Je n'ai pas changé, je suis, et
serai toute ma vie, tout à vous, Linottine! »

Un cri s'échappa du sein de la petite inconstante, un cri de
joie, un cri de bonheur. Je ne sais pas le dénouement de
l'histoire; mais, bien sûr, tout dut finir par s'arranger, et la
double méprise fut réparée, car Henri, qui était venu achever
sa convalescence à la campagne, m'a raconté que, quand il se
promenait à travers le parc, il était souvent suivi dans sa promenade par une linotte et un rouge-gorge qui sautillaient
de branche en branche, l'accompagnant de leurs chansons
joyeuses et lui disant merci, à leur façon, sur les airs les plus
variés de leur gentil répertoire.

LE PUITS DES SOUHAITS

Le soleil d'hiver s'abaissait à l'horizon. De minute en minute l'ombre de la forêt s'allongeait et la cime des grands arbres se colorait d'une lumière plus rouge. C'était le soir de Noël, mais on aurait pu se croire dans une tout autre saison, tant l'après-midi avait été tiède, tant la brise murmurait harmonieusement à travers les rameaux dégarnis de feuillage, comme pour remplacer le chant des oiseaux absents.

Le vent avait mis de côté sa grande voix de tempête, et vous eussiez été surpris des jolis sons qu'il filait, étant de bonne humeur comme on doit l'être pour la nuit de Noël ; il balançait les branches d'un mouvement aussi doux, aussi tendre que celui d'un berceau.

Toinette se tenait debout, sa cruche à la main, auprès du puits, *le Puits des souhaits*, comme on le nommait dans le pays, car il était de tradition populaire que quiconque murmurait certaines paroles à cette place, en se tournant vers l'orient, verrait son vœu se réaliser. Malheureusement, personne ne connaissait au juste ces paroles magiques. Toinette les ignorait comme tout le monde et regrettait son ignorance :

Comme ce serait agréable ! pensait-elle. Que de choses dignes d'envie elle eût possédées, si le souhait seul eût suffi ! Ses frères et ses sœurs l'adoreraient et ne seraient plus jamais taquins ; sa mère ne serait plus forcée de tant travailler, et même toute la famille, une pauvre famille d'émigrés, depuis longtemps fixée en Amérique, retournerait vers cette France que sa mère disait si belle ! Pendant ce temps, le soleil baissait toujours et la maman attendait sa cruche d'eau que Toinette avait oubliée.

Tout à coup la petite fille tressaillit. Un léger bruit avait frappé son oreille ; on eût dit des pleurs, un faible gémissement. Ce bruit semblait tout proche, pourtant elle ne vit rien.

Toinette se hâta d'emplir sa cruche. Déjà elle tournait le dos au puits pour partir, quand le même son se fit entendre encore. Il n'y avait pas à s'y méprendre ; c'était un soupir qui partait de terre, à ses pieds mêmes.

Toinette s'arrêta court : « Qu'y a-t-il? » s'écria-t-elle bravement.

Elle entendit un nouveau soupir et aperçut en même temps à terre, à côté d'elle, un petit être, petit au point qu'elle dut se mettre à genoux et baisser la tête pour le voir à son aise. Il avait une singulière tournure et était vêtu d'un habit vert chatoyant comme les élytres d'un scarabée. Sa main microscopique tenait un bonnet orné d'une longue plume pointue. Deux larmes roulaient sur ses joues, et il fixa sur Toinette un regard si perçant et si triste tout ensemble, qu'elle en éprouva du chagrin, de la frayeur et de la confusion à la fois.

« Voilà qui est bien drôle, se dit-elle à elle-même.

— Non, répondit le petit homme, d'une voix sèche et pénétrante comme le cri d'une cigale, rien n'est moins drôle. Vous avez tort d'employer ce mot qui froisse mes sentiments, Toinette.

— Vous savez mon nom? s'écria Toinette abasourdie. Par

XIII

« VOUS SAVEZ MON NOM ? » S'ÉCRIA TOINETTE ABASOURDIE.

quel miracle ? Et de quoi s'agit-il ? Pourquoi pleurez-vous ainsi, mon petit homme ?

— Je ne suis pas un petit homme ; je suis un lutin, répliqua la petite voix sèche, et je crois que vous pleureriez comme moi, si, invitée à une collation, vous étiez clouée en place par une baïonnette qui vous empêcherait de faire un mouvement. Regardez ! » Il se détourna un peu, et Toinette put voir une longue épine de rose qui avait accroché dans le dos l'habit vert du petit être, lequel, ne pouvant atteindre l'épine, se trouvait retenu prisonnier.

« N'est-ce que cela ? Je vais vous en débarrasser, répondit Toinette.

— Prenez garde ! oh ! prenez garde ! dit le lutin d'une voix suppliante. C'est mon habit neuf, mon costume de Noël, et il faut qu'il me dure un an. S'il y survient un trou, Cosse-de-Pois va me taquiner, et Fleur-de-Fève aussi, à m'en faire mourir. »

Et il trépignait à cette pensée.

« Voyons, restez tranquille, reprit Toinette d'un ton maternel, ou bien vous allez vous-même déchirer votre bel habit. »

Tout en parlant, elle avait brisé l'épine qu'elle retira délicatement du tissu. Le lutin, anxieux, examina son vêtement. Une légère piqûre était seule visible, et son visage se rasséréna.

« Vous êtes une bonne fille, dit-il. Vous venez de me tirer d'embarras ; peut-être un jour vous rendrai-je service à mon tour.

— Je serais venue plus tôt à votre secours, reprit timidement Toinette, si j'avais pu vous voir ; mais le fait est que tout en vous entendant, je ne vous apercevais pas.

— Non, car j'avais mon bonnet sur ma tête, » répliqua le lutin.

Il s'en couvrit, et pstt, il n'y eut plus personne ; mais sa voix rieuse disait : « Allons, quittez cet air ébahi. Touchez-moi du doigt.

— Oh! s'écria Toinette en le prenant dans sa main, c'est merveilleux! Comme je voudrais pouvoir en faire autant. Les enfants ne me verraient pas, je me glisserais dans la maison pour les surprendre: ils parleraient sans se douter que je suis là! C'est cela qui serait amusant! Est-ce que les lutins prêtent quelquefois leur bonnet? Je voudrais bien avoir le vôtre. Il doit être si bon d'être invisible!

— Quoi! dit le lutin, apparaissant tout à coup, vous prêter mon bonnet! Mais il ne tiendrait pas sur le bout de votre oreille, il est si petit! Quant à l'agrément d'être invisible, cela dépend des circonstances. Il est quelquefois très grand et parfois aussi c'est tout le contraire. Pour les mortels, le seul moyen de devenir invisible est de cueillir de la graine de fougère et d'en mettre dans ses souliers.

— Cueillir de la graine de fougère? Où en trouve-t-on? Je n'ai jamais vu les fougères porter de graine, répliqua Toinette de plus en plus étonnée.

— Parbleu! c'est que nous y veillons, nous autres lutins. Personne, excepté nous, ne trouve la graine de fougère. Pourtant, laissez-moi vous dire une chose. Vous avez été si bonne fille en retirant avec tant de soin l'épine qui me retenait, que je vais vous donner un peu de cette graine. Vous pourrez alors vous amuser à être invisible tant qu'il vous plaira.

— Est-ce bien vrai? Oh que je suis contente! Allez-vous me la donner tout de suite?

— Miséricorde! croyez-vous donc que je porte cela dans mes poches? répondit le lutin. Non, rentrez chez vous, ne dites rien à personne, mais laissez votre fenêtre ouverte cette nuit, ne craignez pas de vous enrhumer, et vous verrez ce qu'il arrivera. »

Il tenait le doigt levé près de son nez, en signe de recommandation, pendant qu'il donnait les instructions qui précèdent; après cela, il fit un bond comme une sauterelle, enfonça son bonnet sur sa tête et disparut. Toinette attendit un moment, espérant le voir revenir ; puis elle reprit sa cruche et regagna la maison en courant.

« Comme tu as été lente ! lui dit sa mère. Il est tard, les petites filles ne doivent pas être dehors à cette heure-ci. Il faudra te dépêcher une autre fois, mon enfant. »

Toinette fit la moue comme cela lui arrivait souvent quand on lui adressait des réprimandes. Ses frères voulurent savoir ce qui l'avait retenue dehors, et elle leur répondit avec colère, ce qui les mit eux-mêmes de mauvaise humeur, jusqu'à ce qu'enfin ils allassent dans l'arrière-cuisine jouer entre eux. Bien souvent les enfants s'enfuyaient quand ils voyaient arriver Toinette. Celle-ci en était irritée, chagrine surtout ; mais elle ne songeait pas que c'était en grande partie la faute de son caractère impérieux.

« Raconte-moi une histoire », lui dit un peu plus tard la petite Jeanneton, venant se coucher sur ses genoux.

Toinette, la tête pleine du lutin, n'avait pas de temps à perdre avec Jeanneton ; aussi répondit-elle : « Pas ce soir. Demande à maman de t'en raconter une.

— Maman est occupée », répliqua Jeanneton d'un ton de prière.

Mais Toinette n'en tint pas compte, et sa petite sœur s'en alla le cœur gros.

Enfin, arriva l'heure du coucher. Toinette ouvrit sa fenêtre et demeura longtemps éveillée à attendre ; après quoi, elle s'endormit. Elle se réveilla en sursaut et s'assit sur son lit. Devant elle, sur sa couverture, se tenait son ami le lutin avec une longue suite de camarades, tous vêtus de vert comme des scarabées et coiffés de petits bonnets pointus. D'autres entraient par la fenêtre, pendant qu'au dehors, les derniers s'avançaient sous les rayons de la lune qui, se brisant sur leurs robes brillantes, les faisaient étinceler comme autant

25

de lucioles. Mais, chose extraordinaire, bien que coiffés de leurs bonnets, ils étaient tous visibles.

« C'est étonnant, pensa Toinette, ils ont leurs bonnets et je les vois !

— Vous songez à nos bonnets, dit son lutin particulier, lequel semblait avoir le don de lire au fond de son esprit. — Oui, vous pouvez nous voir aujourd'hui malgré nos bonnets. Les enchantements perdent tout leur pouvoir pendant la nuit de Noël. Cosse-de-Pois, où est la boîte ? Voulez-vous toujours tenter l'épreuve de vous rendre invisible, Toinette ?

— Oh oui, certainement, je le veux !

— Très bien, qu'il en soit ainsi ! »

Ce disant, il fit un signe, et deux lutins s'avancèrent courbés sous le poids d'une singulière petite boîte, grosse comme une graine de citrouille. L'un d'eux en souleva le couvercle.

« N'oubliez pas le porteur, s'il vous plaît, madame, dit celui-ci, donnant de ses petits doigts secs une chiquenaude sur l'oreille de Toinette.

— A bas les mains, Cosse-de-Pois ! s'écria le lutin de l'enfant ; c'est mon amie, et je ne veux pas qu'on la pince. «

En même temps il frappait rudement Cosse-de-Pois de son poing microscopique, et toute sa petite personne respirait un tel air d'audace et d'énergie, qu'il paraissait grandi d'un pouce au moins. Toinette en fut remplie d'admiration. Pour Cosse-de-Pois, il se retira tout confus, disant, avec un rire forcé, que maître Chardon avait la main trop leste.

Chardon, tel était donc apparemment le nom de l'ami de Toinette, Chardon, disons-nous, plongea ses doigts dans la boîte pleine de graines d'une belle couleur marron, et en jeta une pincée dans chacun des souliers de l'enfant, rangés côte à côte au pied du lit.

« Maintenant, votre souhait est réalisé, dit-il ; vous pourrez dès l'aurore aller et venir, et faire ce qu'il vous plaira, sans être vue de personne. Le charme produira son effet jusqu'au soleil couché. Profitez-en. Si cependant vous désiriez le faire cesser plus tôt, vous n'auriez qu'à secouer vos souliers pour en faire tomber les graines, et aussitôt vous redeviendriez visible comme de coutume.

— Oh ! je ne les secouerai pas, déclara Toinette ; il était inutile de m'indiquer ce moyen.

— Adieu, dit Chardon en ricanant.

— Adieu et grand merci, répondit Toinette.

— Adieu, adieu », répétèrent les autres lutins en chœur.

Ils semblèrent se consulter un instant, puis s'élancèrent tous ensemble par la croisée, à la façon d'un essaim d'abeilles, et disparurent dans un rayon de lune. Toinette sauta hors de son lit et courut à la fenêtre pour tâcher de les apercevoir encore ; mais les petits hommes étaient partis sans laisser de traces de leur passage. Alors elle retourna se coucher ; bientôt après elle s'endormit toute préoccupée de ce qui lui était arrivé et de ce qui devait s'ensuivre.

De grand matin Toinette s'éveilla, en se demandant si elle n'avait pas rêvé. Elle mit son plus beau jupon et laça son corsage bleu des dimanches, dans la pensée que sa mère pourrait conduire toute la famille par les bois à la petite chapelle, pour assister à l'office de Noël. Après avoir lissé sa longue chevelure et noué en jolies bouffettes les rubans de ses souliers, elle descendit l'escalier. Sa mère était devant le feu occupée à faire la soupe, mais elle eut beau s'approcher, celle-ci ne bougea pas, ne tourna pas la tête.

« Les enfants sont bien en retard ! dit-elle enfin tout en versant la soupe dans la soupière. Puis elle alla au bas de l'escalier, appeler : « Marc, Jeanneton, Pierre, Marie ! Le déjeuner est prêt, mes enfants. Toinette !... Mais où donc est Toinette ? Ordinairement elle descend plus tôt.

— Toinette n'est pas là-haut, répondit Marie de l'étage supérieur. Sa porte est grande ouverte; elle n'y est pas.

— Voilà qui est étrange, reprit la mère. Je suis ici depuis une heure et ne l'ai pas vue passer. » Là-dessus, elle cria : « Toinette! Toinette!... » les yeux fixés sur le point où Toinette se trouvait, mais sans l'apercevoir. La petite fille, à demi contente, à demi inquiète, se disait que décidément elle était invisible et qu'elle allait bien s'amuser.

Les enfants prirent place à table; Jeanneton, étant la plus jeune, prononça le *Benedicite*. La mère servit la soupe et donna à chaque enfant une cuiller; mais elle semblait préoccupée.

« Où peut bien être allée Toinette? » disait-elle.

Toinette commençait à se faire un cas de conscience de laisser si longtemps sa mère dans l'inquiétude. Elle était sur le point de rompre le charme sans plus tarder, quand elle surprit, chuchoté par Pierre à l'oreille de Marc, un mot qui l'empêcha de suivre son premier mouvement.

« Peut-être qu'un loup l'a mangée, un grand loup comme celui du Petit Chaperon Rouge, tu sais.

— Si cela était, je demanderais à maman de me donner sa chambre », répondit Marc avec une parfaite indifférence.

Pauvre Toinette ! ses joues devinrent brûlantes et ses yeux se remplirent de larmes. Ses frères ne l'aimaient donc pas du tout? — Puis, la colère la gagnant, elle fut près de donner à Marc un soufflet; mais elle se souvint à temps qu'elle était invisible. Elle se contenta donc de le traiter tout bas de mauvais garnement.

La soupe fumante lui fit songer qu'elle avait faim. Essuyant ses yeux, elle prit une cuiller et la plongea dans la soupière dont le contenu diminua rapidement.

« J'en voudrais encore, dit Jeanneton.

— Comment, vous avez déjà tout mangé? » répliqua la mère.

Toinette réprima avec peine une envie de rire qui agita tout son corps; ceci fut cause qu'une goutte de bouillon s'échappa de sa cuiller pleine, et tomba précisément sur le bout du nez de Marie qui levait la tête. Marie ne put retenir une exclamation.

« Qu'y a-t-il? demanda la mère.

— De l'eau chaude, maman, de l'eau bouillante qui vient de me tomber sur la figure.

— De l'eau! s'écria Marc, c'est bel et bien de la soupe.

— Tu t'es éclaboussée toi-même; mange plus proprement, mon enfant », répliqua la mère.

Et Toinette se mit à rire derechef, trouvant qu'après tout être invisible avait bien son charme.

La matinée s'avançait. A tout moment la mère regardait dans la direction du bois; car, pensait-elle, Toinette avait pu aller chercher de l'eau et s'endormir auprès de la source. Les enfants jouaient gaiement pendant ce temps-là. Ils étaient accoutumés à se passer de leur sœur aînée et ne semblaient pas songer qu'elle fût absente, sauf la petite Jeanneton qui de temps en temps répétait : « Pauvre Toinette, elle est partie; elle n'est plus ici, elle est partie, elle ne reviendra pas.

— Eh bien, quand cela serait? demanda Marc à la fin, levant les yeux jusque-là fixés sur l'écuelle de bois qu'il taillait pour la poupée de Marie. Nous ne nous en trouverions que mieux. »

Marc était un garçon très franc, très décidé, un peu brusque; il avait l'habitude de dire sa pensée entière, en toute occasion et assez légèrement, quitte à s'en repentir.

« Si elle était ici, continua-t-il, elle ne saurait que gronder et se mêler de ce qui ne la regarde pas. Toinette gronde presque toujours. Je ne suis pas fâché qu'elle soit loin. On est plus à son aise.

— C'est vrai, ajouta Marie, nous n'aurions qu'à gagner à

son absence; seulement, je voudrais savoir qu'elle est contente là où elle est.

— Assez causé de Toinette, s'écria Pierre. Allons jouer à « savez-vous planter des choux? »

Je ne crois pas que Toinette se fût en aucune occasion sentie aussi malheureuse. Elle n'avait jamais eu l'intention de faire de la peine à ses frères et sœurs; mais elle avait le caractère un peu vif, se plaisait à rêver toute seule, et n'aimait pas à être dérangée; l'importunité la mettait hors des gonds, et alors elle ne ménageait pas les propos les plus durs. Il lui semblait que les autres dussent l'aimer obligatoirement; chagrine de voir qu'il n'en était rien, elle se retira en silence, et alla se réfugier dans le bois. Le temps était superbe, mais le soleil lui paraissait moins brillant que de coutume. Au pied d'un églantier, devant lequel elle s'était laissée choir, Toinette pleura beaucoup.

Peu à peu une voix intérieure se fit entendre à elle. Cette voix, nous la connaissons tous. Elle s'appelle la conscience.

« Je manque à Jeanneton, se disait Toinette, et pourtant je l'ai repoussée hier, j'ai refusé de lui raconter une histoire. Et Marie désire que je sois contente. Je regrette de lui avoir donné une tape vendredi dernier. Je regrette aussi d'avoir jeté au feu la balle de Marc, le jour où j'étais en colère contre lui. C'est bien mal d'avoir parlé comme il l'a fait, mais je n'ai pas toujours été bonne pour lui. N'ai-je pas dit une fois que je voudrais voir un ours manger Pierre, et cela parce qu'il avait cassé ma tasse? Hélas! hélas! j'ai été bien mauvaise avec eux tous.

— Mais, si tu le voulais, tu pourrais être meilleure en faisant quelque effort, n'est-ce pas? » disait la voix intime.

Toinette joignit les mains et répondit tout haut : « Oui, je le pourrais, et je le ferai ».

Il fallait avant tout se débarrasser de la graine de fougère

qu'elle considérait à présent comme une chose exécrable. Elle
dénoua ses souliers, et, les retirant, les secoua sur l'herbe.
Elle vit tomber les graines qui semblèrent se dissoudre au
au contact de l'air, et qui s'évanouirent sans laisser de traces.
Un rire malicieux éclata tout près d'elle et un pan d'habit
vert, pareil à l'aile d'un scarabée, parut sous un buisson.
Mais Toinette en avait assez des lutins ; aussi reprit-elle bien
vite le chemin de la maison.

« Où étais-tu tout ce temps-là ? » s'écrièrent en chœur les
enfants, quand, essoufflée, elle franchit la porte de l'enclos.
Toinette ne répondit pas, mais courut se jeter dans les bras
de sa mère et fondit en larmes.

« Ma chérie, qu'y a-t-il, d'où viens-tu ? » demanda tendrement la mère.

Et, la soulevant, elle la porta dans la maison. Les autres
enfants suivirent, chuchotant entre eux ; mais leur mère les
renvoya et s'assit près du feu, berçant et dorlotant Toinette,
comme si elle eût été encore un bébé. Peu à peu les sanglots
se calmèrent. Toinette, un bras autour du cou de sa maman,
lui conta son aventure, sans omettre le moindre détail. La
mère écoutait avec effroi.

« Que les saints nous protègent ! Ma fille est folle ! » murmura-t-elle. Tâtant sa tête et ses mains : « Elle a la fièvre,
reprit-elle, il faut que je lui fasse de la tisane et que je la
mette au lit. »

Toinette réclama, mais dut se coucher quand même, et ce
fut pour le mieux, car le lit et la boisson chaude la firent
tomber dans un profond sommeil d'où elle sortit calme et
reposée, prête à faire honneur au dîner et en état de se livrer
à tous les travaux qui lui incombaient d'ordinaire.

Personne ne s'amende en un jour. Cela exige du temps, des
efforts et une longue lutte contre les mauvais penchants et les
mauvaises habitudes. Mais il existe parfois un moment précis

à compter duquel le changement opéré est évident, et c'est ce
qui eut lieu pour Toinette. La leçon ne fut pas perdue. Elle
commença dès lors à lutter contre elle-même, à veiller sur ses
défauts et à les combattre. Ce n'était pas besogne aisée, et
plus d'une fois elle faillit perdre courage; mais elle tint bon.
De semaine en semaine et de mois en mois elle devint moins
égoïste, plus douce et plus obligeante. Quand il lui arrivait de
retomber dans ses anciennes fautes, elle s'en excusait aussitôt,
de sorte qu'on ne pouvait lui en vouloir.

« Ce rêve de lutins nous a rendu grand service, » pensait
la mère.

Quant aux autres enfants, ils se prirent à aimer Toinette
plus qu'ils ne l'avaient jamais aimée auparavant; ils lui
portèrent toutes leurs peines et la rendirent confidente de
toutes leurs joies, comme il convient de le faire avec une
grande sœur. Chaque baiser de Jeanneton, chaque preuve
d'amitié de Marc faisait du bien à Toinette, car elle se
disait alors : « Je crois qu'ils m'aiment davantage. » Cependant cette triste réflexion la frappait aussitôt : « Si j'étais
invisible, s'ils ignoraient ma présence, peut-être entendrais-je
des choses aussi cruelles que ce jour-là. » C'était un reste du
fruit amer qu'avait produit la graine de fougère.

L'année se passa dans ces alternatives de confiance et d'inquiétude. La nuit de Noël revint; Toinette dormait depuis
plusieurs heures déjà, quand elle fut réveillée par un coup sec
frappé aux vitres. Les yeux encore gonflés par le sommeil, elle
s'assit sur son lit et aperçut sous la lumière de la lune un petit
personnage facilement reconnaissable. C'était Chardon qui du
dehors tambourinait à grands coups de poing sur un carreau
de la fenêtre.

« Laissez-moi entrer », cria la petite voix sèche, et Toinette
ouvrit.

Chardon se plaça comme la première fois sur le couvre-pied.

« Joyeuse Noël, ma fille, dit-il, et bonne année par avance !
Je vous ai apporté un cadeau. » Et, fouillant dans le sac suspendu à sa ceinture, il en retira une poignée de poussière
brune. Toinette savait ce que c'était.

« Oh non ! s'écria-t-elle en reculant. Ne me donnez plus de
graine de fougère. J'en ai peur, je n'en veux plus.

— Allons, ne soyez pas sotte, riposta Chardon avec un
accent affectueux cette fois. Il était désagréable d'être invisible
l'année passée, mais il peut en être autrement cette année-ci.
Suivez mon conseil ; essayez-en. Vous ne le regretterez pas.

— Vous pensez que je ne le regretterai pas ? répéta Toinette
le visage illuminé d'espoir. Alors je vais tenter l'épreuve. »

Et elle se baissa pour suivre des yeux le lutin occupé à
répandre la graine de fougère dans ses deux souliers.

« Je repasserai demain soir pour prendre de vos nouvelles »,
dit Chardon.

Il lui adressa un signe de tête et disparut.

Toinette, à son réveil, sentit renaître ses anciennes inquiétudes et ce fut avec un battement de cœur qu'elle se chaussa.
Le premier objet qui vint frapper ses regards, quand elle
descendit, fut un joli petit navire en bois placé sur son assiette ;
elle avait vu Marc le fabriquer, mais ne s'était point doutée
qu'il le fît à son intention.

Les enfants prirent place autour de la table. Tous les yeux
étaient fixés sur la porte, dans l'attente de l'arrivée de Toinette.

« Je voudrais bien qu'elle se dépêchât, disait Pierre en
battant le rappel sur son bol avec sa cuiller.

— Nous avons tous besoin de Toinette, n'est-ce pas ? reprit
la mère, le sourire sur les lèvres, pendant qu'elle partageait
la soupe entre les enfants.

— Comme elle sera étonnée ! dit Marc. Et Toinette est si
gentille quand quelque chose l'étonne ! Ses yeux s'ouvrent tout
grands, et ses joues deviennent rouges. Il y a des gens qui

26

trouvent notre voisine Alice plus jolie ; mais je ne suis pas de leur avis.

— Et puis elle est si bonne avec cela, ajouta Pierre. Ma foi, pour jouer, je l'aime autant qu'un garçon, conclut-il triomphalement.

— Oh! moi je l'aime mieux que personne », dit Jeanneton.

Toinette en avait entendu assez. Elle remonta l'escalier en versant des larmes de joie. Deux minutes après elle était de retour, visible cette fois et le cœur léger comme une plume.

« Joyeuse Noël ! » s'écrièrent les enfants tous à la fois.

Le navire fut offert ; Toinette fit l'étonnée, et ainsi commença l'heureux jour.

Le soir de ce jour-là, Toinette laissa sa fenêtre ouverte et se coucha tout habillée, car il lui semblait que la bonté de Chardon méritait qu'on lui fît une réception de cérémonie. A minuit, celui-ci arriva, menant à sa suite toute la compagnie des petits hommes verts.

« Eh bien, comment cela s'est-il passé? demanda le lutin.

— Oh! c'était bien bon cette fois, répondit Toinette le regard brillant, et je vous remercie.

— Je suis enchanté que cela vous ait fait plaisir, reprit le lutin, et très satisfait que vous soyez reconnaissante, car nous venons vous demander un service.

— De quoi s'agit-il? s'écria Toinette avec empressement.

— Sachez donc, poursuivit Chardon, qu'aucun régal n'est comparable, pour les lutins, à une bouillie de graines de fougère. Malheureusement, il faut cuire cela sur un vrai feu, et nous ne nous approchons pas du feu, vous le savez, de crainte de brûler nos ailes. Nous nous procurons donc rarement une bouillie de graines de fougère. Toinette, voulez-vous nous en faire?

— Certainement, répondit Toinette ; expliquez-moi seulement comment je dois m'y prendre.

XIV

« JOYEUSE NOEL ! » S'ÉCRIÈRENT LES ENFANTS TOUS A LA FOIS.

— C'est très simple, dit Cosse-de-Pois, rien que les graines et quelques gouttes de rosée; mêlez le tout, mais tournez bien de gauche à droite, sans quoi la bouillie forme une pâte et perd toute saveur. »

Ils descendirent à la cuisine, et Toinette, faisant le moins de bruit possible, ranima le feu, plaça dessus le plus petit vase qu'elle put trouver et garnit la table des poupées de petites soucoupes en bois que Marc avait faites pour amuser Jeanneton. Ensuite elle apprêta le mélange indiqué, le tourna comme il lui avait été recommandé, et servit la soupe bouillante. Ce fut une fête pour les lutins. Aucune mouche à miel plongeant dans le calice d'une fleur ne se donna pareil mouvement.

Quand la dernière miette fut mangée, ils se préparèrent à partir. Chacun vint à son tour baiser la main de Toinette et lui dire un mot d'adieu. Pour Chardon, il balaya, en passant, le seuil de la porte des plumes de son bonnet, disant :

« Que cette maison soit heureuse, car elle a reçu et bien traité ceux qui portent bonne chance! Vous, Toinette, que le sort vous favorise! Un bon caractère est un trésor; avoir la parole douce, le regard aimable et la paix au cœur, c'est la plus belle de toutes les fortunes. Tâchez de ne jamais perdre cela, ma fille. »

Sur ce, il baisa, lui aussi, la main de Toinette, agita son bonnet, et pstt! toute la bande disparut.

Toinette couvrit le feu de cendres, rangea le petit ménage qui avait servi aux lutins, et regagna son lit, la plus heureuse enfant du monde.

POUSSETTE

I

Jamais vous n'avez entendu miaulement plus plaintif.

Aux fenêtres de la grande maison grise, située en face de la route, apparurent des têtes curieuses, et chacun de s'écrier :

« Miséricorde ! Encore cette abominable chatte ! Quel tapage ! »

Ils avaient beau cependant écarquiller les yeux, ils n'aperçurent pas la coupable, car sa fourrure blanche avait pris, dans de pénibles pérégrinations, la teinte sale de la neige, vieille de trois jours déjà, qui couvrait la terre.

La nuit commençait mal. Les rares allants et venants avaient le nez rouge, souffraient de l'onglée et s'entre-disaient :

« Oh ! la neige n'a pas fini de tomber ! »

Non, la neige n'avait pas fini de tomber, pas plus qu'un épais brouillard n'avait fini de s'étendre sur la campagne.

Ce n'était pourtant pas cette neige épaisse, ni le brouillard ni le froid piquant qui arrachaient des plaintes à la petite chatte blanche, tandis qu'elle courait éperdue d'une haie, d'un arbre à l'autre.

Certes, elle était très fatiguée et elle avait bien faim, et elle grelottait; cependant dans la petite maison de briques rouges que l'on apercevait à un demi-mille de distance, au bord du chemin, un bon feu l'attendait, et une soucoupe pleine de lait, avec une assiette contenant deux délicieuses têtes de poisson mêlées aux petits os de poulet les plus tendres, les plus appétissants: tout cela était sa propriété légitime, et il ne tenait qu'à elle de retourner au logis.

Elle s'en trouvait déjà loin, c'est vrai; mais, dans sa douleur, elle comptait, ma foi, aller plus loin encore, aller jusqu'à ce que ses pattes lui faisant défaut, elle tombât sur la neige glacée pour mourir. Tout en marchant, elle appelait, tant fort qu'elle pouvait :

« Miaou! miaou! miaou! »

Tout à coup la porte d'entrée de la grande maison grise s'ouvrit, et une voix se fit entendre qui cria :

« Ici, Scout! Allons, mon beau chien! Au chat! au chat! pille! pille! »

Hélas! pauvre chatte! Scout ne se le fit pas dire deux fois. Il bondit jusqu'au bout du jardin, franchit la grille et s'élança sur la route à la poursuite de l'infortunée bestiole. Celle-ci s'enfuit tremblante, hors d'haleine, le cœur lui remontant dans la gorge. Elle n'eut pas le courage de faire volte-face, en griffant. Ce fut une course telle que peu de chiens et de chats auraient pu en fournir de semblable; en un clin d'œil on perdit de vue fugitive et poursuivant. Alors la porte de la maison grise se referma, et ses habitants se frottèrent les mains. Scout n'était pas chien à faire les choses à demi; on pouvait bien compter que l'ennuyeuse petite chatte ne viendrait plus, ce soir-là, troubler personne de ses cris lamentables.

Cependant la malheureuse perdait du terrain; à cent mètres à la ronde, pas un arbre ne lui offrait de refuge, et, avant qu'elle pût franchir pareille distance... Ciel! rien que de

songer à ces redoutables mâchoires, à cette gueule grande
ouverte, garnie de dents étincelantes, voilà que ses pattes lui
refusaient service; vaillance, force, haleine, tout à la fois lui
manqua. Elle se retourna pourtant, la pauvre petite désespérée,
et elle jeta soudain à son persécuteur un plaintif appel de
pitié; puis elle s'affaissa sur le sol, ses yeux se fermèrent et
elle demeura étendue, sans mouvement.

Scout s'arrêta court. Un chat détalant devant lui était un
gibier qu'il ne dédaignait pas de chasser; un chat qui lui sautait aux yeux faisait encore bien mieux son affaire; mais, une
chatte qui ne savait faire ni l'un ni l'autre! Une chatte qui
restait là, immobile, une chatte qui s'évanouissait!

- Il s'arrêta, essoufflé, indécis, sa belle langue rouge à moitié
pendante hors de sa gueule; il contempla avec attention, un
instant, sa victime inanimée. Bientôt il se rapprocha d'elle, la
flaira de tous côtés, et, voyant qu'elle ne bougeait pas, il
approcha une patte bien noire de son blanc visage, qu'il
toucha non sans précaution.

« Ne me tuez pas! murmura-t-elle d'une voix expi-
rante.

27

— Pourquoi alors faire tant de bruit autour de la maison de mes maîtres ; ils détestent les chats. Qui êtes-vous ? D'où sortez-vous ?

— J'appartiens à la petite maison de briques rouges, là-bas, sur la route.

— Ah bah ! Et quel est votre nom ?

— Poussette.

— Que cherchez-vous ?

— Mon enfant, ma fille que j'ai perdue, dit la chatte d'une voix chevrotante.

— Vraiment, pauvre petite ! L'auraient-ils ?... Est-ce que ?... Voyons, serait-elle tombée dans un baquet d'eau, par hasard, avec quelque chose de lourd autour du cou ? demanda son interlocuteur, dont l'hésitation provenait d'un sentiment de délicatesse que tout chien ou chat, chargé de famille, n'eût pas manqué d'apprécier.

— Pour quatre de mes petits, oui, monsieur, c'est ce qui est arrivé ; mais ma dernière chérie a disparu sans qu'on puisse s'expliquer comment.

— Bon, c'est qu'on l'aura volée, parbleu ! Était-elle jolie ?

— Si elle était jolie ! C'était tout simplement un amour, avec sa fourrure grise si douce, son ventre blanc, ses trois... trois pattes blanches et un ruban bleu attaché autour du cou, sanglota la chatte.

— L'avez-vous bien cherchée ?

— J'ai cherché partout, monsieur. J'ai fouillé toute la maison, battu les jardins, parcouru cette route plusieurs fois déjà, en l'appelant tout le temps.

— Oui, oui, je le sais de reste ! fit le chien qui laissa reparaître ses crocs, l'espace d'une seconde. Ne vous avisez pas de recommencer, croyez-moi. On m'a envoyé mettre fin à vos exercices. Il ne faut pas qu'ils se renouvellent ; seulement, j'aimerais mieux ne pas vous faire de mal. Comment avez-

vous perdu votre petite ? Finissez de pleurer et tâchez de vous
expliquer clairement.

— Voici comment, monsieur. La cuisinière m'avait mise
sur son fauteuil, et, lorsque je m'endormis, elle cabriolait
devant le feu de la cuisine, avec un vieux bouchon qui lui servait de joujou.

— Quoi ! la cuisinière ?

— Non, ma petite. Quand je me suis éveillée, elle avait
disparu !

— Et aussitôt vous vous êtes mise à sa recherche, n'est-ce
pas ?

— Oh ! j'ai visité la maison de la cave au grenier.

— Mais, si elle avait été dans la maison, ça n'aurait pas été
la peine de la chercher. Dans le jardin, à la bonne heure !
Vous auriez dû sortir tout de suite pour l'empêcher de prendre
la clef des champs.

— C'est qu'on m'avait enfermée dans le magasin à charbon,
monsieur.

— Ah ! et l'on n'a rien dit autour de vous ?

— Rien que : « Pauvre Poussette ! »

— Et personne n'avait paru avoir envie de votre mioche, les
jours précédents ? Personne n'était venu chez vous ?...

— Si, deux petits garçons et une petite fille. Ils ont passé
plusieurs jours à la maison et ils ont fait beaucoup d'amitiés
à mon enfant. »

Scout dressa brusquement l'oreille, puis la laissa retomber
aussitôt et demeura la tête penchée, absorbé dans une profonde
méditation.

« Votre petite est en lieu de sûreté, j'en répondrais, fit-il
tout à coup. Si cela peut vous consoler, je crois que vous ne
risquez pas de vous tromper en vous la représentant couchée
sur les genoux de la petite fille en question et bourrée de
pâtée à en étouffer. Somme toute, où demeurent ces gens-là ?

— Je n'en sais rien.

— Vous n'en savez rien ! Ne passez-vous donc pas vos journées presque tout entières dans la maison? Moi, qui ne suis
admis à y mettre les pieds que de temps en temps à titre de
récompense, je n'ignore rien de ce qui intéresse mes maîtres
et leurs amis. Vous autres chats, quand vous avez l'air de
sommeiller, vous dormez tout de bon ; nous, au contraire, la
moitié du temps, c'est pour avoir mieux l'oreille au guet. Y
a-t-il chez vous un chien quelconque?

— Oui, un caniche blanc.

— Un caniche ! Alors, en route ! Nous ne tarderons pas à
apprendre quelque chose. Il pouvait vous venir en aide. Pourquoi ne vous être pas adressée à lui ?

— Parce qu'il est si vieux, qu'il ne voit plus clair et ne
peut plus marcher. Son poil tombe et ses facultés s'en vont
avec. A peine si ses forces lui permettent de faire le tour du
jardin au soleil.

— N'importe ! Il faut que je cause avec lui ; venez, ayez confiance. J'ai peut-être des manières un peu brusques; mais je
ne ferais pas de mal à une pauvre bête inoffensive comme
vous, quand on me donnerait le plus bel os à moelle du
monde ! Ainsi donc, essuyez vos yeux, levez-vous et allons
demander au caniche une minute d'entretien. »

Sur ce, ils se mirent en route, marchant côte à côte, le
grand chien de garde mesurant ses enjambées sur celles de sa
compagne trotte-menu, et la petite chatte faisant tous ses efforts
pour ne pas retarder son protecteur.

II

Les croisées de la maison de briques rouges ne tardèrent pas
à briller dans l'obscurité qu'épaississait alors la chute de la

neige; quand nos deux compagnons n'en furent éloignés que d'une vingtaine de mètres, ils s'arrêtèrent pour tenir conseil.

« Il faut que vous trouviez un moyen de pénétrer dans l'intérieur, dit le chien. Le mieux serait, je crois, de sauter sur l'appui d'une fenêtre et de miauler jusqu'à ce qu'on vous entendît. On sera bien aise de vous revoir, on vous offrira certainement du lait chaud. Commencez par manger et ayez soin de ne laisser paraître aucune préoccupation ; ne vous montrez pas agitée; gardez-vous de toute plainte, autrement on pourrait bien, pour se débarrasser de vos cris importuns, vous enfermer encore une fois dans la cave au charbon, tandis que j'aurais besoin de vous ici. Il faudra souffler à l'oreille du caniche qu'il ait à trouver un prétexte pour sortir dans le jardin. Vous lui direz que le grand chien de garde de la maison grise qui est là-bas désire le voir; cela le flattera et il se hâtera d'accourir. Maintenant, quand on lui ouvrira la porte, ayez soin de vous échapper aussi, et.....

— Mais si l'on me prend et si l'on m'enferme avant que j'aie vu le caniche?

— Ne vous préoccupez pas des si et faites de votre mieux.

— Fort bien! Mais s'il arrivait que Mouton ne fût pas là?

— Seigneur! Que de paroles inutiles! Eh bien! Vous en seriez quitte pour attendre qu'il revînt.

— Ne vous lasserez-vous pas vous-même d'attendre?

— Ma chère chatte, si nous autres chiens nous n'avions pas le don de la patience, où en seraient nos maîtres?

— Alors, vous pensez... »

Comme elle parlait, un bruit de sourds grondements arriva jusqu'à eux, et presque aussitôt retentirent des aboiements cassés, mais furieux. La chatte fit un bond.

« Qu'est-ce que cela ?

— Bravo, caniche! murmura Scout, battant de la queue avec enthousiasme. Pour vous, madame Poussette, tâchez de

ne pas bouger. Voilà qui rentre dans notre jeu. Ce chien nous
a éventés à travers la croisée du salon, et il vient nous reconnaître. C'est très bien, monsieur, pour un vieux! Pardon,
si je vous traite ainsi. Vous êtes vieux d'âge, certainement,
mais on voit bien que vous êtes encore vert et joyeux compagnon. Je m'estimerai heureux d'être admis dans votre intimité. »

La fenêtre du salon de la maison de briques s'était ouverte
et le caniche, qui était tombé lourdement sur le sol, s'avançait
en tâtonnant, il est vrai, mais avec le mépris du danger qu'aurait pu avoir un lion.

« Est-ce que je me serais trompé? Aurais-je rêvé de
chiens et de chats? Si rien n'a bougé au fond du jardin, parmi
ces touffes de laurier, je ne suis qu'un vieil imbécile de Mouton
abruti par la graisse, c'est clair. »

Tout en marmottant ainsi entre ses gencives édentées, il
trottinait le long de l'allée, bien décidé à vérifier la chose,
quand soudain :

« Silence, n'aboyez pas, nous sommes des amis! murmura
tout bas le grand chien noir, qui fit quelques pas en avant.

— Que voulez-vous? demanda le caniche, se tenant sur ses
gardes.

— Vous allez le savoir. Connaissez-vous cette personne? »

La chatte s'avança toute tremblante et le caniche les flaira
tous deux un bon moment; puis, sans se presser :

« C'est notre amie Poussette, fit-il tranquillement; mais
vous, encore une fois, qui êtes-vous?

— Je suis le chien de garde de la grande maison grise.
Quant à votre chatte, renseignez-la donc, je vous prie, sur ce
qu'on a fait de son petit. »

Le caniche eut un sourire de dédain.

« Ces gens-là se sont crus bien habiles! fit-il, songeant à
ses maîtres. Ah! c'est que le cœur d'une mère est le cœur d'une

XV

« QUE VOULEZ-VOUS ? » DEMANDA LE CANICHE.

mère.... qu'elle soit chatte, chienne ou écureuil. La petite, monsieur, a été envoyée à la ville.

— Diable! à vingt milles d'ici.

— A vingt-cinq milles plutôt, reprit le caniche, et encore si l'on prend à travers champs.

— Vous ne pourrez jamais faire tant de chemin que cela! s'écria Scout, se retournant consterné vers la chatte.

— Pourquoi donc pas? riposta vivement Poussette.

— Je crois qu'elle le pourra, dit le caniche en jetant un bon regard à sa camarade. Sa petite est au bout des vingt-cinq milles, voyez-vous.

— Laissez-moi essayer, supplia la chatte.

— Je suis désolé de ne pouvoir vous aider davantage, dit le caniche. Vous allez partir tout de suite, sans doute. Tenez, entendez-vous? on appelle : Mouton! Mouton! — C'est bon, je viens! La maison peut bien se garder toute seule pendant cinq minutes, ma foi! Quant à vous, — et il se tourna vers Scout, — je ne vous vois pas très distinctement; mais je sens que vous êtes un chien selon mon cœur et je suis fier de pouvoir vous saluer, monsieur. Il faut maintenant que je rentre, sinon tout le monde va se lancer à ma recherche, en pantoufles et nu-tête, et j'aurai sur la conscience les rhumes de ces gens-là. Bonne nuit! Je serai bien aise de voir revenir notre chatte. C'était une petite folle dont les tours m'amusaient.

— Vous me faites trop d'honneur, répondit Scout poliment. J'espère que nous nous reverrons.

— Ici, Mouton, Mouton! Vilain chien! Ici, monsieur! criaient deux ou trois voix, du seuil de la maison d'où s'échappait un flot de lumière.

— Wou — Wou — Wou! répondit Mouton d'un ton enroué, tout en regagnant cahin-caha la porte.

— Maintenant, en route pour la ville! » dit Scout à Poussette.

28

Sur quoi ils partirent, pour un voyage de vingt-cinq milles, avec moins de façons que nous n'en mettons pour faire une petite promenade.

Disons bien vite qu'à l'heure même, l'enfant perdue qu'ils allaient chercher sommeillait tranquillement, couchée en rond sur les genoux de sa nouvelle maîtresse, après un bon souper. Elle avait, il est vrai, songé, avant de s'endormir, aux larmes que devait verser sa pauvre mère; toutefois, à cet âge, les chagrins ne sont pas persistants. Elle avait chaud, elle était bien repue, et ses rêves ne lui montraient, comme en pays de cocagne, que bon lait, colliers de ruban bleu et bouchons suspendus au bout d'une ficelle, toutes choses qui constituent le paradis des jeunes chats.

III

Le lendemain matin, un grand émoi régnait autour de la table sur laquelle était servi le déjeuner, dans une des principales maisons de la ville.

« Avez-vous entendu le bruit qu'ont fait les poules, cette nuit? demanda quelqu'un.

— Si je l'ai entendu? Je n'ai pu fermer l'œil. Qu'est-ce que cela pouvait bien être? dit une autre personne.

— Les rats, sans doute. Il faut voir si aucune poule ne manque ce matin. Envoyez quelqu'un les compter à la basse-cour. »

Cette dernière phrase fut prononcée d'un ton d'autorité. L'instant d'après, le messager revenait en disant :

« Non, les poules ne sont pas au complet. Il manque un poulet, et il y a par terre assez de plumes pour faire un oreiller. De plus, le petit volet, qui ne tenait plus que par un gond, est enfoncé et se balance maintenant au gré du vent. Quand on a ouvert la basse-cour, ce matin, on a trouvé toutes les volailles serrées en paquet comme si elles avaient eu peur.

— Ah! évidemment, ce sont des rats.

— Quoi! des rats qui ont ouvert le volet?

— Rien n'est impossible aux rats. »

(C'est ainsi que s'établissent les pires calomnies.)

On eût innocenté les rats, si l'on avait pu voir ce grand scélérat de Scout et son amie, la mère désolée, qui, à cent pas de là, dans un fossé, à l'abri d'une haie, témoignaient, en léchant encore leurs babines, de la franche lippée qu'ils venaient de s'offrir.

Pour rendre hommage à la vérité, nous devons dire que le méfait n'avait été commis qu'après une lutte violente entre les instincts honnêtes des deux bêtes et les exigences de leur situation. La chatte succombait à la fatigue et à la faim, car depuis vingt-quatre heures, on s'en souvient, elle n'avait rien mangé. Son protecteur, la voyant dans cet état, résolut de la réconforter à tout prix.

Justement le chant d'un coq lui révéla l'existence de la basse-cour voisine; son plan fut aussitôt conçu, et il en fit part à sa compagne, qui d'abord se récria.

Certes, un bon souper ne lui eût pas déplu; néanmoins, pouvait-elle consentir à voler, elle qui n'avait jamais jusqu'alors touché qu'au lait et à la crème qu'on laissait à sa portée?

« Voler! vous me la baillez belle! s'était écrié Scout. Quand j'étais jeune, il m'est peut-être arrivé, par-ci, par-là, de tordre le cou à quelque poulet errant; mais, en grandissant, j'ai reconnu, Martin-bâton aidant, que l'honnêteté est décidément la meilleure des politiques. Toutefois, le cas présent me semble devoir faire exception à la règle. Nous ne sommes pas dans votre maison ni dans la mienne. Nous venons de galoper sur deux douzaines de milles à travers la neige, en quête de l'enfant qu'on vous a dérobée; il faudra rester ici jusqu'au matin. Devrons-nous donc monter la garde à la belle étoile, sans rien nous mettre sous la dent? Il est peu probable qu'on nous envoie à souper, qu'en pensez-vous? Moi, quand j'ai le ventre vide, cela m'ôte tous mes moyens. J'ai découvert où est le poulailler et je saurai bien m'y introduire. Je serai de retour, croyez-moi, avant que vous ayez eu le temps d'aiguiser vos griffes; après tout ce poulet avait pour avenir d'être mis à la broche; nous ne lui ferons pas plus de mal que le feu. »

Les scrupules de Poussette ne tinrent pas contre une logique aussi serrée. Scout, adroit autant que hardi, réussit pleinement dans son expédition; la volaille se trouva être jeune et tendre; on y fit honneur.

Cependant l'attente parut bien longue à Poussette jusqu'au matin; un simple mur la séparait maintenant de son enfant; mais comment allait-elle le franchir, et, en admettant qu'elle y réussît, comment ferait-elle pour trouver la petite et pour l'emporter sans attirer l'attention de personne? Scout réussit à modérer son impatience et à obtenir qu'elle guettât une occasion favorable. On pouvait tout gâter par trop de précipitation.

La matinée était superbe. Le brouillard avait disparu, la neige avait cessé de tomber et le soleil resplendissait dans un ciel sans nuage; un pareil temps devait évidemment engager les deux petits garçons et la petite fille à sortir pour faire une partie de boules de neige.

Tandis qu'ils seraient tout à leur jeu, il faudrait s'introduire dans la maison et y chercher la jeune chatte.

Les deux garçons cependant, après cette mémorable visite à la maison de briques, pendant laquelle l'enfant de Poussette avait fait leur conquête, étaient retournés en pension; aussi, à l'heure où le petit monde commence ordinairement sa promenade du matin, la porte ne livra-t-elle passage qu'à leur sœur toute seule.

« Pas de petits garçons ! Ils sont donc restés au logis ?

— Voilà du guignon ! » grogna le chien entre ses dents.

Au moment même, la chatte fit un bond tel que son compagnon, qui se tenait en arrêt sur ses trois pattes, faillit être renversé.

« Oh ! mon Dieu ! criait-elle, comprimant d'une griffe tremblante les battements de son cœur. Oh ! mon Dieu !

— Qu'y a-t-il donc ? demanda Scout en se remettant d'aplomb. Est-ce que le poulet vous incommode ?

— Non. Oh ! non, c'est ma fille ! La voilà dans le manchon ! J'aperçois son adorable petite tête toute blanche et le ruban bleu qu'elle a autour du cou. Oh ! ma petite chatte, ma petite chatte !

— Cette fois, fit le chien, la chance est décidément pour nous. La petite demoiselle se promène seule ; je trouverai bien un moyen de tirer votre fille du manchon. Mais qu'entends-je ? Que dit la bonne à cette enfant ? — « Ne dépassez pas la grille, mademoiselle Bébé, car de l'autre côté il y a un grand vilain chien noir. » — Un grand vilain chien noir ! attends ! je te revaudrai cela..., sois tranquille. Vous, ma chère Poussette, ne bougez pas et ne perdez pas un seul des mouvements de Mlle Bébé. La bonne rentre et ferme la porte. Bon ! soyons vigilants. De la patience et de la présence d'esprit !

— Ne pensez-vous pas que si je lui sautais aux yeux, en l'égratignant bien fort, elle laisserait tomber ma petite ? demanda tout doucement la chatte.

— C'est probable ; seulement, si vous vous avisiez de le faire, madame la traîtresse, c'est à moi que vous auriez affaire », répondit le brave chien tout prêt à s'échauffer, car il adorait les enfants.

Surveiller les faits et gestes de Mlle Bébé n'était pas difficile. En petite fille obéissante qu'elle était, elle se promenait du pignon de la maison à la grande grille d'entrée, sans s'écarter jamais du passage que le jardinier avait déblayé au milieu de l'allée couverte de neige. Tout en marchant, elle communiquait à sa petite chatte les réflexions que lui suggérait ce sentier de couleur brune tellement semblable, avec sa garniture de neige blanche et dure, à une vaste tarte à la crème que cela faisait plaisir à voir. Quel dommage pourtant que cette ressemblance se bornât à un vain aspect extérieur ! Durant cette conversation, l'enfant élevait à tout moment son manchon jusqu'à ses lèvres et embrassait sa bien-aimée minette sur le bout du nez, caresse moins agréable, peut-être, qu'elle ne se l'imaginait à celle qui en était l'objet. Deux ou trois fois même, voulant obtenir un miaulement de réponse, elle s'avisa de lui tirer la moustache.

« Ciel ! s'écria la mère du fond de sa cachette, elle doit pourtant savoir que c'est la chose la plus douloureuse qu'on puisse faire subir à un pauvre animal.

— Excepté de lui marcher sur la queue », riposta le chien, en frissonnant au souvenir de ce supplice si souvent enduré.

Mlle Bébé, toutefois, n'y mettait pas de mauvaise intention. La petite bête, logée dans son manchon, l'absorbait au point de l'empêcher de voir où elle mettait le pied : il s'ensuivit qu'elle trébucha contre une grosse pierre, perdit l'équilibre et tomba tout de son long.

Le manchon avait roulé à dix pas. La jeune chatte épouvantée, bondit au dehors et se sauva lestement. Déjà la fillette s'était relevée, et, sans tenir compte de quelques écorchures ni de la neige et du gravier humide dont elle était couverte, courait elle-même à la poursuite de son trésor.

« Voilà le moment favorable, souffla le chien à l'oreille de sa compagne. Prenez la petite dans votre gueule, regagnez vivement la route, cachez-vous au fond du premier trou venu et attendez-moi. »

Et la chatte se précipita en avant. L'instant d'après, Minette

était délicatement enlevée par le cou, et alors commençait une
course désordonnée, pleine de glissades, de culbutes, d'accidents de toutes sortes.

Le passage de la grille fut un petit effort et la mère s'arracha, elle et son fardeau, à l'étreinte des deux barreaux de fer :
la petite fille était bien trop grosse pour s'en tirer aussi aisément; il lui fallut s'arrêter et ouvrir péniblement le lourd
battant de la barrière.

« Oh! le méchant chat, criait-elle, tout en larmes, tandis
qu'oublieuse des recommandations de sa bonne, elle s'aventu-
rait sur le grand chemin. Oh! le méchant chat qui emporte
ma Minette! »

Scout, en chien bien avisé, la laissa courir et se contenta de
la suivre, sans se laisser apercevoir; puis, quand il jugea les
fugitives assez loin, il accéléra son allure, dépassa l'enfant, et,
s'arrêtant tout à coup entre elle et la chatte, il fit volte-face.
Les oreilles pointées en avant, la queue droite, les lèvres fré-
missantes, ses grandes dents blanches découvertes comme pour
mordre, il barrait le passage avec un grondement de menace.

« Oh ! »

L'alternative était horrible ! Le grand vilain chien noir était là en personne, et il fallait l'affronter, passer outre, ou bien perdre à jamais Minette !

Mlle Bébé ne manquait pas de bravoure ; elle frappa du pied, chargea son regard d'autant de colère qu'il lui fût possible, ce qui malheureusement ne voulait pas dire grand'chose, et, enflant sa petite voix, s'écria :

« Allez, allez, monsieur ! Que faites-vous là ? »

Sur quoi Scout plissa ses lèvres davantage encore pour rendre ses dents plus terribles, accentua son grognement et fit un bond en avant qui diminua de moitié l'espace qui les séparait.

Mlle Bébé tourna les talons et s'enfuit en criant de toutes ses forces :

« Maman ! maman ! maman !

— Pauvre mignonne ! soupira Scout, qui prit la direction opposée. Je n'aime pas à effrayer les enfants. Il est fâcheux que je ne puisse disposer d'une minute ; je m'arrêterais pour faire une paire d'amis avec cette petite fille-là. Je parie qu'elle serait capable à la fin d'aller me chercher un gâteau, malgré tout ce qu'on a pu lui dire de fâcheux sur mon compte. Tant pis ! Les affaires sont les affaires. Je me dois avant tout à la pauvre mère qui ne voulait plus vivre sans sa petite. Où peut-elle bien être passée ? »

IV

Scout ne devait pas tarder à l'apprendre. Il franchit une courte distance, flairant, cherchant, fouillant partout et de temps à autre s'arrêtant pour prêter l'oreille. Tout à coup il crut entendre dans le lointain un faible miaulement ; il s'élança,

sentant un malheur dans l'air. A mesure que la voix arrivait plus distinctement, il était frappé de son accent désespéré
Enfin il aperçut la chatte qui accourait à sa rencontre aussi vite
que le lui permettait l'état d'émotion qui faisait flageoler ses
pattes. Minette n'était plus avec elle!

« Oh! monsieur Scout! Je me meurs, tout est fini! Ma
pauvre enfant! ma petite Minette!

— Achevez donc!

— Noyée! s'écria la chatte d'une voix qu'étranglait la douleur.

— Noyée?... Comment cela s'est-il fait? L'auriez-vous laissée
tomber vous-même? Parlerez-vous enfin?

— Des gamins! gémit la chatte entre deux hoquets convul-
sifs, des scélérats, des monstres! Ils m'ont entourée, ils m'ont
jeté des pierres, ils m'ont saisie. Oh! mais je me suis défendue,
j'ai égratigné, j'ai mordu en conscience! Cela n'a servi à
rien,... à rien. Un grand étang là-bas, au bord de la route....

— Allez donc! allez donc!

— Ils vont l'envoyer à la mer dans le couvercle d'un panier,
miaula la chatte avec un long sanglot.

— Ils vont l'envoyer à la mer! Vous disiez qu'elle était
noyée. Où se trouve l'étang? Elle ne mourra pas encore cette
fois, soyez-en sûre. Qu'est-ce qu'un bout d'étang pour moi?
Vite, montrez-moi le chemin. Eh quoi! vous ne pouvez plus
marcher? Alors sautez sur mon dos et tenez-vous bien. Enfon-
cez vos griffes dans mon poil, c'est cela. Combien dites-vous
qu'il y avait de gamins?

— Oh! des millions!...

— Pas davantage? Je les aurai promptement mis à la raison, »
s'écria tout en courant Scout, bien plus inquiet qu'il ne voulait
en avoir l'air. — Si, en effet, les chiens aiment les enfants, qui
les traitent avec bonté, ils ne redoutent rien tant que ces jeunes
garçons, cruels par étourderie, dont le plus grand plaisir semble

29

être de tourmenter sans motif les pauvres bêtes auxquelles la parole a été refusée. C'est une triste chose pourtant que de faire entrer la méfiance dans un cœur naturellement confiant comme l'est celui du chien !

Quand nos deux amis atteignirent le bord de l'eau, ils reconnurent qu'il ne s'agissait pas d'un étang ordinaire, mais bien d'une vaste étendue d'eau si large et si profonde que la gelée des deux nuits précédentes n'avait réussi sur aucun point à durcir sa surface. Elle n'était pas moins froide pour cela, malheureusement.

Sur la rive, se tenaient une vingtaine, peut-être, de polissons, babillant, gesticulant, poussant de grands cris, riant tous à la fois, et au loin, oh ! bien loin sur l'eau, au centre d'un vieux couvercle de panier, on apercevait Minette frémissante de frayeur autant que de froid et poussant des miaulements de détresse.

La chatte incapable de maîtriser son émotion, se laissa choir du dos du chien. Pour lui, en deux temps, il avait passé au milieu de la bande ahurie des petits bourreaux et s'était jeté à la nage.

« Eh bien! s'écrièrent plusieurs d'entre eux, qu'est-ce que c'est? Un chien qui nous arrive! »

Oui, un chien, en effet, se dirigeait vers le couvercle de panier, montrant seulement, au-dessus de l'eau, sa belle tête noire aux bons yeux brillants et aux narines dilatées dont les reniflements énergiques signifiaient : « Confiance, Minette confiance, j'arrive! »

Une grêle de pierres partit du rivage; quelques-unes atteignirent le brave animal ; d'autres le manquèrent. Il sembla se soucier des unes aussi peu que des autres.

Le courant, — car la masse d'eau était assez considérable pour avoir un courant, — le courant donc entraînait le léger esquif de plus en plus vite : un mouchoir, tendu entre deux bâtons perpendiculaires, faisait l'office de voile et aidait à sa marche. Le sauveteur avançait toujours, mais il pouvait arriver trop tard. Les chats sont, en effet, à cet âge des petits êtres très délicats, et l'eau était froide au point de transir Scout lui-même, un grand et robuste chien pourtant, arrivé à toute sa croissance.

Pendant ce temps-là, Minette perdait la tête. En fait de chiens, elle n'avait connu jusque-là que le vieux Mouton, Mouton l'aveugle, le paralytique. Comment eût-elle deviné que ce grand animal aux yeux ardents, qui semblait la poursuivre en ronflant si fort, était un ami, — le plus sûr, le plus désintéressé des amis?

Plus le secours approchait, plus l'épouvante s'emparait d'elle. Elle finit par courir comme une folle tout autour du couvercle d'osier. L'eau noire et glacée, filtrant à travers les interstices, envahit bientôt tout le navire. Quand elle atteignit les pieds de la pauvrette, celle-ci, fidèle à l'instinct de sa race, se cramponna à l'un des mâts vacillants et essaya, en y grimpant, de fuir l'humidité.

« Ne bouge pas ! » hurlait Scout, mettant tout son cœur, toutes ses forces au service de son œuvre.

Hélas ! il n'était plus temps ! Mâts, voile, chatte et le reste s'abîmaient dans l'onde inexorable.

Le bateau s'était couché sur le flanc et presque aussitôt relevé ; la voile et les mâts flottaient à quelque distance ; mais où donc était Minette ?

En quelque endroit qu'elle fût, elle ne devait y rester que l'espace d'une seconde, le temps que mit Scout à plonger.

Bientôt on vit reparaître le museau noir du chien qui se rapprochait du rivage. Le brave Scout portait dans sa gueule la petite chatte dont il maintenait la tête en l'air, et dont le bout des pattes et la queue trempaient seuls dans l'eau. Non, Minette ne devait pas encore être noyée cette fois !

Pas un seul des gamins sans cœur, qui avaient travaillé à sa perte, ne bougea lorsque le grand chien gravit, tout ruisselant, la berge et y déposa son fardeau, qu'il lécha paternellement de tous côtés avant même de songer à se secouer lui-même. Ils n'étaient pas méchants, après tout, ces écervelés; la leçon que venait de leur donner une bête les avait fait rentrer en eux-mêmes et les remplissait de confusion. Et puis, si Scout avait été capable de distinguer quelque chose en cet instant, il aurait remarqué que les gamins n'étaient plus seuls; il aurait aperçu, derrière eux, une petite fille au visage rougi par les larmes; il aurait aperçu, avec la petite fille, une belle dame qui tenait dans ses bras la chatte blanche, succombant à tant d'émotions. Mais Scout était encore un peu engourdi par le froid, et l'eau lui rendait la vue trouble, de sorte qu'il ne vit rien de tout cela dans le premier moment. Toutefois, s'il ne pouvait pas voir, il entendait, et bien douces à son brave cœur de chien furent les paroles qui frappèrent ses oreilles.

« Oh! le bon chien, qu'il est courageux! Oh! le brave animal! Oh! mon grand chien noir chéri, je t'aime bien, va!

— Prenez garde, mademoiselle Bébé, » cria la bonne en accourant.

Une série de formidables secousses fit jaillir un torrent d'eau à droite et à gauche de Scout, qui put ensuite reconnaître ce qui se passait autour de lui. Un profond découragement le reprit non sans motif; la chatte blanche était prisonnière. Minette retombait en captivité : tout était à recommencer! Que lui importait, après cela, que la belle dame vînt lire ce qui était gravé sur son collier : « Scout, maison grise, village de***, » et ce qui était brodé sur celui de la chatte : « Poussette, les Lauriers. »

Cette lecture pourtant fit sensation.

« Les Lauriers! s'écria la maman de Bébé; mais alors, c'est la mère de Minette. Voilà pourquoi elle voulait l'emporter!

— Seigneur! mon Dieu! voyez-vous cela! criait la bonne en s'émerveillant. Elle est venue des Lauriers jusqu'ici, à la re-

cherche de sa petite ! Regardez combien elle est maigre !
comme sa fourrure est salie ! Et ses petites pattes, elles sont
tout ensanglantées.

— Sais-tu, Bébé, dit la dame, que voilà une maman qui, au
lieu de venir par la voiture, dans un panier fourré, comme
Minette, a fait vingt-cinq milles à pied, la nuit, pendant que
toi et moi et ta petite chatte, nous dormions bien chaudement.
Oh ! combien il faut qu'elle aime son enfant ! »

Le petit nez de Mlle Bébé commençait à éprouver certains
picotements caractéristiques.

« Dis-moi, Bébé, j'aurais bien du chagrin si je te perdais, et
tu ne voudrais pas me quitter, n'est-ce pas ? »

Bébé comprit. Les larmes qui perlaient au bord de ses paupières grossirent à vue d'œil ; bientôt, elles débordèrent le long
de ses joues et vinrent rouler sur son petit paletot de velours.

« Bébé en fera ce qu'elle voudra, mais, pour ma part, je
voudrais rendre la joie au cœur de la pauvre vieille chatte.
Bébé a tant de petites bêtes qu'elle peut caresser ! La chatte
n'en a qu'une, et c'est sa fille. »

La détermination de Mlle Bébé était prise. Elle fit un *hum*
énergique pour éclaircir sa voix, essuya ses larmes du revers
de sa petite main et dit d'un ton qui indiquait une ferme résolution :

« Il faut renvoyer Minette chez elle, avec sa maman ! »

V

Le jour suivant, Minette, dûment installée dans un panier
avec un ample provision de pâtée, était expédiée par la voiture,
à destination de la maison de briques, en compagnie de sa
mère, très touchée d'un pareil procédé.

Dans l'intervalle, la maman de Bébé avait réussi à consoler

sa petite chatte à elle, après quoi elle avait voulu s'occuper du bon chien, mais il avait disparu.

Aussitôt qu'il eut compris ce qui avait été décidé relativement à ses protégés, Scout s'était dit : « Allons-nous-en ! Rien ne me retient plus ici. Pendant qu'elles voyageront en voiture, moi, je ferai la route à pied. Je pourrais bien m'enrhumer si je restais en place, tandis qu'en courant j'aurai vite séché mon habit. Sans compter qu'on finirait peut-être par découvrir l'affaire du poulet. Décidément, mieux vaut prendre le large tout de suite ».

Que nous reste-t-il à dire au sujet de la chatte, de sa fille et du chien ? Rien, sinon qu'il vécurent heureux depuis lors et que jamais leur amitié ne se démentit.

La première fois que Poussette revit Scout, après leur retour, elle l'entraîna poliment vers une cachette située dans le jardin potager des Lauriers et lui présenta le paquet d'os de volailles, de têtes de lapins et de carcasses de gibier le plus appétissant qui eût jamais flatté le regard d'un chien ou d'un chat.

« Acceptez cela, dit-elle, monsieur Scout. C'est bien peu ce que je puis vous offrir....

— Mais je n'ai pas besoin de salaire, interrompit Scout que gagnait l'émotion. Les chiens, voyez-vous, Mme Poussette, ne rendent pas de services en vue d'une récompense ; et puis, somme toute, notre expédition m'a amusé.

— Oui, oui, le bain glacé était de votre goût, peut-être, et les coups de pierres de ces garnements aussi, sans doute, et la faim pendant cette longue garde de nuit que vous avez montée en plein air, s'écria la chatte. Allons donc ! vous êtes le plus noble, le plus généreux, le plus dévoué des amis, et vous ne supposez pas, j'espère, que je songe, en vous offrant quelques reliefs, à vous récompenser du secours que vous m'avez prêté ? Non, de tels services ne se payent pas. Tout ce que je puis vous dire, c'est que ma vie vous appartient et que je vous

prie de vouloir bien en disposer le cas échéant. En attendant, mangez, s'il vous plaît, la petite collation que je vous ai
préparée.

— Pour parler franc, dit le chien, la gueule déjà pleine, ce
n'est pas moi qui la dédaignerai. Nous avons à la maison trois
chiens de salon, des chats angoras et un perroquet, de sorte
que bien peu de friandises arrivent jusqu'à moi.

Après un moment de silence, pendant lequel on n'avait entendu que le bruit de la mâchoire de Scout faisant éclater les
os, Poussette reprit avec hésitation :

« Serait-il indiscret... C'est que j'ai entendu raconter,...
Est-il vrai.... Que vous a-t-on dit quand vous êtes rentré l'autre
jour? »

A cette question, il n'y eut pas de réponse. Scout continua
d'avaler ses restes, et, quand il eut fini, se lécha les babines
en silence.

« Ma foi, grommela-t-il enfin, on ne m'a pas *dit* grand'chose.
On m'a demandé où j'avais passé la journée et toute la nuit
précédente, et on m'a fait comprendre....

— Quoi?

— Eh bien! on m'a fait comprendre que... bref, que je ferais bien dorénavant de ne plus m'absenter la nuit. On a em-
ployé, à cet effet, des arguments irrésistibles. Mais mon
échine va déjà moins mal, de sorte qu'il n'y a plus lieu d'y
penser. »

La chatte fondit en larmes.

« Alors on vous a battu, s'écria-t-elle, noble et vaillant
Scout, vous qui le méritiez si peu!

— Hum ! fit le chien avec quelque embarras, mieux vaut ne
pas trop parler de cela : car enfin l'enlèvement de certain poulet n'était pas un acte des plus corrects. »

UN CONTE D'HIVER EN ALSACE

I

C'est l'hiver. Il fait ce qu'on est convenu d'appeler un froid de loup. Le ruisseau est gelé; la prairie forme une grande nappe de neige, on ne voit plus d'oiselets sur les arbres; seuls deux ou trois moineaux affamés attendent qu'un grain de mil leur tombe des nues. Çà et là aussi quelque corbeau met une tache noire sur cette blancheur.

De toute la journée les vitres de la chaumière du manouvrier Michel, située dans un faubourg à l'extrémité du village, n'ont point dégelé; la petite Madelon, la plus jeune des enfants, est restée depuis le matin blottie derrière le poêle : nous sommes en Alsace, et le poêle remplace dans les maisons riches et pauvres cet âtre ouvert où l'on aime à voir danser les flammes du foyer. Encóre ce poêle-là n'est-il pas très chaud. Les doigts de la mère, qui file près de la fenêtre, se raidissent de plus en plus; elle veut pourtant achever sa tâche, car c'est demain dimanche.

Quel est ce bruit de rires, de voix claires, de petits sabots battant la neige? Le visage de la mère s'épanouit, et Madelon court ouvrir la porte avec un cri de joie. C'est le petit Michel et sa sœur Katherle qui reviennent de l'école. Ils frottent leurs pieds et secouent leurs vêtements, avant d'entrer, pour faire tomber la neige dont ils sont couverts, et l'atmosphère de la chambre, si refroidie qu'elle soit, leur semble encore chaude en comparaison de celle du dehors. Cependant ils recommencent à sauter pour chasser l'onglée; voici Madelon qui danse avec eux, et ce tapage plaît à la mère apparemment, car elle ne dit rien pour le faire cesser. Sans doute elle pense : — Tant mieux, pauvres petits! Ils sont gais!

« Tiens! vois comme c'est beau, » s'écrie Michel en jetant à sa jeune sœur une grosse boule de neige.

Ce n'est pas le seul cadeau qu'on ait apporté pour Madelon. Katherle lui donne une de ces stalactites que l'hiver suspend aux toits des maisons, une longue chandelle de glace transparente, et Madelon bat des mains de plus belle. Mais cette fois son plaisir est de courte durée; la chandelle fond entre ses doigts, et la mère pousse dehors la boule de neige qui mouillerait le plancher disjoint, bien assez humide déjà!

« Étourdis que vous êtes! Avez-vous donc trop chaud que vous nous apportez des frimas tout exprès? Allons, Katherle, dépêche-toi, donne les cuillères; il faut manger vite, la soupe refroidirait.

— Mais papa?...

— Papa ne rentrera pas pour dîner; il est à battre du blé en grange, bien loin d'ici, et ne doit revenir que tard dans la soirée.

— Apportera-t-il du bois, demanda Michel, du bois pour nous chauffer?

— Non, tout ce qu'il aura gagné aujourd'hui passera au sabotier; mais je vais chercher encore de l'argent chez M. le maire pour le lin que j'ai filé. La dame est bonne; elle paye toujours plus qu'elle ne me doit. Demain vous aurez la soupe

au lait que vous m'avez demandée, et lundi papa ira faire du
bois dans la forêt. En attendant, nous nous chaufferons comme
nous pourrons. »

Les enfants mangèrent leur maigre soupe à l'eau et, comme
ils avaient grand'faim, ne la trouvèrent pas mauvaise, bien
que le sel y tînt lieu de beurre. Michel se priva même des dernières cuillerées pour les porter au petit chat, qui s'était
glissé presque dans la bouche du poêle, parmi les cendres
chaudes :

« Tiens ! dit Madelon pénétrée de remords, je l'avais oublié,
pauvre Minet !

— Moi aussi, dit Katherle, reposant sur son assiette la cuillère qu'elle portait à ses lèvres, j'allais l'oublier…. Mais Michel
pense à tout. »

Après dîner, la mère fit un paquet de fil fraîchement filé,
mit sa cape et dit aux enfants :

« Soyez sages, mes chéris, et restez ensemble ; il se peut
que je ne revienne qu'à la nuit tombée. Dans le coffre j'ai laissé
ce qui nous reste de pain ; n'en mangez pas trop, parce que je
ne pourrai chauffer le four qu'après-demain. Il n'y a même pas
assez de bois pour charger le poêle, ajouta tristement la mère.
Votre pauvre papa ne se chauffera pas ce soir.

— Savoir ! » fit le petit Michel d'un air rusé.

Mais elle n'y prit pas garde, tant elle avait l'esprit occupé
d'autre chose. Elle ne remarqua pas non plus que le gamin
paraissait attendre son départ avec impatience, qu'il lui disait
à peine adieu, lui si caressant d'ordinaire.

II

Lorsque les enfants furent seuls, le fin museau de Michel
prit une expression plus franchement significative.

« Sais-tu, Katherle? dit-il à sa sœur. Eh bien! je vais chercher du bois dans la forêt.

— Toi! s'écria Katherle effrayée, tu perds la tête! Un petit
garçon ne va pas seul dans la forêt.

— Il y va quand il n'a pas peur, riposta Michel d'un air
superbe; est-ce que je n'ai pas été plus de vingt fois avec papa
aux endroits où il est permis de ramasser du bois? Je n'arra-
cherai rien aux arbres; je ramasserai seulement les branches
mortes par terre.

— En ce cas je t'accompagne, dit bravement Katherle; la besogne ira plus vite.

— Mais, moi, j'aurai peur toute seule, gémit la petite Madelon.

— Et maman nous a bien recommandé de rester ensemble,
dit Katherle d'un air pensif.

— C'est vrai, décida Michel, nous emmènerons la *petiote;*
elle est chaudement couverte, et, d'ailleurs, j'aurai soin de
vous. Nous prendrons la *schlitte*, bien entendu. »

Et, sans perdre une minute, il courut jusqu'au hangar qui
abritait l'espèce de traîneau dont on se sert dans les bois de
ces régions pour transporter les bûches et les fagots.

« Quel bonheur! criait Madelon, en faisant mille gambades,
quel bonheur! J'irai en voiture! »

Katherle trouva encore dans le tiroir un gros fichu de laine
et un bonnet piqué qui garantirent la tête et les épaules de sa
petite sœur; car, malgré l'extrême pauvreté de ce logis, la mère
savait préparer à ses enfants des hardes bien chaudes pour
l'hiver. Avec mille précautions d'économie, Michel détacha
de l'unique miche, déjà entamée, un morceau de pain qu'il
mit dans sa poche. Madelon avait toujours grand appétit; il ne
faudrait pas la laisser pâtir! Puis les deux petites filles prirent
place dans la *schlitte*. Leur frère s'y attela, et, secouant ses
cheveux blonds comme un jeune cheval secoue sa crinière,

piaffant et hennissant aux grands éclats de rire de Madelon, il partit dans la direction de la forêt.

« Hue donc ! » criait la petiote.

Katherle s'amusait de si bon cœur qu'elle ne sentait pas le froid.

Il fallait passer près de l'étang glacé, où les galopins du village glissaient à qui mieux mieux, se bousculant, tombant sur le dos, échangeant une mitraille de boules de neige. La partie était très animée.

« Viens donc, Michel ! viens jouer avec nous ! » crièrent-ils.

Et ils pirouettaient, ils voltigeaient sur la surface polie de l'étang pour lui montrer que la glace était bonne.

« Merci, répondit Michel, je n'ai pas le temps. »

La tentation était forte cependant ; il eût pu comme tant d'autres employer ainsi son après-dîner, puisque le congé du dimanche commence dès la veille dans les écoles d'Alsace.

« Je ne veux pas ! » répéta-t-il tout haut pour se donner du courage, et là-dessus il prit un temps de galop furieux, poursuivi par les huées des polissons qui criaient en se moquant de lui : « Va donc, valet des petites filles ! Reste donc cousu à leurs jupes à faire tout ce qu'elles veulent ! Ohé ! Michel le baudet ! Michel l'ânon ! »

C'en était trop. Michel s'arrêta juste assez pour leur lancer une boule de neige énorme qui tomba précisément sur le nez d'un des railleurs, nommé Hans Schmidt. Et aussitôt tous les autres de se moquer du pauvre Hans, car la foule est changeante en ses impressions. Peu importait à Michel ; ayant soulagé une juste indignation, il avait déjà repris sa course vers la forêt. Elle était noire et profonde ; mais il sut s'y diriger, car il la connaissait bien, quoiqu'il n'y fût jamais venu seul. Il eut vite découvert une place toute jonchée de branches mortes qui sortaient à moitié de la neige ; la veille, les bûcherons étaient venus en débarrasser les arbres, et après eux on pouvait encore

faire de bonnes glanes. Katherle aidait activement son frère.
Naturellement la petite dut rester dans le traîneau. Michel lui
donna le morceau de pain qu'il avait emporté. C'était à qui des
deux travailleurs ferait le plus beau fagot : ils s'excitaient l'un
l'autre par des cris de joie : « Oh! la grande branche que j'ai
trouvée là! — Il s'agit bien de branches, ma foi! moi, j'ai un
gros morceau de bois! — Et moi une racine énorme! »

Cependant Madelon avait mangé son pain et, s'ennuyant un
peu, commençait à se plaindre : « J'ai froid, mes dents cla-
quent. »

Michel chargea une partie des fagots, aida Katherle à monter
dessus et dit : « Maintenant je vais vous ramener à la maison
et ensuite je reviendrai chercher le reste du bois.

— Non, je marcherai, s'écria Katherle, ce sera moins lourd.

— Ne vois-tu pas, dit Michel, que la *petiote* aura plus chaud
si tu es auprès d'elle? »

Cette raison décida la bonne Katherle, qui avait bien froid,
elle aussi; les deux fillettes se blottirent l'une contre l'autre.
Madelon, la figure enfouie sur les genoux et ses menottes
bleuies emprisonnées dans les mains de sa grande sœur, reprit
courage jusqu'à la maison. Michel allait aussi vite que le permettait sa lourde charge, tant la bise le piquait. Cette fois,
quand il passa devant la glissade, les joueurs restèrent muets;
l'intrépidité qu'avait montrée Michel, en pénétrant seul dans
une forêt où la légende plaçait des bandes de loups, les pénétrait d'une sorte de respect. Le plus goguenard, Hans Schmidt,
voyant qu'il avait peine à gravir la montée jusqu'au village,
vint en silence lui donner un coup de main.

« Je suis fâché de t'avoir mis un si beau *bleu* sur le nez,
dit Michel en guise de remerciement.

— Ma foi, je le méritais, répondit l'autre en riant; est-ce
que c'est aussi affreux qu'on le dit, la forêt?

— La forêt? c'est charmant! répliqua Michel avec gaieté.

Demande plutôt à Katherle qui n'est qu'une petite fille, et qui n'a pas eu peur! »

Ils étaient arrivés devant la maison; Katherle descendit, portant dans ses bras sa sœur qui dormait, et Michel reprit sa course pour aller chercher le reste de son butin.

Hans l'eût accompagné bien volontiers, mais Michel lui dit : « Non, tu ne serais pas chez toi pour l'heure du souper; ta mère pourrait être inquiète ; la mienne ne m'attend pas, elle ne rentrera que tard, et papa aussi; c'est pourquoi je peux faire ce que bon me semble.

— Ce Michel parle de son travail comme si c'était un jeu, dit Hans en rejoignant ses camarades. Ce n'est déjà pas si amusant de ramasser du bois sous la neige !

— Mais cela lui plaît de donner de quoi se chauffer à sa pauvre mère, que Dieu le bénisse, tandis que vous autres vauriens vous ne savez que faire enrager vos parents, » dit une vieille femme qui emmenait son petit-fils par l'oreille.

Cependant Katherle, restée au logis, ne perdait pas son temps. Après avoir couché sa petite sœur, elle fit une courte prière pour que cette fois encore il n'arrivât rien de fâcheux à Michel dans les bois; puis, afin de ne pas trop réfléchir et s'inquiéter, elle se mit à balayer la chambre de son mieux, sema du sable sur le plancher, comme elle avait vu faire à sa mère, nettoya la table, rangea les chaises. Le saint jour du dimanche devait trouver propre et presque paré cet humble gîte, qui abritait les plus précieux trésors de ce monde : l'honnêteté, l'affection, le dévouement. Enfin Michel revint avec sa *schlitte;* celle-ci était chargée au point qu'on apercevait à peine le petit garçon, qui la poussait. Sur les fagots il y avait quelques bûches bien rondes; elles avaient été données à Michel par l'hôtesse du *Soleil d'Or* quand il était passé devant sa porte. « Voilà pour te récompenser d'être si serviable, » avait dit l'aubergiste.

« Et maintenant le pain! s'écria Michel; je vais y faire une belle brèche, car j'ai l'estomac creux. »

Katherle se dit qu'il était bien juste que son frère se réconfortât après une telle besogne; mais elle pensa en même temps que, si de son côté elle mangeait, il ne resterait plus que bien peu de chose pour les parents quand ils rentreraient le soir; elle laissa donc croire qu'elle avait dîné, ce qui permit à Michel de se tailler sans scrupule une magnifique tartine.

III

Enfin la neige durcie craqua sous les pas de la mère, et Madelon ouvrit l'œil en appelant :

« Maman!

— Ne dis rien de notre promenade en forêt, lui souffla Katherle à l'oreille; il faut qu'elle soit surprise. »

Le cœur des deux aînés battait bien fort quand la mère entra grelottante sous sa cape : « Voyez, mes trésors, voyez ce que j'apporte! » — Elle avait reçu pour son fil trente beaux sous neufs qu'elle étala sur la table; puis, montrant un pain blanc et un panier de pommes de terre : « Voilà ce qu'on m'a donné pour vous chez M. le maire.

— Moi qui aime tant les pommes de terre! s'écria Michel, qui voulait absolument envoyer sa mère dans la cuisine, où déjà il avait rangé le bois. Vous allez en faire cuire tout de suite, maman, n'est-ce pas?

— C'est impossible, mon enfant, répondit tristement la mère, impossible... à cause du bois... Il faudra nous coucher de bonne heure, ajouta-t-elle, essayant de sourire; c'est le meilleur moyen d'avoir chaud.

— Mais non pas sans souper, petite mère!

— Vous avez votre pain blanc, mes mignons.

— Oh ! maman, faites-nous cuire quelques pommes de
terre », insista Katherle, et Michel prit un air si extraordinai-
rement rusé que la mère, soupçonnant quelque tour de sa
façon, se décida enfin à passer dans la cuisine. Les trois petits
la suivirent sur la pointe du pied ; ils sautèrent en battant des
mains, lorsqu'un cri d'étonnement vint frapper leurs oreilles :

« Qu'est-ce que cela veut dire, mon Dieu ! »

Des deux côtés du four s'entassaient des montagnes de
fagots.

« Mais d'où vient tout ce bois ?...

— Nous avons été le chercher ! Nous l'avons cherché ensemble ! répliquèrent trois petites voix vibrantes.

— Que se passe-t-il ? » demanda le père qui rentrait au
moment même.

On lui raconta toute l'affaire, tandis que la mère allumait
le feu.

Il rit d'un air content et dit tout bas à sa femme : « Nous
aurons là un brave garçon ! »

Le petit Michel, qui entendit, se rengorgea, on peut le croire !

« Oui, nous avons de bons enfants », répliqua la mère en
caressant les tresses brunes de Katherle, occupée à éplucher
les pommes de terre, tandis que la petite Madelon, prétendant
attirer l'attention sur elle-même, criait de toutes ses forces :

« J'étais avec eux, maman, et je n'ai pas eu peur, et je n'ai
rien dit, pour vous faire une surprise. »

Madelon eut sa part de baisers et de compliments.

Cependant le père, posant la main sur l'épaule de son garçon,
l'emmenait à l'écart.

« Tu ne l'as pas arraché, tu ne l'a pas pris sur un point
défendu ? » dit-il en le regardant bien en face dans le blanc
des yeux.

Et la réponse de ses yeux fut si honnête que le père sourit.

« Sois toujours comme tu es, mon petit Michel, un garçon

31

probe et laborieux. Quiconque agit différemment a grande chance de finir comme le père Balthas. »

Chacun dans la maison et dans tout le village connaissait l'histoire du père Balthas, un drôle dont le nom était flétri. Tout enfant, il volait du bois, il tendait adroitement des pièges aux lièvres; plus tard, il attrapa des chevreuils et se fit la réputation d'un fameux braconnier. A son tour il fut traqué comme une bête fauve et finit par tomber sous le fusil d'un chasseur qui prit pour le gibier qu'il poursuivait cet homme rampant sous les buissons. Le fils unique de Balthas le braconnier, un garçon de quatorze ans à cette époque, avait émigré en Amérique; qu'eût-il fait au village? Michel était, on peut le dire, son unique camarade; malgré de longues années écoulées depuis le départ du jeune Balthas, malgré le silence de l'absent, il lui restait fidèle. Lorsque les mauvaises langues du pays commençaient à dire : « Bah ! il aura mal tourné comme son père ! il se sera fait pendre en Amérique ! » la voix de Michel s'élevait pour leur imposer silence : « Mon ami Balthas n'était pas de ces gens qui se font pendre; il valait autant qu'aucun de nous. » Et les plus méchants se taisaient, n'osant attaquer trop fort celui qu'un homme de bien comme Michel prenait sous sa protection.

La veille encore, Michel avait dit à sa femme avec un gros soupir.

« Il y a vingt-cinq ans aujourd'hui que mon vieux Balthas est allé rejoindre ce convoi d'émigrants.

— Et il ne t'a pas écrit depuis, fit observer la femme; c'est un ingrat.

— Qui sait? Il est peut-être mort, murmura l'ouvrier. Pauvre Balthas ! »

IV

La mère avait servi le plat de pommes de terre fumantes, qui exhalaient une bonne odeur. Le père se leva pour la prière d'usage : « Mon Dieu, soyez notre hôte ce soir, et bénissez ce que vous nous avez donné. »

Au moment même, comme si l'hôte divin eût répondu à l'invitation qu'on lui adressait, un doigt pressé frappa deux coups à la fenêtre : « Qui est là ? demanda le père tout étonné.

— Un voyageur qui a froid et qui voudrait se chauffer.

— Va vite ouvrir, Katherle. » Un homme de haute taille, enveloppé d'un grand manteau, parut sur le seuil; la neige tombait de ses cheveux et de sa longue barbe; il s'appuyait tout frissonnant sur un bâton.

« Qui que vous soyez, entrez et chauffez-vous », dit le père de famille avec cette belle hospitalité patriarcale qui honore les paysans alsaciens.

Les trois enfants, qui jamais ne voyaient des étrangers, regardaient le nouveau venu en ouvrant la bouche.

Quand il se fut assis sans façon : « Voilà, ma foi un bon feu ! » dit-il, les mains étendues vers la flamme.

Le petit Michel rougit jusqu'aux oreilles, le cœur gonflé d'orgueil.

« C'est mon feu ! pensa-t-il. Si je n'avais pas été au bois, ce monsieur ne pourrait se chauffer. »

Avant de permettre aux enfants d'attaquer le plat de pommes de terre :

« N'en prenez-vous pas une ? demanda la jeune femme de Michel à l'étranger.

— Hé ! pourquoi non ? répliqua celui-ci; elles ont bonne mine. »

Il se dépouilla de son manteau humide et se mit à table avec autant d'aisance que s'il eût été chez lui. Les enfants échangèrent un coup d'œil inquiet en comptant les pommes de terre qui garnissaient le plat ; il n'y en avait qu'une douzaine, et l'étranger paraissait avoir bon appétit. Sans prononcer un mot, il mangea les trois quarts du plat à lui tout seul.

« Nous en serions bien venus à bout sans lui », dit Michel à l'oreille de Katherle, quelque peu consternée. Mais soudain l'inconnu tira de sa sacoche un saucisson magnifique, un pain blanc et une bouteille de vin qu'il posa sur la table.

« Vous venez de me donner ce que vous aviez, maintenant prenez ce que j'ai. »

Les enfants ne se firent pas prier ; jamais il n'avaient goûté à de si bonnes choses, et, le vin déliant la langue du père, qui d'habitude n'était pas grand parleur, il hasarda quelques questions, demandant à son hôte d'où il venait, où il allait.

« Je voulais aller à l'auberge, qui est à l'autre bout du village, répondit l'homme barbu, mais le froid m'a saisi. J'ai frappé à la première porte.

— Et vous avez bien fait ! Vous paraissez las, mon brave. Votre voyage a été long, peut-être ?

— Oui, j'arrive d'Amérique. »

Les yeux des enfants s'ouvrirent plus grands encore à ce mot d'Amérique. Vraiment, il venait de si loin ? Il avait vu tant de pays ?

« L'Amérique doit être bien grande, dit en hésitant Michel le père, mais il se fait parfois des rencontres.... Ne vous moquez pas si je vous adresse une sotte question. Vous n'auriez pas vu en Amérique un homme du nom de Balthas ?

— Si fait, et il m'a beaucoup parlé de vous, répliqua l'étranger.

— Bah !... vous plaisantez?... » dit le pauvre Michel d'un air de doute.

Mais l'autre continua négligemment : « Il m'a même chargé de vous demander si le bouc noir de votre père, que vous aviez coutume d'atteler à une charrette pour vous amuser, si ce bouc noir vivait toujours.

— Comment?... est-ce possible?... il se souvient de ça?

— Voici encore ce qu'il m'a conté, poursuivit l'étranger d'une voix attendrie. Lorsque le fils du braconnier se vit forcé de quitter sa patrie, personne ne s'inquiéta de ce qu'il allait devenir, sauf son brave ami, aussi pauvre que lui-même, qui avait gagné dix francs à casser des pierres sur la route, et qui, ne se réservant que quelques sous, lui donna le reste.

— Il vous a dit ça, vrai! fit Michel tout confus, en tordant son bonnet. C'était bien naturel. Il aurait agi de même avec moi....

— Et parce que vous avez partagé votre bien avec Balthas, il veut partager le sien avec vous », continua l'étranger en jetant une grosse poche pleine d'argent sur la table.

Depuis quelques minutes, Michel le regardait d'un air d'anxiété profonde.

« Balthas! C'est toi qui es Balthas! » s'écria-t-il tout à coup en se levant d'un mouvement si brusque que l'escabeau fut renversé.

L'autre lui tendit les bras, et, pour la première fois de leur vie, les enfants virent leur père sangloter.

« Je croyais que les papas ne pleuraient jamais, dit Katherle à son frère Michel.

— Oui, c'est moi, s'écria l'étranger, c'est ton vieux camarade, que le mal du pays ramène à son village. Et il n'y a pas que le mal du pays seulement : je veux que l'on apprenne à honorer le nom de Balthas comme celui d'un honnête homme. Vous m'aiderez, mes amis. Voici toutes les épargnes de l'exil, ajouta-t-il en vidant le sac d'argent sur la table; elles représentent bien des efforts, bien des sueurs; mais pas un liard, entendez-vous, n'a été mal acquis. Encore une fois, partageons. »

La femme de Michel se signa presque effrayée.

« Feu ma mère, murmura-t-elle, avait coutume de dire que les richesses induisaient le juste en tentation, qu'elles troublaient la conscience et rendaient le cœur dur.

— Rassurez-vous, dit en riant Balthas. Il n'y a pas là de quoi ôter à vos enfants le goût du travail en leur donnant le moyen de vivre dans l'oisiveté; le sol qu'ils cultiveront leur reviendra un jour par droit d'héritage, voilà tout; ils n'en seront pas pires. »

La pauvre femme porta timidement la main de Balthas à ses lèvres. Tout cela était trop prompt, trop beau, trop inattendu !

« Mon Dieu, soyez béni ! » dit-elle.

Et Balthas, attirant les enfants de Michel sur ses genoux, dit avec un sourire heureux :

« J'ai donc une famille ! »

XVI

J'AI DONC UNE FAMILLE!

EN DORMANT

I

La Dominiquette habite une pauvre maison dans un village de montagne. Dominiquette est un singulier nom, mais c'est l'usage de l'endroit de mettre au féminin, pour la femme, le nom de famille; or, le mari de la Dominiquette s'appelle Dominique. Jamais je n'ai connu de couple plus honnête et plus laborieux; malheureusement la misère est souvent à leur porte, quoi qu'ils fassent; car Dominique, qui est ouvrier terrassier, ne trouve pas toujours du travail dans le pays de loups qui est le sien, et qu'il aime malgré ses rigueurs, parce qu'il y est né, que ses parents y sont morts, que tous les souvenirs doux et tristes de sa vie s'y rattachent. De temps en temps il se laisse embaucher au loin; ce n'est qu'une absence momentanée, l'affaire de quelques semaines, de quelques mois tout au plus; ensuite il reverra son gîte. Cet espoir le soutient, lui permet de tout endurer; mais la pauvre Dominiquette, qui reste derrière lui à garder le foyer sans feu et la huche vide, toute seule en compagnie de privations de plus d'une sorte, est alors bien à plaindre. Elle ne peut pourtant pas quitter son petit Miquet, qui n'a que trois ans à peine, et il faut dire, en somme, que Miquet la console de tout. Miquet est encore un diminutif de Dominique. Jamais vous n'avez vu, j'en suis sûr, de bambin plus drôle et plus gentil. Bien qu'il soit tout rond, une pelote de graisse, il marche à merveille, seulement pas bien vite, sautillant toujours à petits pas, comme un agneau blanc, derrière sa mère. En partant cette année pour aller travailler à l'installation d'un nouveau chemin de fer, son père a promis de lui rapporter un bel habit neuf. Miquet se souvient de cette promesse et se réjouit d'avance, tout en s'accommodant très bien de la vieille culotte qui, avec une chemise de grosse toile bise, compose toute sa toilette; cette culotte, toujours trouée aux genoux malgré les reprises patientes de la mère, laisse nues ses petites jambes potelées. Miquet ne porte jamais de souliers, jamais de chapeau, sa toison blonde suffit à l'abriter; aussi le hâle de son teint fait-il un contraste amusant avec ses cheveux d'or pâle. Tel qu'il est, Miquet passe avec raison pour le plus bel enfant du village et aussi pour le plus sage. Sa mère allant en journée de ci de là, il a pris l'habitude de ne jamais la déranger de sa besogne, afin qu'on le souffre auprès d'elle; assis sur le pas de la porte tandis qu'elle fait la lessive ou raccommode les hardes, il joue sans bruit avec des brins de bois, des petites pierres; c'est à peine si, lorsqu'il a fini de bâtir une maison, il ose crier :

« Vois donc, maman, vois donc! »

Dominiquette ne prend pas le temps de regarder, mais elle dit tendrement :

« Oui, c'est très beau, c'est superbe. »

Et Miquet se rengorge, enchanté de l'approbation maternelle.

Si petite que soit la chaumière qu'habitent les Dominique de père en fils depuis plusieurs générations, elle n'est pas leur

propriété ; ils n'ont jamais gagné assez d'argent à la fois pour
pouvoir l'acheter, et le paysan à qui elle appartient exige que
le loyer soit payé avec exactitude. Du reste, cet homme, bien
que très dur, estime ses locataires ; il apprécie leur propreté
dans l'intérieur du ménage, et le soin qu'ils prennent d'un
petit jardin où poussent les légumes que Dominiquette va
vendre, pendant la saison, à la ville voisine, une ville d'eaux
où affluent les étrangers deux ou trois mois de suite.

Elle vend aussi les œufs de ses deux poules ; c'est Miquet qui
va chercher les œufs au poulailler et qui les apporte avec des
précautions infinies ; jamais il n'en a cassé un. Déjà son plaisir
est de se rendre utile, et il prend part, plus qu'on ne pourrait
le croire d'un enfant de son âge, à toutes les menues tribulations de sa mère. Ainsi la poule grise avait cessé de pondre depuis longtemps, et un jour elle finit par disparaître ;
Dominiquette s'en désolait et Miquet pleurait avec elle. C'est
lui, le petit drôle, qui a retrouvé la poule ! Sa mère, quand
elle va cueillir des fraises en forêt, l'asseoit toujours sur la
lisière du bois, à l'ombre d'un grand arbre, où il l'attend sans
danger. Croiriez-vous que dame poule s'était fait elle-même
un nid dans les herbes molles, derrière l'arbre, pour y déposer
ses œufs que la rusée couvait tranquillement, tandis qu'on la
cherchait partout ? « Ceux-là du moins, semblait-elle se dire,
ne seront pas vendus ; je les ai gardés pour moi. »

« Maman ! maman ! cria Miquet à sa mère du plus loin qu'il
l'aperçut revenant avec sa corbeille de fraises, la grise est là
couchée dans l'herbe ; elle ne bouge pas, même si on la touche
et si on veut la chasser. »

Voilà Dominiquette heureuse ! Elle explique à son fils qu'il
aura bientôt de jolis petits poulets, et que jusqu'au moment
où ils briseront la coque qui les retient encore prisonniers, il
faudra chaque matin apporter du grain à la poule, afin qu'elle
ne soit pas forcée de se déranger.

« C'est moi qui lui donnerai son déjeuner, maman, et quand
je serai un peu plus grand, n'est-ce pas, j'irai aussi vendre les
œufs où vous allez, de l'autre côté de la forêt. C'est bien loin,
n'est-ce pas? C'est bien beau?... »

Et la mère raconte à Miquet émerveillé qu'il y a là une
source d'eau chaude qui sort de terre toute bouillante; les
malades viennent y boire et s'en retournent guéris. Comme ils
arrivent de différents pays et ne sauraient où loger sans cela,
on a construit une magnifique maison pour les recevoir tous :
c'est l'hôtel où s'en vont les légumes du jardin et les œufs du
poulailler.

« Si je suis bien sage, vous m'emmènerez voir l'hôtel? dit
Miquet, dont les grands yeux noirs sont arrondis par l'admiration et la curiosité.

— Plus tard ; tu ne pourrais marcher jusque-là et tu es trop
lourd pour que je te porte.

— C'est ennuyeux d'être petit, dit Miquet en faisant la
moue ; mais je vais me dépêcher de grandir, et alors je char-
gerai sur mon dos tous vos paniers. »

II

Un matin, la pauvre mère s'est éveillée bien triste, le cœur
serré. Elle n'a pas pu payer le terme échu du loyer, le précé-
dent était en retard déjà, et son propriétaire, qui a en vue des
locataires plus riches, menace de la chasser si elle ne s'acquitte
pas tout de suite envers lui. Hélas ! un orage a ravagé le
jardin, une fouine a mangé la seconde poule qui continuait à
pondre, et Dominiquette n'a pas même de quoi acheter du pain.
Son mari a bien promis de revenir dans quinze jours ; il
rapportera un peu d'argent, mais jusque-là, comment faire ?

Le propriétaire, sous prétexte qu'il est gêné lui-même, ne veut pas attendre.

Dominiquette s'est levée de grand matin ; elle a prié Dieu avec ferveur de l'aider dans ce cas désespéré, après quoi elle a, comme de coutume, habillé Miquet, qui ouvre toujours l'œil en chantant, et lui a donné la dernière croûte de pain qu'il trempe dans un verre d'eau, sans s'apercevoir, le pauvre innocent, que sa mère n'a rien mangé. Dominiquette s'est décidée, quoique bien timide, à faire une démarche auprès de la maîtresse de l'hôtel des Bains qu'elle suppliera de lui avancer une petite somme jusqu'au retour de son mari. Peut-être en route va-t-elle trouver des fraises qu'elle vendra par la même occasion. Ayant pris avec effort son parti de demander, Dominiquette tire de la huche un reste de farine et un peu de lait, dont elle fait une excellente bouillie qu'elle verse ensuite dans une assiette.

« Tiens, Miquet, c'est pour toi, mais tu ne la mangeras qu'au coup de midi. »

Miquet indique d'un signe de tête qu'il a compris, et, voyant pleurer la mère, il passe une petite main câline sur son visage en disant : « Allons, ne pleure plus, sois gentille ! » Ce sont les paroles dont sa maman se sert toujours pour le calmer quand il crie, et il ne doute pas de leur effet tout-puissant.

« Je te reconduirai jusqu'au grand arbre en allant porter son déjeuner à la mère poule », ajoute Miquet, qui a mis en réserve les moindres miettes de son pain. Sa maman y ajoute tout ce qui reste dans la huche, et ils s'en vont côte à côte. Arrivée au pied de l'arbre, Dominiquette embrasse son fils :

« Que le bon Dieu te garde, lui dit-elle, ne t'enfonce pas dans la forêt, sois sage. »

Et elle s'en va sans inquiétude, car jamais Miquet n'a désobéi ; bien des fois il est resté seul sur le bord de ce sentier où ne passent jamais ni chevaux ni vaches, mais seulement les gens du village qui ont affaire à l'établissement des eaux thérmales. Le petit suit des yeux sa mère jusqu'à ce qu'elle ait disparu sous la haute voûte des chênes, puis il donne les miettes à son amie la poule, cueille de jolies herbes pareilles à des panaches, ramasse des feuilles, regarde travailler les fourmis, et les oiseaux sauter de branche en branche. Enfin son estomac creux lui rappelle la bouillie que sa mère a laissée au logis : « Bien sûr, se dit-il, midi a dû sonner, j'ai trop faim. » Et il trottine vers le village. C'est déjà, pour ses petites jambes, une longue course, mais l'envie de rejoindre la bouillie lui prête des ailes ; enfin il la tient !

« N'est-ce pas, dit-il à une voisine, il est plus de midi ?

— Il est onze heures à peine », répond la bonne femme.

Impossible de manger la bouillie, maman a dit d'attendre le coup de midi ! Une idée vient à Miquet. S'il emportait son dîner sous le grand arbre ? Souvent il a été goûter à cette place avec sa mère. Cela lui ferait gagner du temps, et en marchant il s'ennuierait moins. La bouillie n'est plus chaude, mais l'assiette est toute pleine, et Miquet n'en voudrait rien répandre. Le voilà qui se met à marcher avec lenteur, les yeux fixés sur son précieux fardeau, et en se répétant à lui-même :

« Doucement, Miquet, doucement !.. » comme il l'a entendu dire à sa mère.

Cependant, jamais de ce train il n'atteindrait l'arbre, si la voisine, qui est obligeante, ne consentait à quitter sa quenouille pour porter la bouillie jusque-là.

Miquet la remercie, et, tandis qu'elle s'éloigne en riant de l'idée singulière d'un pareil bambin, il s'installe commodément sur la mousse.

Qu'on est bien, assis, par cette chaleur, et que cette bouillie est délicieuse !

Il répète plusieurs fois tout en mangeant et en se léchant les lèvres :

« C'est bon ! Ah ! que c'est bon ! »

Tout est tranquille autour de lui, si tranquille que les oiseaux s'approchent pour le regarder de près. Il fait chaud de plus en plus, le silence augmente à mesure; la poule sommeille sur son nid, la chanson incessante du grillon accompagne le bourdonnement non moins continu des mouches, les feuilles sont immobiles, aucun souffle d'air ne les fait palpiter. Son double voyage de l'arbre à la maison a fatigué Miquet, il bâille à chaque instant, l'assiette glisse de ses genoux sans qu'il s'en aperçoive, la cuillère échappe à sa petite main, son bras retombe inerte avec elle. C'en est fait : Miquet dort. Il dort si doucement, si profondément, bercé sans doute par un beau rêve, que les oiseaux s'approchent de plus en plus, et qu'un effronté rouge-gorge, entre autres, pousse l'audace jusqu'à se percher au bord de l'assiette pour goûter franchement à la bouillie. Miquet n'en voit rien. Ses paupières sont fermées, ses petites joues rouges comme des pommes d'api; sa bouche, pareille à un bouton de rose est entr'ouverte sur deux quenottes blanches ; à peine si on le voit respirer. J'ai dit si on le voit parce que son sommeil a des témoins à la fin. Deux personnes s'avancent, suivant le sentier : un jeune homme et une jeune femme, non pas des paysans comme à l'ordinaire, mais des étrangers de distinction, qui, de l'hôtel des bains, ont entrepris une promenade.

La jeune femme est ravissante en robe de mousseline bleu de ciel ; ayant trop chaud, elle tient à la main son chapeau de paille et repousse les boucles blondes qui tombent en désordre sur son front, sur son cou.

« Ah ! s'écrie-t-elle en atteignant la forêt, quel calme reposant, quelle fraîcheur ! Et, Dieu merci, nous échappons aux mendiants qui nous ont harcelés tout le long de la route ! Ce pays est si pauvre ! Il faut donner du matin au soir.

— Ne chante pas victoire trop tôt, dit son compagnon en

riant; voilà, si je ne me trompe, là-bas, un petit gueux qui nous guette.

— Non, vraiment, réplique la jeune femme, regardant du côté qu'il indique, celui-ci ne demande rien, il a tout ce qu'il lui faut, et même du superflu, ajoute-t-elle en courant d'un pied léger vers le petit dormeur, ce qui met en fuite l'audacieux rouge-gorge tout alourdi par un repas copieux. — Qu'il est joli! reprend la jeune femme après un instant de contemplation souriante.

— Oui, dit son mari, si nous lui donnions quelque chose?

— J'y pensais, mais je t'avertis que je serai prodigue. Me permets-tu de faire une folie? dit-elle en tirant de sa poche une bourse brodée.

— Je te permets tout. Nous sommes si heureux…

— Que les autres doivent l'être un peu aussi avec nous », achève la jeune femme toute sérieuse. Elle s'agenouille et dépose un long baiser sur le front du dormeur, en même temps qu'un objet brillant dans sa petite main.

Miquet ouvre de grands yeux; il entrevoit comme en rêve une figure céleste et sourit; mais sa grande fatigue est la plus forte; la tête frisée retombe sur la mousse; le petit poing se referme, Miquet se rendort.

Les deux jeunes gens se sont enfoncés, au bras l'un de l'autre, dans les profondeurs de la forêt.

III

Cependant la pauvre Dominiquette avait passé une pénible journée. A grand'peine elle avait rempli trois petits pots de fraises dans la forêt, qui avait été maintes fois fouillée par tous les gamins du village : enfin, avec le prix des fraises elle pourrait toujours acheter une miche de pain ! Malheureusement elle

XVII

ELLE S'AGENOUILLE ET DÉPOSE UN LONG BAISER SUR LE FRONT
DU DORMEUR.

35

voulut monter jusqu'à l'hôtel par le chemin le plus court, afin
de laisser son fils moins longtemps seul, et comme ce chemin
rapide était aussi très raboteux, elle trébucha contre une pierre
et tomba tout de son long en écrasant les fraises dans cette
chute. De celles qui restaient on aurait pu remplir tout au
plus un petit pot. En se lamentant, elle continua de gravir et
arriva bien lasse pour trouver la maîtresse de l'hôtel fort
affairée, car une multitude de voyageurs venaient d'arriver; et
elle ne savait où les mettre. Le temps lui manquait pour écouter le récit de la mésaventure de Dominiquette; néanmoins,
touchée de pitié, elle lui donna quelques sous; mais, lorsque
la pauvre femme essaya d'aborder la question d'un emprunt :

« Oh! quant à cela, c'est impossible, répondit l'aubergiste,
qui ne se souciait pas d'aventurer son argent; je vous ai donné
dix sous, vous pouvez dîner à la cuisine, c'est bien assez, et,
s'il vous plaît, gardez-vous de tendre la main aux étrangers
qui sont ici. Cela importune le monde. »

Dominiquette répondit en rougissant qu'elle n'avait jamais
mendié; il fallut même la pensée que Miquet aurait faim à son
retour pour l'empêcher de rendre les dix sous. Elle aida de
son mieux à la cuisine afin de gagner la soupe qui lui fut donnée à midi. L'hôtesse, honteuse peut-être, au fond, de son
avarice, y ajouta une galette pour Miquet. N'importe, la
pauvre femme était terriblement préoccupée en regagnant
sa demeure. Le souper était là dans sa poche, et elle réussi-
rait sans doute à vivre ainsi au jour le jour jusqu'au retour de
son mari, mais ce maudit loyer!...

Elle traversa la forêt en cherchant quelque moyen de se
tirer de peine et elle n'en trouva pas. La vue de Miquet,
endormi de tout son cœur à la place même où elle l'avait
laissé, son assiette vide à côté de lui, la réconforta cependant
un peu.

« Cher petit! se dit-elle les larmes aux yeux, tu dors, toi,

tu n'as pas de chagrins, tu ne te doutes pas que demain peut-
être tu seras sans asile. »

Peu de personnes au monde savaient dormir comme Miquet.
Il fallut que sa maman le secouât pour l'éveiller.

Il lui tendit sa petite bouche, l'embrassa, en riant comme
de coutume, et ouvrit la main :

« Tiens, dit-il, voilà pour toi, prends vite.

— Grand Dieu! s'écria-t-elle, qu'est-ce que je vois?... Une
pièce d'or! une grosse pièce d'or! une pièce de quarante francs!
Où l'as-tu prise? où l'as-tu trouvée? Il faut la rendre, chercher
à qui elle appartient....

— Je ne l'ai pas prise, on me l'a donnée.

— Qui donc?

— Un ange, répondit Miquet avec conviction.

— Oh! mon enfant, que dis-tu là? Comment était cet ange?

— Tout bleu et or! » s'écria Miquet, et il ne put rien expliquer de plus.

La mère se mit à genoux, attira l'enfant auprès d'elle et
voulut réciter une belle prière, mais elle ne put articuler un
seul mot tant les larmes et la joie l'étranglaient. N'importe,
Dieu l'a sûrement comprise. — Alors la mère et le fils rentrè-
rent gaiement chez eux, Miquet avec la galette, sa maman avec
la pièce d'or.

Le bon Dieu avait-il envoyé vraiment un ange du ciel, ou
avait-il accordé ce secours par l'intermédiaire d'une main humaine? Dominiquette ne l'a jamais su et elle ne se l'est jamais
demandé.

BIJOU

I

« Mon Dieu! où donc a pu passer Bijou? demanda la femme du docteur Kruger à sa petite servante Lisbeth, qui venait préparer la table à thé. Je ne l'ai pas aperçu de tout l'après-midi.

— Bijou! appela Lisbeth en s'accompagnant d'un carillon de tasses et de cuillers. — Bijou! Pour sûr, madame, le petit vagabond est resté au jardin.

— Lisbeth, je vous ai dit et répété que je n'aime pas entendre appeler mon chien un petit vagabond,... ce cher Bijou! un si bel épagneul! Et vous savez surtout qu'il ne doit jamais rester longtemps dehors en hiver!

— Vous m'avez dit de le promener, madame; il paraissait content de courir et je l'ai laissé faire... Il est si câlin qu'on ne peut rien lui refuser...

— Il y a près de deux heures de cela, et la terre est couverte de neige. Un être si délicat, si dorloté! Mais il y a de quoi lui faire attraper un affreux rhume, il y a de quoi le tuer! Allons, courez vite le chercher.

— J'y vais, madame!

Mme Kruger branla la tête, indignée de cette négligence de Lisbeth, si attentive d'ordinaire.

Pauvre Bijou ! Il faisait en effet bien froid, et le coucou du vestibule venait de sonner cinq heures ! A cinq heures et demie, le docteur Kruger rentrait, ayant achevé sa tournée de malades en ville. C'était un excellent homme que ce docteur ; tout le monde l'aimait, et plus d'un enfant trouvait plaisir à être quelquefois enrhumé, tant il était bon de recevoir sa visite. Il arrivait toujours bourré de jujubes et d'histoires amusantes.

Le docteur rentrait donc à cinq heures et demie ; un peu après six heures, arrivait son neveu, le lieutenant Sporenberg, un grand flandrin qui guettait l'héritage du vieux couple.

M. Kruger avait, l'année précédente, apporté Bijou à sa femme, comme cadeau de fête ; vu l'absence de tout enfant dans leur intérieur, ce petit chien était devenu l'idole des deux époux, et le lieutenant ne venait jamais sans avoir pour lui dans sa poche un morceau de sucre.

Cependant Lisbeth ne reparaissait pas, Mme Kruger commençait à être sérieusement inquiète. Elle s'approcha de la fenêtre, mais il faisait trop sombre pour qu'elle pût voir ce qui se passait au jardin.

Tout à coup, la petite bonne se précipita dans la chambre, avec tous les signes du plus affreux désespoir ; elle tomba presque évanouie sur une chaise auprès de la porte ; enfin, d'une voix entrecoupée :

« Madame, oh ! madame, c'est affreux ! c'est affreux !

— Qu'y a-t-il donc, Lisbeth ? Je vous en prie, ma fille, dites-moi ce qu'il y a ? »

Lisbeth pleurait de plus belle.

« J'exige que vous me disiez ce qui est arrivé. Je veux le savoir. Bijou a-t-il été saisi par le froid ?... L'avez-vous trouvé sans connaissance dans le jardin ?

— Non ! Non ! Ce n'est pas cela, ce n'est pas le froid ; ce sont ces vilains hommes !

— Quels hommes ? Quels vilains hommes ?

— Ils l'ont volé !

— Allons donc ! on n'aurait pas osé...

— Tout ce que je sais, c'est que Bijou a disparu, et que l'on voit des pas d'hommes sur la neige dans le jardin, et qu'on voit aussi des traces d'escalade le long du mur. Ils l'ont volé... le pauvre chéri et... Oh ! mon Dieu, mon Dieu ! ils vont le tuer, soyez-en sûre !

— Tuer mon Bijou ! s'écria Mme Kruger, pénétrée d'horreur ; mon joli Bijou ! » — Là-dessus, servante et maîtresse confondirent leurs sanglots.

« Que va dire le docteur ? murmura Mme Kruger, quand elle entendit sonner six heures. Il est déjà de vingt minutes en retard ; il peut donc rentrer d'un instant à l'autre. Comment vais-je m'y prendre pour lui annoncer la perte de Bijou ? Lui qui me recommandait toujours de ne pas le laisser courir longtemps dans la neige ! Hélas ! si vous l'aviez tenu en laisse ! Si seulement vous étiez restée avec lui ! »

Les pleurs de la pauvre Lisbeth redoublèrent.

« Oui, dit-elle enfin, en ponctuant chaque parole d'un soupir, tout cela, c'est ma faute, je le sais bien ; une calamité n'arrive jamais seule, je vais être chassée d'ici, et personne ne voudra plus me prendre à son service. Tenez, je me sens capable de faire quelque malheur, voyez-vous, madame Kruger. Si on ne le retrouve pas, je... eh bien, j'irai me jeter dans la rivière ! »

Mme Kruger, bien entendu, réussit à détourner Lisbeth de son terrible dessein, et sur ces entrefaites parut le docteur.

Nouvelle scène : la colère le disputa chez lui au chagrin. On aurait pu croire qu'il s'agissait de son enfant. Désolé, il courut au jardin faire de nouvelles perquisitions et constater les empreintes que Lisbeth disait avoir vues sur la neige.

Quand le lieutenant fit son entrée, on le salua, lui aussi, de la triste nouvelle, et, bien que son cœur n'en fût pas complètement brisé, ce fut d'un air navré qu'il laissa tomber au fond de sa tasse de thé le morceau de sucre qu'il avait apporté, comme de coutume, pour Bijou.

A peine mangea-t-on quelques douzaines de tartines. On ne parla que de Bijou, de sa beauté, de son intelligence, de ce qu'il restait à faire pour le retrouver, du châtiment à infliger au voleur.

Le lieutenant proposa de lancer dès le lendemain matin une compagnie entière à sa recherche; il conseilla à Mme Kruger d'aller elle-même faire sa déclaration à la police; quant au docteur, il rédigea l'avis suivant:

« VOL »

« DIX THALERS DE RÉCOMPENSE

à celui qui fera arrêter le voleur ou qui ramènera, rue....., un petit épagneul âgé d'un an et trois mois, répondant au nom de *Bijou*.

« Signalement: robe noire à longues soies, ventre et pattes fauves, une marque de feu au-dessus de chaque œil. Avait, quand il a disparu, un collier de maroquin rouge avec fermoir en argent. »

Il est à présumer que ni la servante ni les époux Kruger ne dormirent cette nuit-là; pour le lieutenant, la chronique ne dit pas si la disparition de Bijou troubla son sommeil ordinairement fort lourd.

II

Le jour de la naissance de Mme Kruger revint. Personne n'avait certes oublié le pauvre Bijou; mais le temps, qui engourdit toutes les douleurs, avait permis que la famille parlât désormais quelquefois d'autre chose.

La veille au soir, le docteur Kruger apporta des cadeaux à sa femme, qui, tout en le remerciant, ne put retenir une larme.

« Te rappelles-tu, mon ami, lui demanda-t-elle, te rappelles-tu que l'an passé, à pareil jour, tu m'offris le pauvre Bijou? Quelle adorable fête! Fritz était là derrière la porte, qui le tenait dans ses bras, je suis sortie, et alors...

— Bien, bien, fit le docteur, inutile de revenir sur le passé. Allons voir plutôt encore une fois derrière la porte... Qui sait?... Peut-être Fritz est-il encore là. »

C'était parbleu vrai! Justement, derrière la porte, on trouva Fritz qui tenait en laisse un petit chien noir, au moyen d'un ruban rouge.

« Bijou! s'écria Mme Kruger, et elle s'élança vers le chien qui recula en aboyant. — Il lui ressemble, hélas! mais ce n'est pas Bijou! Il est gentil pourtant, et je te suis bien reconnaissante de cette attention, cher Karl... Mon Dieu, Karl, poursuivit Mme Kruger avec quelque hésitation, mon cadeau arrive hors de saison maintenant, j'en ai peur; mais j'avais eu la même pensée que toi; viens voir la surprise que je te ménageais! »

Passant alors dans une autre pièce, elle reparut, avec un autre chien aussi semblable que possible à celui qu'elle venait de recevoir et orné d'un collier de maroquin rouge auquel était attaché un ruban de même couleur.

34

« Bijou ! s'écria le docteur à son tour.

— Non, malheureusement, ce n'est pas le vrai Bijou. N'est-ce pas qu'il lui ressemble ? Tu vois, je voulais aussi te faire plaisir... et maintenant nous avons deux chiens !

— Ils ne sont en bas âge ni l'un ni l'autre, et, par conséquent, ils ne nous causeront pas grand embarras. Nous pourrions bien les garder tous les deux. Il me coûterait de renoncer à quoi que ce soit que tu m'eusses donné, ma chère femme.

— Je pense de même, Karl, pour ce qui vient de toi. »

Les deux petits épagneuls furent donc placés chacun à l'un des bouts du sofa, où on les attacha au moyen de leurs rubans rouges. Ils commencèrent aussitôt à geindre piteusement en clignant des yeux à la lumière.

Au milieu de ce duo, parut Lisbeth, s'avançant avec son tablier relevé, sous lequel grouillait quelque chose ; elle fit une révérence bien gauche, et, le visage couvert d'une vive rougeur, tint à ses maîtres ce petit discours :

« Madame, monsieur le docteur, sauf votre respect, il ne faut pas m'en vouloir de ce que l'on a volé ce petit vagabond,... qu'est-ce que je dis,... ce cher trésor de Bijou, qui est mort peut-être à l'heure présente. Je sais bien que c'est mal à moi de l'appeler vagabond, — c'est arrivé par ma faute ; je connais mon devoir, allez ! J'y ai manqué une fois. Aussi... »

En cet endroit du discours, une patte jaune s'allongeant hors de son tablier obligea la petite servante à passer sans retard à la péroraison :

« Comme je ne pouvais pas donner trois thalers pour avoir un véritable épagneul, j'ai acheté le chien que voici et je vous l'offre de bon cœur. Il est noir avec des pattes jaunes. »

Sur ce, elle déposa par terre le chien en question, un abominable roquet, grand et mal bâti, qui, sans aucun doute, entrait dans un salon pour la première fois de sa vie.

M. et Mme Kruger se regardèrent. Certes, ils n'avaient que faire de ce laideron ; mais pouvaient-ils laisser voir leur ennui ? C'eût été trop dur pour la pauvre Lisbeth que de dédaigner son cadeau. Ils l'accueillirent donc avec force remerciements, firent, faute de mieux, l'éloge des oreilles fines et des dents blanches de la pauvre bête, puis l'attachèrent au troisième pied du sofa, où il se mit sans retard à pousser des hurlements lamentables, auxquels les deux petites bêtes aristocratiques, placées au-dessus de lui, s'empressèrent de joindre leurs jappements aigus.

Lisbeth, stupéfaite, poussa ce cri : « Un Bijou ! » Et presque en même temps elle en poussa un autre : « Encore un Bijou !... et ça va en faire trois !!! »

On attendait le lieutenant pour se mettre à table. Un bruit de pas retentit dans l'antichambre, la porte s'ouvrit, et à la place du lieutenant ce fut son ordonnance qui se présenta en uniforme. Il traînait derrière lui, au bout d'une corde, un grand chien qui protestait de toutes ses forces contre la violence qui lui était faite. Le soldat était porteur de la lettre que voici :

« Ma chère tante, j'ai vainement essayé de me procurer un épagneul pareil à celui que vous avez perdu. Je vous envoie un beau chien de chasse que l'on m'a dit être bien dressé et fort intelligent. Soyez assez bonne pour l'accepter comme cadeau de fête. En souvenir de votre ancien favori, appelez-le Bijou. »

« Nous n'en finirons pas, ce soir, avec les chiens, à ce qu'il paraît, dit la dame, non sans humeur. Quatre chiens, mon ami, c'est beaucoup.

— Et quelle taille il a, celui-ci ! Mieux vaudrait, à mon avis, n'avoir pas de chien du tout, que quatre chiens à la fois, s'écria le docteur ; cependant, comment refuser un cadeau de fête !

— Hélas ! c'est impossible, dit Mme Kruger. »

Et, se tournant vers l'ordonnance :

« Attachez-le, je vous prie, au pied du sofa qui reste vacant. Espérons, du moins, qu'il ne mord pas ?

— Excusez-moi, madame, il m'a mordu les mollets en venant ici.

— Voilà un thaler pour boire. Faites nos remerciements au lieutenant, et dites-lui que nous l'attendons.

— Il ne doit pas tarder à venir, madame. Je vous remercie bien, madame. »

Imaginez de quel vacarme furent régalés les époux Kruger toute la soirée. Quatre chiens désireux de se rejoindre et de faire plus ample connaissance, grognant pour cela, piaulant, hurlant, chacun selon son espèce et à qui mieux mieux ! La femme du docteur ne savait plus si elle devait rire ou pleurer.

Un violent coup de sonnette retentit à la grille du jardin.

« Ce n'est pas un nouveau chien, j'espère ! fit Mme Kruger. J'accepterais tout plutôt qu'un cinquième bourreau ! Lisbeth, allez voir ce que c'est ; mais, pour Dieu, si c'est un chien, ne le laissez pas entrer. »

Un aboiement lui répondit d'en bas.

« C'est lui ! s'écria-t-elle en se laissant tomber défaillante dans un fauteuil. Ah ! cette fois, c'est lui, je reconnais sa voix. »

En effet, c'était lui, le vrai Bijou, il courait en tout sens comme un fou, il bondissait pour témoigner sa joie ; il se précipita hors d'haleine vers son maître et sa maîtresse d'abord, puis vers Lisbeth, les accablant tour à tour de caresses. Le docteur le prit dans ses bras et l'approcha de la lampe afin de bien s'assurer de son identité. Bijou portait encore son collier rouge ; un chiffon de papier malpropre y était attaché, sur lequel on lisait :

« Monsieur le docteur, je suis un malheureux et j'ai volé

XVIII

IMAGINEZ DE QUEL VACARME FURENT RÉGALÉS
LES ÉPOUX KRUGER...

dans ma vie bien des chiens, sans compter le reste; toutefois, quand j'ai volé cet épagneul, je ne savais pas qu'il vous appartenait. Vous avez guéri autrefois ma femme d'une grande maladie, et vous ne m'avez rien réclamé pour vos soins. En conscience, je ne peux pas garder votre chien, quand vous vous êtes montré si charitable. Aussi, je vous le ramène. Ça me porterait malheur. »

« Voilà un voleur plein de délicatesse, fit le docteur. Lisbeth, avez-vous aperçu l'homme qui rapportait le chien?

— Le petit vagabond... le petit chéri, veux-je dire, était attaché au bouton de la porte, monsieur, et je n'ai vu personne.

— Qu'allons-nous faire maintenant des cinq animaux que voici? La nuit promet d'être bruyante, grâce à eux! »

Quand le lieutenant se présenta, Mme Kruger eut l'heureuse idée de lui offrir les deux épagneuls, rivaux de Bijou, en témoignage d'affection.

Le chien de chasse et le roquet, relégués dans la cour, furent abandonnés aux bons soins de Fritz et de Lisbeth. Bijou, le bien-aimé, le vrai Bijou, reprit son ancienne place dans la maison. Quant à celle qu'il occupait dans le cœur de ses maîtres, il ne l'avait jamais perdue.

ROLAND

CONTE TRÈS INVRAISEMBLABLE

I

Francis était un garçon intelligent et inventif, sans cesse
occupé à fabriquer quelque chose de nouveau : tantôt une
presse à imprimer, tantôt une lanterne magique, tantôt un
traîneau, tantôt des ombres chinoises, que sais-je encore? Il
y avait en lui apparemment l'étoffe d'un ingénieur.

Un jour l'idée lui vint de construire un bonhomme... Le
bonhomme n'était pas beau, à coup sûr, il était assez mal
proportionné; mais enfin il ressemblait à un être humain
autant que le comportaient les matériaux employés à sa créa-
tion, les seuls dont pût disposer Francis. La tête et le torse
étaient formés d'un traversin, une cravate serrée figurait le
cou; deux manches à balai posés en travers étaient les bras,
et deux autres, fixés par des cordes dans la longueur, tenaient
lieu de jambes. Le tout était complété par de vieux habits,
des gants, un chapeau et une paire de bottes. Sous le chapeau,
une boîte, habilement accrochée, représentait une grande
bouche, toujours ouverte.

35

Devant ce mannequin grotesque, le petit frère et la jeune sœur de Francis tombèrent en extase.

« Oh! si seulement il était en vie! s'écria Tom.

— Non, non! J'aime bien mieux qu'il ne soit pas en vie, ce serait trop effrayant, reprit Fanny.

— Quel enfantillage! dit maître Francis d'un air protecteur. N'as-tu pas honte d'être si poltronne! Vois donc Tom, qui est d'un an plus jeune que toi; est-ce qu'il a peur, lui?

— Oh! c'est que Tom est un garçon, » riposta Fanny, déjà pénétrée des privilèges de son sexe.

La remarque de son petit frère fit réfléchir maître Francis; resté seul en présence de son œuvre, enfoncé dans un grand fauteuil où il lui était arrivé plus d'une fois de s'endormir, il s'abîma dans une muette contemplation. Les heures succédèrent aux heures, le soleil descendit à l'horizon, et Francis était encore là, murmurant machinalement, dans une sorte de somnolence : « Si seulement mon bonhomme pouvait *devenir en vie!* » Il songeait vaguement à tout ce qu'il donnerait volontiers pour obtenir un si merveilleux résultat. Oui, il aurait fait le sacrifice de son livre d'images où il y avait tant de bêtes féroces, de son couteau à deux lames et même de sa montre, rien que pour voir son bonhomme remuer et parler. De plus en plus il se plongea dans ses rêveries auxquelles, par hasard, personne ne vint l'arracher.

La chambre était absolument silencieuse.

II

Tout à coup que voit-il?

Oui..., dans le mannequin, dans son bonhomme, quelque chose a remué; une jambe s'avance de quelques pouces, puis l'autre en fait autant, et voilà que le bonhomme tout entier s'avance avec une démarche disloquée... Francis reste cloué sur sa chaise par la surprise et par l'effroi. Serait-il possible que son souhait fût accompli? C'est qu'il l'est en vérité !

« Francis, murmure le bonhomme d'une voix indistincte, je viens jouer avec toi.

— Jouer à quoi? bégaye Francis.

— Peu m'importe, aux billes, à la toupie, à ce que tu voudras. »

Il fallut à notre jeune ingénieur, d'abord stupéfait, quelques minutes pour se remettre; après quoi il se trouva, chose singulière, tout à fait à l'aise, et, se mettant à causer avec son chef-d'œuvre, comme si cet être bizarre eût été un de ses compagnons ordinaires, il passa la soirée à lui montrer ses livres d'images et ses collections de timbres-poste, lui expliquant les us et coutumes du monde des garçons. Il finit même par improviser un lit pour son protégé.

Bientôt, l'entendant ronfler, il eut la sensation qu'il s'endormait à son tour dans son grand fauteuil. Le matin était arrivé, Tom et Fanny lui demandèrent à être présentés à son bonhomme. Il leur parut naturel qu'il fût en vie. Tous les deux s'empressèrent d'étaler devant lui leurs joujoux. Maman vint à son tour et rit de bon cœur.

Une chose gêna d'abord les enfants, ce fut de ne pas savoir comment appeler leur hôte. Tom proposa de lui donner le nom de Traversin, qui lui convenait on ne peut mieux; mais Fanny craignit que cette dénomination ne blessât leur protégé en lui rappelant son origine. Comme elle venait de lire avec Francis le récit très émouvant de la bataille de Roncevaux, elle proposa « Roland », qui réunit tous les suffrages. Puisqu'on avait le choix, il n'en coûtait pas plus de s'arrêter à un beau nom qu'à un nom vulgaire. Cette difficulté aplanie, la bande joyeuse, se sentant soulagée d'un grand poids, s'amusa franchement avec le nouveau camarade, qui se montrait, du reste, gai, complaisant et bon garçon.

Bientôt, néanmoins, Francis désira sortir, pour faire, au grand air, une partie de cerceau. Il ne fallait pas, bien entendu, songer à emmener Roland ; l'ayant donc amplement pourvu de livres et de jouets, Francis le quitta, non sans lui avoir recommandé de ne pas sortir de la chambre.

Notre imprudent ingénieur était au plus beau moment d'une partie de barres organisée avec d'autres écoliers de son âge, quand soudain il se sentit toucher l'épaule ; se retournant, il resta confondu à la vue du mannequin ; tous ses compagnons l'entouraient bouche béante, les yeux dilatés par la surprise. Ce fut à peine s'il put trouver la force de balbutier :

« Je t'avais défendu de sortir de la chambre.

— Je voulais être avec toi, repartit Roland. Je t'aime, vois-tu. D'ailleurs, je trouve qu'on est très bien ici.

— Mais tu n'y peux rester. Retourne à la maison.

— Pourquoi ? » demanda l'affectueuse créature.

Francis, craignant de le froisser, ne savait que répondre :

« Je te le dirai plus tard. Retourne d'abord à la maison, répondit-il du ton le plus engageant. Voyons ! sois gentil, je t'en prie... »

Roland ne se laissa pas convaincre ; il prétendait ne pas quitter son créateur, et se mit à gambader d'une façon extravagante, pour faire comme les autres. Les camarades de Francis se moquèrent à cœur joie, et monsieur l'ingénieur sentit le sang lui monter au visage. Incapable d'affronter la grêle de plaisanteries qui allait fondre sur lui, il prit ses jambes à son cou. Mais Roland était trop attaché à celui qui l'avait créé pour permettre qu'il se débarrassât de lui si aisément. Francis avait beau courir, le bonhomme se précipitait sur ses talons ; c'était une fuite échevelée à travers les rues, tantôt montant par ici, tantôt descendant par là, passant sous le nez des chevaux

ou entre les voitures, bousculant les dames! Francis espérait
vainement perdre son persécuteur dans la foule; enfin il
atteignit sa demeure, et, se précipitant par la porte grande
ouverte, fut d'un bond au sommet de l'escalier,... mais, hélas,
toujours suivi de Roland!!! Arrivé dans sa chambre, il se
laissa tomber sur son lit et fondit en larmes. Quand cette
crise fut passée, il vit son bonhomme assis à côté de lui
et le caressant des deux gants flasques qui lui servaient de
mains.

« Pourquoi es-tu sorti? Pourquoi as-tu couru après moi,
affreuse, horrible, scélérate créature? sanglota le gamin hors
de lui.

— Je me sentais si seul ici! dit Roland d'un air piteux.

— Mais tu ne peux avoir la prétention d'être toujours avec
moi; comprends donc cela, reprit Francis, essayant de rai-
sonner.

— Pourquoi?

— Pourquoi!... Parce que tu n'es pas comme tout le monde.

— Bah! suis-je donc différent des autres? En quoi suis-je
différent de tout le monde?

— Hélas! gémit Francis, il ignore qu'il est fait d'un traversin et de quatre balais! »

Puis élevant la voix, il poursuivit :

« Non! tu n'es pas comme tout le monde; tu es gentil, certainement, et je t'aime bien tout de même; mais enfin... enfin,
vois-tu, tu as une autre mine que nous tous, et, si tu te montres
dehors, peut-être... peut-être quelqu'un... »

Ici une idée lumineuse traversa le cerveau de Francis; il
allait faire peur à Roland :

« Peut-être un sergent de ville t'arrêtera-t-il.

— Qu'est-ce qu'un sergent de ville?

— Un sergent de ville est un grand gaillard en uniforme,
dont le métier est d'arrêter les gens suspects et de les mettre

en prison. C'est que tu ne me verrais plus si un sergent de ville venait à te rencontrer !

— Je ne veux pas m'y exposer, en ce cas.

— Eh bien ! il faut obéir. Sans quoi un sergent de ville t'enfermera bien sûr et ne te permettra plus de me voir… jamais.

— Les sergents de ville t'enferment-ils quelquefois ?

— Oh ! non.

— Pourquoi ?

— Parce que je suis fait autrement que toi. Tu ne ressembles à personne, et les sergents de ville n'aiment pas les gens de mine inquiétante. Voyons, vas-tu être aimable ? Vas-tu consentir à me laisser tranquille ? »

Roland réfléchit longuement, — ce furent des minutes d'angoisse pour Francis, — puis il promit d'obéir.

Francis, en récompense, l'amusa de son mieux jusqu'au moment où sonna la cloche du dîner ; ce bruit familier lui rappela que le bonhomme pourrait bien avoir faim.

« Veux-tu manger quelque chose ? » demanda-t-il.

Roland le regarda d'un air stupide.

« Il ne sait pas ce que c'est que manger, » pensa Francis.

Et il courut au rez-de-chaussée prendre deux tartines de confitures qu'il plaça dans les mains du mannequin. Celui-ci les examina d'abord sans avoir l'air de comprendre quelle était leur destination ; puis, tout à coup, comme poussé par l'instinct, il les porta à sa vaste bouche et les engloutit.

« Encore ! dit-il, ayant expédié ainsi les deux tartines.

— Encore ? » répéta Francis comme un écho.

Il redescendit l'escalier et reparut avec quatre biscuits et un morceau de fromage. En moins de deux minutes Roland les eût avalés et ouvrait de nouveau sa bouche, d'où sortait ce mot inquiétant à la fin :

« Encore !

— Ciel! murmura Francis, est-ce que cet appétit-là va toujours durer?

— Encore! J'aime à manger.

— Je m'en aperçois bien! »gromme la Francis, qui de nouveau descendit l'escalier, et rapporta cette fois un pain tout entier et un os de gigot, avec la vive inquiétude de ce que dirait sa maman.

Le pain et l'os de gigot occupèrent quelque temps le monstre, et déjà Francis croyait avoir réussi à satisfaire ce vorace personnage, quand retentit, encore une fois, le formidable :

« Encore!

— Grand Dieu! soupira le pauvre garçon, que vais-je faire de ce bonhomme gourmand autant qu'horrible? »

Et la colère le gagnant, à mesure que ses griefs lui revenaient en mémoire, d'un coup de poing en pleine poitrine, il envoya Roland rouler sur le carreau; mais il ne tarda pas à se repentir de sa brutalité, car du traversin abattu s'échappèrent aussitôt des cris si sauvages, si perçants, que jamais on n'en avait entendu de pareils. C'était un hurlement capable d'amasser la foule dans la rue.

« Tais-toi! dit Francis, saisissant sa victime par le bras pour la relever, tais-toi, te dis-je!

— Hou-ou-ou-ou!

— Tais-toi donc; voilà un gendarme qui monte. »

Mais le bruit continuait.

« Te tairas-tu, bandit! Voyons! je te donnerai encore à manger, je t'en donnerai autant que tu voudras... »

Cette idée sembla exercer une action calmante sur le glouton, car il suspendit ses cris, le temps de répéter son mot de prédilection :

« Encore! »

Francis accomplit un nouveau voyage à la salle à manger,

d'où il rapporta un plat entier de boulettes de hachis, le pot à beurre, tout le contenu de la corbeille au pain, une assiette de gâteaux et la théière :

« J'en suis à voler pour lui, » disait-il, tout honteux de son action. La seule chose qui l'étonnât, c'était de ne rencontrer dans le cours de ses excursions ni sa maman, ni la cuisinière.

« Tiens ! s'écria-t-il, déposant le tout devant son tourmenteur, tu te tairas maintenant. Je ne te ferai plus de mal,... mange ! »

Après ce copieux repas, Roland s'endormit. Quant à Francis, une profonde répulsion avait succédé chez lui au désir d'éveiller la vie chez son bonhomme. N'y avait-il donc aucun moyen de s'en débarrasser ? Si seulement on pouvait le mettre en pièces, le réduire aux éléments primitifs qui avaient servi à le former, tout serait pour le mieux. Notre jeune ingénieur résolut d'essayer, et, prenant à deux mains une des bottes du mannequin, il la tira brusquement. La botte céda aussitôt, laissant reparaître le bout de balai qui, chez Roland, tenait lieu de pied ; le bonhomme, du même coup, s'était levé, et il ouvrait la bouche pour pousser les hurlements dont il avait déjà donné un échantillon, lorsque Francis, sautant sur lui, le saisit à la gorge.

Le mannequin se débattait à outrance et luttait contre l'enfant. Tout traversin et balai qu'il était, il déployait une force et une agilité supérieures à celles de son adversaire. Francis pourtant tenait bon. Ils roulèrent à terre l'un sur l'autre, se heurtèrent aux meubles, renversèrent des chaises, culbutèrent la table et mirent la chambre sens dessus dessous. Enfin Francis lâcha prise, et ils tombèrent tous deux épuisés sur le lit.

Roland retrouva le premier la parole.

« Puisque tu ne veux pas me garder auprès de toi, puisque tu ne consens pas à ce que nous sortions ensemble, fabrique-moi maintenant une petite sœur qui puisse jouer avec moi...

XIX

RÔLAND DÉVORA LE TOUT...

une petite sœur différente de tout le monde, elle aussi, qui ne pourra pas non plus sortir avec les autres et qui sera obligée, par conséquent, de me tenir compagnie toute la journée.

— Oh! pour cela, non! s'écria Francis, terrifié à la seule pensée d'avoir sur les bras deux insatiables monstres de cette espèce.

— Je t'en prie!

— Non... jamais... N'insiste pas... Voyons, mon bon Roland, je ferai tout ce que tu voudras, excepté cela. Tout le monde t'aime ici; moi, Tom et Fanny, maman elle-même. Seulement il y a des choses impossibles. »

Roland demeura pensif l'espace d'une minute, puis il recommença :

« Je veux manger.

— Oui, oui, répondit Francis; tiens-toi tranquille et tu vas avoir tout ce qu'il te faut.

— Plus qu'il ne me faut!

— Oui, plus encore. »

Francis redescendit à la cuisine, où il trouva un jambon et deux grosses brioches. Roland dévora le tout, et, quand il eut fini, éprouva de nouveau le besoin de dormir.

Sur ces entrefaites, une idée lumineuse traversa l'esprit ingénieux de Francis :

« Si nous nous déshabillions, nous serions bien plus à notre aise pour dormir, dit-il à Roland.

— Volontiers, répondit celui-ci, oubliant cette fois de demander : « Encore! »

— Eh bien! fais comme moi, » poursuivit Francis, qui retira sa veste et déboutonna son gilet.

Le mannequin l'imita en bâillant, puis il dénoua la corde qui lui servait de ceinture. Cette corde était pour lui ce qu'est la clef de voûte à un arceau, elle retenait et unissait les diverses parties de sa personne. Elle ne fut pas plus tôt défaite que ses jambes, ébranlées, vacillèrent, s'écartèrent l'une de l'autre et tombèrent chacune de son côté ; son corps glissa sur le tapis, le ruban qui lui dessinait le menton se relâcha et son cou reprit aussitôt toute la grosseur du traversin : on entendit comme un soupir,... Roland avait cessé d'exister.

III

La porte s'ouvrit brusquement.

C'était la petite sœur de Francis qui faisait cette entrée impétueuse.

« Dis donc, Francis, cria Fanny en éclatant de rire, tu dors en face de ton bonhomme ; cela n'est pas poli. Peut-être aurait-il envie de causer ? Qui sait ?

— Quoi ! quoi ! balbutia le dormeur bondissant sur ses pieds. Il est toujours là, le misérable ! Qui donc a remis ses morceaux en place ? ils viennent de se séparer sous mes yeux, à l'instant ! Ne le laissez pas bouger ! Ne le laissez pas parler !... Surtout ne lui en donnez plus !

— Plus de quoi ?... demanda Tom, qui était entré avec sa sœur. Qu'est-ce que tu dis donc qu'il est tombé en morceaux ? Le voilà tout entier... Est-ce qu'il aurait vraiment remué ou parlé ?...

— Mon pauvre frère, dit Fanny d'un air résolu, je parierais que tu viens de rêver.

— Aurais-je dormi vraiment ? demanda Francis, interrogeant du regard le mannequin, encore appuyé au mur contre lequel il l'avait dressé. Quel bonheur ! Je n'ai donc rien volé pour lui à la cuisine ?

— Il n'aurait garde de te répondre, dit la petite Fanny qui haussa les épaules.

— Est-ce que les traversins peuvent parler ? » ajouta Tom en se moquant de son grand frère.

La maman de Francis entrait sur ces entrefaites :

« Oh ! maman, s'écria-t-il, se jetant à son cou ; j'ai rêvé, figurez-vous, que vous m'abandonniez à toutes sortes d'ennuis et de méchancetés. Ah quel rêve ! quel rêve ! J'ai été aussi malheureux que si tout ce que j'ai rêvé m'était arrivé. C'est bien mal, et c'est la faute de Roland. Je ne lui pardonnerai jamais ! »

Il mit son œuvre en pièces tout de bon, cette fois, mais il ne fut tranquille que quand il eut vu brûler la boîte, l'énorme bouche qui dans son cauchemar engloutissait tant de victuailles. Il l'avait jetée au feu.

Il ne reste de Roland que son invraisemblable histoire.

Si au lieu de s'endormir dans un fauteuil, Francis s'était couché sagement, à l'heure voulue, dans son bon lit, sa nuit aurait été plus tranquille.

JEAN

I

Jean habitait autrefois la capitale avec ses parents, mais, un jour, ayant eu le malheur de perdre sa mère, il avait dû quitter la grande ville. Son papa, très occupé d'affaires, l'avait confié aux soins de sa grand'maman qui demeurait à la campagne.

Le jour où commence cette histoire Jean était en pénitence.

Bonne-maman l'avait condamné à rester dans son petit fauteuil au coin du feu, avec défense de bouger avant qu'elle revînt le relever de sa punition; elle lui avait prescrit, en outre, de réfléchir à toutes les méchancetés dont il s'était rendu coupable depuis le matin. Mais lui, Jean, trouvait bien plus simple de s'arrêter, dans cette revue rétrospective, aux sévérités de bonne-maman.

A travers ses larmes, Jean contempla la flamme de la bougie qui brûlait dans un grand chandelier d'argent. Le temps était si sombre qu'il avait fallu la laisser allumée depuis le matin. En fermant les yeux à demi, Jean, qui tirait parti de tout pour se distraire, réussit à voir distinctement trois lumières. Mieux encore, il cligna si bien les paupières qu'il aperçut de jolies couleurs; c'était amusant; mais, quand on s'amuse, on ne pleure pas, et Jean voulait pleurer. Il s'empara de Minette et regarda ses larmes glisser sur la fourrure lustrée de la vieille chatte; malheureusement une grosse larme pénétra dans l'oreille du susceptible animal, et Minette déguerpit en secouant la tête avec indignation. Jean alors se tourna vers la fenêtre. La neige tombait épaisse et drue.

« Bonne-maman! » cria-t-il.

Occupée dans la chambre voisine, la bonne-maman ne voulut pas l'entendre.

Il vint tout près de la porte et répéta : « Bonne-maman, est-ce que je ne peux pas aller balayer un petit sentier dans la neige? »

Bonne-maman l'entendit cette fois et même elle le vit, car Jean fut reconduit à sa place et assis derechef dans son petit fauteuil.

Ne blâmons pas la bonne-maman; son petit-fils l'avait exaspérée, ce jour-là, et à plusieurs reprises.

Nous avons dit que lorsque Jean avait encore sa petite-mère il habitait une capitale. Maintenant, tout en pensant à cette petite mère qui ne le grondait jamais, il se rappelait aussi la grande ville où son père avait dû rester à la tête de ses affaires. Jean se demandait s'il retournerait un jour à la ville, s'il reverrait les belles boutiques de joujoux, s'il entendrait encore le bruit des rues, ce bruit de voitures et de tambours qui eût suffi à couvrir le tic-tac de vingt grosses pendules comme celle de bon-papa. Il songea ensuite aux déceptions qu'il avait éprouvées en arrivant à la campagne, à tous les récits qu'on lui avait faits, de prairies en fleur, de papillons, de charrettes chargées de foin, au sommet desquelles trônerait un petit garçon appelé Jean. Or il avait trouvé, pour tous biens, un cheval, une vache (les gens des villes s'imaginent à tort que la possession d'une vache implique toujours de pleines jattes de crème) et un petit tablier bleu! Et personne ne lui avait dit d'avance qu'il y eût un hiver à la campagne! Jean n'allait pas jusqu'à prétendre qu'on l'eût trompé, non, mais enfin on n'avait pas songé à lui décrire l'aspect que prenaient au mois de janvier les champs, verts ou fleuris en toute autre saison. Rien ne l'y avait préparé, et il se trouva que Jean n'aimait pas les champs au mois de janvier. La neige était venue, et alors bonne-maman lui avait dit que, s'il sortait, il prendrait une fluxion de poitrine. Les papillons l'avaient oublié apparemment. Quant au foin, il y en avait si peu, quelle que fût la saison, sur les terres de bon-papa, que cela ne valait vraiment pas la peine d'en parler! Le cheval même n'était pas une compensation, puisqu'on ne confiait point à Jean le soin de le conduire, et, pour ce qui était de la vache, — elle plaisait au petit mécontent, plus que tout le reste, sans doute ; il n'y avait pas de meilleure vache; mais enfin, regarder traire la vache et boire son bon lait, c'était toujours la même chose!

Jean ne voyait qu'une fois par mois environ son petit père. La maison de bon-papa était si loin de la grande ville, qu'il ne fallait pas s'étonner que le petit père ne vînt pas plus souvent. Quel dommage! Il savait si bien faire jouer son petit garçon! Ce père, trop souvent invisible, s'était annoncé le jour même ; mais la neige l'avait sans doute empêché de venir. Et voilà pourquoi Jean, par chagrin, s'était, pendant toute la journée, montré si méchant.

Jean resta tranquille après qu'on l'eut réintégré dans son fauteuil. Trop fâché pour pleurer, il se permettait de penser, à part lui, que la justice et la générosité étaient deux choses étrangères au cœur des bonnes-mamans. Au bout de cinq minutes, il lui sembla avoir trouvé un moyen de se venger.

37

« Bonne-maman, cria-t-il, je suis bien fâché de n'avoir pas cassé le bol tantôt, quand j'ai renversé la crème ! »

Bonne-maman ne répondit pas.

Lui, cependant, s'aigrissait de plus en plus ; jamais il ne s'était senti aussi méchant, et il finit par être très peu poli avec sa grand'mère, qui, cette fois, lui imposa silence tout de bon.

Soudain, au milieu de ses mauvaises dispositions, une idée qui lui parut plus belle que toutes les autres, parce qu'en réalité elle était pire, frappa l'imagination du bambin ; il se rappela que parfois des petits garçons s'étaient sauvés de chez leurs parents : Pierre, par exemple, le fils de Léonard (Léonard était journalier chez son bon-papa). Pierre, donc, avait un jour pris la clef des champs sans un sou dans sa poche. Jean était dans une bien meilleure position ; il possédait quinze sous, et qu'est-ce qui l'empêcherait, en montant en wagon, de dire au conducteur de la locomotive : « Petit père, qui gagne beaucoup d'argent, vous payera ma place » ?

Impossible que le conducteur ne connût pas son petit père qui faisait tous les mois le voyage.

Le désir louable de revoir petit père se mêlait chez Jean de la façon la plus singulière à l'odieuse intention de chagriner bonne-maman. Il prêta l'oreille jusqu'à ce qu'il entendît celle-ci aller à la cuisine ; quand elle revint, il était déjà loin, et, tout en piétinant dans la neige, il avait mis son manteau et attaché sa capeline sur ses oreilles.

A une certaine distance de la maison, il se retourna et crut distinguer l'ombre de bonne-maman sur les murs. Il hâta sa course pour n'en pas voir davantage.

Comme elle se désolerait bientôt, pauvre bonne-maman ! Un premier, mais bien léger remords, lui vint, aussitôt combattu.

Le moment de la désolation était moins proche pour l'excellente femme que ne l'avait prévu son vaurien de petit-fils. Elle fit mille tours, avant de rentrer dans la chambre où elle avait laissé Jean. Celui-ci restait trop tranquille, à la fin. Que pouvait-il faire?

Avez-vous remarqué que les bonnes-mamans et les mamans aussi, du reste, se plaignent toujours de n'avoir pas une minute de tranquillité; puis, si les enfants leur en accordent un peu, elles sont tout étonnées? Jean n'était tranquille que pendant son sommeil; sa grand'mère conclut donc qu'il s'était assoupi. Elle n'eut aucun soupçon à la vue du petit fauteuil vide; mais, après un regard jeté sur la chaise longue, puis autour de la chambre, elle perdit la tête tout à coup et se mit à parcourir la maison, de la cave au grenier, appelant Jean, jusqu'à s'enrouer.

La disparition du manteau, de la capeline et du cache-nez de son petit-fils augmenta ses inquiétudes; elle pensa : « Mon Dieu! serait-il sorti sans ma permission? aurait-il eu l'idée d'aller au-devant de son grand-père, qui le gâte, pour lui conter ses malheurs de la journée? On me le rapportera gelé, bien sûr. Pourquoi n'ai-je pas su l'amuser! »

« Jean! » s'écriait-elle en ouvrant la porte. « Jean!... »

Mais une rafale de neige la força de rentrer, pour ressortir aussitôt, du reste, un châle sur la tête, et s'élancer sur la route que Jean avait dû prendre. Tout le long du chemin, elle jeta le nom du fugitif aux échos d'alentour, se promettant bien, si l'enfant n'en mourait pas, d'être pour lui patiente à l'excès. Déjà elle approchait de la station du chemin de fer. Elle entendit arriver le train du soir; elle vit, malgré la neige qui l'aveuglait, la lueur du gros fanal de la machine; bientôt le bruit d'une voiture arriva jusqu'à elle. Cette voiture la rejoignit et s'arrêta. « Où allez-vous, ma bonne dame? Le temps est trop mauvais ce soir pour qu'une femme se hasarde dehors! »

En toute autre circonstance bonne-maman aurait bien ri.

Quoi! bon-papa ne reconnaissait pas sa femme!

« Faites-lui place, dit une autre voix. Pauvre bonné-
maman ! »

C'était le petit père de Jean qui parlait.

« Jeannot est perdu ! s'écria la bonne-maman, en se laissant
tomber au fond du cabriolet. Il a disparu, il a dû se sauver, il
sera gelé avant que nous l'ayons trouvé....

— Comment, comment? Que dites-vous là? s'écrièrent à leur
tour le père et le grand-père.

Elle raconta en détail toute l'affaire. Alarme générale. On
ramena vite la vieille dame au logis, et ensuite les deux papas
de Jean partirent à la recherche du petit vagabond, — en
prenant le mauvais chemin, hélas !

II

Cependant maître Jean avait bravement poursuivi sa route :
ses doigts bleuis, son nez rougi n'avaient pas tardé à le solliciter
de rentrer ; ses orteils s'étaient aussi mis de la partie. Il brava
l'onglée et regretta que bonne-maman ne pût le voir dans le
triste état où il s'était mis. Les rafales de vent le faisaient
pirouetter sur lui-même, et la neige l'ensevelissait à moitié ;
cependant il persistait. Il lui semblait avoir fait deux lieues
pour le moins, quand il entendit de son côté un bruit de roues.
Il s'écarta pour laisser passer une charrette : « Hue ! » cria
quelqu'un qui conduisait le vieux cheval poussif. Jeannot crut
reconnaître la voix de Pierre : « Oh ! Pierre, prends-moi, je
t'en prie ! »

Pierre s'arrêta, en demandant :

« Qui donc êtes-vous?

— Je suis Jean, répondit notre héros, l'oreille basse.

— Et où allez-vous comme ça, polisson?

— Au chemin de fer. Je pars pour aller voir papa, répliqua

Jean qui crut sauver les apparences en ne disant que la moitié de la vérité.

— Tout seul ? A pareille heure ?... Cette route n'a jamais conduit à la station, petit diable.

— Oh ! Pierre, indique-moi la bonne route, je t'en prie, et ne dis à personne que tu m'as vu.

— Pourquoi donc ?. .

— Tu dois bien comprendre pourquoi, puisque tu t'es sauvé autrefois de chez tes parents, toi aussi.

— Oui-da ! Vous avez suivi là un joli exemple ; je vous con-terai un jour comme ça m'a profité. Mais ce n'est pas le moment. Vous grelottez de froid, monsieur Jean. Si je n'étais passé par ici, demain matin on vous aurait trouvé gelé tout raide. »

Et Pierre, qui s'était empressé de sauter à terre, prit dans ses bras Jean pour le hisser dans la charrette.

« Comme il fait bon sous ta limousine ! s'écria le petit drôle en se blottissant contre lui. Je ne gèlerai pas maintenant, tu en es sûr ?...

— Pourvu que vous preniez des précautions. Tenez-vous tranquille, s'il vous plaît, et écoutez bien, dit Pierre en tou-chant du fouet son vieux cheval qui partit au petit trot. Quand j'ai fait dans le temps la bêtise que vous voulez faire à votre tour, c'était pour m'embarquer ; j'avais la rage d'être marin, au lieu de cultiver la terre comme mon père. Eh bien, on m'a laissé faire une traversée, et je vous jure qu'elle m'a guéri : des coups plus qu'on n'en veut, une méchante ration de biscuit, une sangle pour dormir et une dangereuse besogne à la pointe des mâts, dans les cordages, partout où un singe aurait peine à grimper, voilà ce qui attend le mousse à bord. Avec cela, le mal de mer presque tout le temps ! Il me semble avoir le cau-chemar quand j'y pense. Aussi comme j'aime la terre mainte-nant, et une bonne soupe aux choux et le coin du feu, sans parler de mes pauvres parents qui ont eu la bonté de me pardonner!... Allez, monsieur Jean, il ne faut jamais affliger nos parents! C'est ce que le ciel nous a donné de meilleur.

— Mais je ne veux pas me faire mousse, moi! dit Jean, s'endurcissant contre les honnêtes discours de Pierre, et c'est justement mon papa que je compte aller retrouver.... Sommes-nous à la station? reprit-il au bout d'un instant, quand tout à coup la charrette s'arrêta.

— Vous y tenez donc bien à votre station? Non, vous êtes chez nous. »

Comme Pierre ouvrait la porte, sa mère lui dit :

« Tu rentres bien tard? Mais qu'y a-t-il donc? » ajouta-t-elle interdite, à la vue de l'enfant qu'il portait.

Léonard, le père de Pierre, était assis devant un grand feu, faisant danser un poupon de six mois, son dernier-né. Il parut à Jean que jamais il n'avait vu de maison si chaude ni si gaie. Le poupon, surtout, lui parut le plus joli du monde, en dépit de son maillot de laine brune et de son béguin d'indienne.

« Qu'allons-nous en faire, Léonard? demanda la maîtresse du logis, voyant les yeux de Jean s'appesantir déjà et sa petite tête s'incliner sur sa poitrine.

— Est-ce qu'il n'attendra pas chez nous le train qui doit l'emporter? » dit Pierre en ricanant.

Léonard éteignit sa grosse pipe et endossa son habit.

« Tu ne vas pas sortir par un temps pareil? lui dit sa femme.

— Pas avec lui, toujours. Couche-le sur ton lit et laisse-le dormir, Marianne. Moi, je vais rassurer les parents. »

Le brave homme trouva bonne-maman en train de faire chauffer des couvertures de laine. Sur une table à portée de sa main, se trouvaient alignées des fioles de toutes dimensions.

« Le visage de la pauvre dame était décomposé, raconta plus tard Léonard à sa femme. Quand elle a su que le petit était en

XX

« TU RENTRES BIEN TARD... »

sûreté... Ah! on peut le dire, c'est une dame comme il y en a peu, et une fameuse!

— Enfin, qu'a-t-elle dit? demanda Marianne.

— Elle m'a sauté au cou, d'abord, et puis elle a dit comme ça qu'il fallait me donner à souper pour me réchauffer, sans compter le pourboire qu'elle m'a remis elle-même. »

Pauvre bonne-maman! Elle déclara, de son côté, qu'elle n'avait jamais connu le cœur de Léonard avant ce jour-là, que c'était un ami, un véritable ami, un sauveur! Elle ne l'avait pas retenu plus longtemps toutefois, ayant à le lancer sur les traces du grand-père.

Léonard trouva petit père et grand-père qui couraient éperdus de-ci et de-là. Cinq minutes plus tard ils étaient chez lui, penchés sur le lit où Jean dormait à poings fermés, côte à côte avec le poupon en maillot chocolat. On remercia la famille collectivement et individuellement, depuis Léonard jusqu'au poupon. Une partie des joujoux et des bonbons que le père de Jean avait apportés de la ville dans les poches de sa houppelande resta sur la table, avec des pièces d'argent pour la petite famille du journalier.

Jean fut emporté sans sortir de son somme. En s'éveillant le lendemain dans son petit lit, il crut avoir rêvé toutes ses méchancetés de la veille; mais peu à peu il se les remémora non sans honte, et ce fut tout contrit qu'il descendit déjeuner.

A table, son papa lui déclara qu'il avait été très coupable en se sauvant et que cela méritait une punition sévère; mais qu'il confiait le soin de fixer cette punition à bonne-maman.

« Eh bien! dit celle-ci, puisque vous me laissez libre de décider, je pardonne, à la condition qu'il ne nous causera plus de pareils chagrins; songez, mon ami, que c'est en partie le désir de vous revoir qui lui a suggéré ce projet absurde... Jean tu n'es pas prisonnier ici; la preuve, c'est qu'il vient d'être décidé que tu t'en retourneras en ville demain, avec ton petitpère.... Tu es presque un grand garçon, tu vas entrer dans une pension où tu trouveras des camarades et où tu n'auras pas le temps de t'ennuyer.

— Mais je reviendrai vous voir ! s'écria Jean fondant en larmes.

— Oui, tu reviendras, mais seulement l'été prochain... aux vacances... si tu es sage...

— Oh ! je le serai, bonne-maman !... Pardon, ma bonne-maman-chérie !... »

On fut obligé de consoler Jean, dont le repentir s'exhalait en sanglots interminables. Quand sonna l'heure du départ, il se suspendit au cou de sa bonne-maman avec tant d'effusion que son père lui dit :

« Rien ne t'empêche de rester, Jean, si tu le préfères !

— Non, répliqua-t-il, j'aime mieux m'en aller cette fois avec toi ; seulement pourquoi les bonnes-mamans et les papas ne demeurent-ils pas dans la même maison ?... »

Déjà le grand'père fouettait le cheval.

« Arrêtez !... Attendez un moment ! cria Jean. J'ai oublié quelque chose. »

Il sauta hors de la voiture, courut à sa bonne-maman, et lui passant les deux bras autour du cou, dit à son oreille :

« Je suis bien fâché, bonne-maman, d'avoir renversé la crème et je suis content de n'avoir pas cassé le bol ! »

JACQUES CHEZ LES POISSONS

Jacques pêchait, et les lutins malicieux de la rivière lui jouaient mille tours. Tantôt ils détachaient de son hameçon l'amorce appétissante pour la remplacer par une algue limoneuse, tantôt ils retenaient sa ligne au fond de l'eau si fortement qu'il ne pouvait plus la ravoir jusqu'au moment où — bang ! — le fil cédait pour s'envoler parmi les branches des arbres, où il restait accroché. D'autres fois encore les drôles se suspendaient au bouchon et y imprimaient de petits frémissements si semblables à ceux que produit le poisson quand il mord que le pauvre Jacques était dans une alternative perpétuelle d'espérance et de désappointement ; il en avait la fièvre ! Tout à coup, sous l'œil même de Jacques, bondit un gros poisson, un poisson superbe, qui, avant que le petit pêcheur eût crié : « Oh ! », retomba dans la rivière en y formant des ronds.

Jacques oublia en ce moment que l'on ne doit jamais s'appuyer au flanc d'un bateau. Dans sa curiosité de revoir un si beau poisson, il se pencha ; il se pencha si bien que le bout de son petit nez curieux effleura l'onde fraîche. Sans doute, les lutins n'attendaient qu'une occasion. Cette fois encore l'étourdi

n'avait pas eu le temps de crier : « Oh ! » qu'ils l'avaient pris
par ce petit nez stupide, et que ses jambes rondelettes bat-
taient l'air de la belle façon, tandis que le reste de sa personne
disparaissait sous l'eau.... Il y laissa — je me demande si ce
fut pour lui une consolation — un rond encore plus large
que ne l'avait fait le gros poisson. Grande rumeur parmi la
gent à nageoires ; elle se dispersa si bien que Jacques eut,
pendant quelques minutes, le fond de l'eau à lui tout seul.

« Pardon !... » bégaya-t-il enfin, couché tout de son long sur
le lit de sable fin le plus doux qui se pût imaginer.

Personne ne répondit, par la bonne raison que personne
n'avait entendu.

Bientôt un goujon, plus hardi que les autres, vint tourner
autour de lui ; puis deux, puis trois, puis quatre, puis vingt,
puis des centaines : le goujon est curieux de sa nature.

« Je voudrais m'en aller, dit Jacques d'un voix faible ; il fait
humide.... Je m'enrhume, et, qui pis est, j'avais mis ma
cravate neuve, ma belle cravate bleue ! Dans quel état elle doit
être !

— Vous ne vous en irez pas avant d'avoir vu la carpe au
moins. Tout le monde ici rend visite à la vieille carpe. Pensez
donc qu'elle a près de deux cents ans.

— Vraiment ? dit Jacques. Elle est encore plus vieille que
grand-papa ? Mais voilà l'heure du dîner, et, comme nous aurons une friture de gou.... »

Il fut interrompu par un vairon frétillant :

« Ne vous a-t-on jamais appris qu'il fallait ménager les sus-
ceptibilités d'autrui, jeune homme ? Parler de friture devant
nous, fi, quelle indélicatesse ! Laissez cela, s'il vous plaît.
Venez plutôt à la noce. Il y a chez nous un grand mariage aujourd'hui, le mariage d'une jeune perche délicieuse. Elle
prend un époux au-dessous d'elle, un barbillon, un simple
barbillon ; mais il est si dévoué, si attentif... Tenez, confiez-

vous à lui, c'est le meilleur être du monde. Le voyez-vous là-bas dans ce coin ? »

Le barbillon, roulé dans un lit d'herbes aquatiques, se lissait la barbe à l'aide d'une de ses nageoires. Il avait l'air pensif.

« Soit! dit-il à Jacques, je veux bien m'occuper de toi, gamin... »

En parlant ainsi, il se déroulait et bâillait avec lenteur.

« Je t'emmènerai voir la carpe, si tu veux. Qu'est-ce que tu as dans tes poches ?

— Oh! rien... Un couteau à deux lames, un tire-bouchon, une lime à ongles... Ah !... un croquet, un vieux clou...

— Quoi encore ?

— Une toupie, un bout de ficelle, et... un sou...

— C'est tout ?

— Non, un crayon, le dé de ma sœur, un bout de cire à cacheter, un calepin et une bille.

— Avec cela ?

— Rien,... rien que des miettes.

— Donne-moi les miettes et le croquet. Merci ! C'est excellent. Tu peux garder le reste. Par ici.... A propos, sais-tu nager ?

— Un peu, mais non pas quand je suis au fond de l'eau.

— Bah !... Quand donc nages-tu alors ?

— Quand je suis dessus, donc ! »

Le barbillon daigna sourire.

« Prends ma nageoire gauche, petiot! Pas ma queue, que diable ! C'est mon gouvernail. Allons, en route ! »

Les voilà partis.

La carpe demeurait à quelque distance, au fond d'un trou sous l'arche d'un vieux pont en ruines; l'endroit était solitaire et triste.

« Attention ! dit le barbillon en avançant. Il ne faut pas t'attendre ici à des frivolités.

— Je ne m'attends à rien de bon, dit Jacques en frissonnant.

C'est-à-dire, ajouta-t-il, craignant d'être impoli, c'est-à-dire que vous allez me montrer des choses très intéressantes, j'en suis sûr; mais je manque l'heure du dîner, voyez-vous, et on ne fait pas attendre une friture de gouj.... »

Cette fois, il s'interrompit de lui-même.

« Ne te gêne donc pas, je t'en prie, dit le barbillon. Il ne faut pas parler de friture devant des goujons, sans doute, mais un barbillon,... qu'est-ce que ça lui fait? Nous sommes arrivés. Voici la carpe. La distingues-tu? As-tu jamais rien vu d'aussi extraordinaire? »

Jacques dut regarder deux fois avant d'apercevoir autre chose qu'un tourbillon de vase. Quand il vit la carpe, elle lui parut grasse et lourde avec un air stupide; mais la physionomie du barbillon exprimait une si vive admiration qu'il garda pour lui sa façon de penser.

« Bonjour, messieurs, dit la carpe, d'une voix épaisse et d'un ton d'indifférence absolue, je mesure deux pieds deux pouces autour de la taille et je n'ai pas moins de trois pieds de long. Mes nageoires ont six pouces, je pèse trente-sept livres. Veuillez admirer la patine curieuse qui adhère à mes écailles; c'est un signe de ma grande antiquité. Vous admirerez l'anneau de cuivre qui fut passé dans mon nez par ordre de Sa Majesté Jules César en l'an 55. Je suis aveugle, messieurs; au reste, je me porte bien. J'ai dû avoir beaucoup d'enfants, mais je ne sais plus où ils sont. La plus légère offrande que vous daignerez accorder à une pauvre carpe sera reçue avec reconnaissance. »

Ici la carpe s'interrompit brusquement au milieu de son boniment qu'elle débitait avec volubilité.

« Eh bien, dit tout bas le barbillon, exécute-toi; elle attend ton offrande.

— Est-ce que le bout de cire à cacheter suffit? demanda Jacques sur le même ton.

— Donne-lui aussi le vieux clou et le dé de ta sœur. Rien n'est perdu, va ! Elle a une collection remarquable de souvenirs variés, et ce sera un honneur pour toi, par la suite, d'y avoir contribué. »

Tandis que cet aparté avait lieu, la carpe s'était endormie ; le bruit des voix la réveilla cependant et elle se mit à réciter :

« Bonjour, messieurs ! J'ai deux pieds deux pouces de tour de taille....

— Nous le savons. C'est toujours la même société, interrompit maître barbillon.

— Voilà tout ce que je puis vous offrir, ajouta Jacques, tirant le clou, le dé et la cire à cacheter de sa poche.

— Et maintenant, s'écria le barbillon, allons nous marier ! Je m'entends, c'est moi qui me marie et non pas toi, méchant galopin. »

Jacques trouvait le barbillon bien familier, mais ce n'était pas le moment de se formaliser.

« Et après, je m'en irai ? lui dit-il.

— Petite bête ! Comment, tu ne trouves pas délicieux d'être rentré dans le courant ? Connais-tu rien de plus joli que ce bouquet de joncs à ta gauche ? Nous approchons de la demeure de ma petite perche.

— Mon Dieu ! dit Jacques en grelottant, comme l'eau coule dans mon dos et me chatouille, et comme nous allons vite !

— Parbleu ! c'est le courant entre les piles du pont neuf. Voilà un pont ! A la bonne heure ! Il faut venir ici pour recevoir le courant en plein nez ! Et quelle ombre fraîche !... Mais tous les gens de la noce sont déjà rassemblés. Nous sommes en retard. Comme étranger, tu conduis la mariée. Cela t'oblige à des cadeaux, par exemple ! »

L'apparition d'un brochet, sa redoutable mâchoire entr'ouverte, fit tressaillir Jacques.

« Sois le bienvenu, dit le brochet, et montre-nous tes cadeaux. Qu'apportes-tu avec toi?

— Un canif, une vrille...

— Très bien... je sais... un de mes ancêtres en a jadis avalé une. Si tu n'as pas autre chose, nous nous en contenterons. »

L'assemblée était nombreuse, et il n'y régnait aucun ordre; pêle-mêle arrivaient les brochets (ceux-ci affamés, naturellement, et en grand nombre), des bancs de gardons à l'œil vif, des dards fins comme des aiguilles, des perches brillantes, du fretin à profusion. Les vairons argentés ne manquaient pas, — on comptait que les brochets sauraient se tenir en cette solennelle circonstance; — les tanches frétillaient auprès des brêmes; il y avait aussi quelques truites saumonées qui eussent été l'ornement de la société sans leurs insupportables prétentions.

Jacques était poussé, bousculé de-ci de-là; il trébuchait, il heurtait les piles du pont, il était roulé par le courant; enfin la tête lui tourna si bien qu'il ne comprit plus rien à ce qui se passait. Quelle fut sa surprise lorsque la maman de la perche, une vieille dame courte et large, parla en ces termes :

« Maintenant que la noce est célébrée, racontons, selon l'usage, quelque histoire de notre jeune temps; ce sera une manière aussi agréable qu'instructive de passer l'après-midi. Commencerai-je, pour encourager les autres? »

Il y eut un clapotement général produit par les bravos que les poissons décernèrent à la perche en s'aidant de la queue et des nageoires; l'eau était blanche d'écume.

La narratrice, évidemment flattée, commença en ces termes :

« J'étais jeune alors et très agile; si je pesais deux onces, c'était tout au plus, et quant à ma candeur,... messieurs et mesdames, j'étais l'innocence même! Un jour que je prenais mon repas de midi, je sens tout à coup une douleur cuisante dans ma bouche, — l'instant d'après j'étais lancée en l'air, un monstre me saisissait violemment; de nouveau, il me sembla qu'on m'arrachait le palais, et puis je fus jetée sur l'herbe et abandonnée ainsi.... dans quelle angoisse vous le devinez, hélas! Mes souffrances physiques, quelque horribles qu'elles fussent, ne pouvaient se comparer à mes inquiétudes morales. Être enlevée à mes bons parents, à mes petites sœurs, ne plus les revoir... Non, c'était impossible! Une pensée dominait en moi toutes les autres : fuir... fuir, moins pour me mettre moi-même en sûreté que pour pouvoir avertir les miens du terrible sort qui les menaçait peut-être aussi. Mais comment faire?

« Par grand hasard, le monstre qui m'avait pêchée ne me surveillait pas; debout, à quelque distance, il me tournait le dos; je me dis qu'au moyen d'une série de culbutes habilement dirigées, je regagnerais la rivière. Sans perdre de temps à réfléchir, je rassemblai mes forces et je sautai... trop haut, pour retomber presque à la même place, endolorie, épuisée!... Le monstre revint sur moi, et, me prenant entre quatre crampons rouges armés de griffes au bout... »

— Sa main, fit observer Jacques.

« — Sa main, si vous voulez; il me lança brutalement plus loin du bord. Je ne perdis pas la tête cependant. Dès qu'il eut le dos tourné, je recommençai, mais si doucement cette fois, que je ne fis aucun bruit. Un saut, deux sauts... quelle fatigue!... trois, quatre sauts... — Le croiriez-vous? Un horrible chien, qu'on avait sans doute chargé de me surveiller, vint, en bondissant, la gueule ouverte, se poster devant moi. Il ne me toucha pas, non,... mais il se coucha, les pattes et le nez en avant, tout à côté de moi, et ne me quitta plus des yeux. Oh! alors le courage me manqua, j'envoyai un adieu mental à tout ce que j'aimais; mon pauvre cœur battait si fort que j'entendais ses soubresauts, un brouillard couvrit mes yeux,... j'étais

59

morte.... Tout à coup un bourdonnement mystérieux me réveilla :

« — Qui es-tu? disait à mon oreille une voix étrange, tu
n'es ni fleur ni légume ; tu n'es pas une pierre pourtant, car tu
sens mauvais. Je ne t'ai jamais vue, tu me fais peur...

« — Je ne suis qu'un pauvre petit poisson qui se meurt, répondis-je haletante. Toi, je te connais. Je te vois souvent vol-
tiger sur les petites fleurs bleues qui poussent dans l'eau près
du pont. Tu es une abeille.

« — C'est vrai,... tu parles là de mes « ne m'oubliez pas ».
Pauvre poisson ! Puis-je t'aider de quelque manière? »

« Je lui expliquai mon plan d'évasion ou plutôt j'allais le lui
expliquer quand l'abeille, qui était des plus intelligentes, me
marqua qu'elle avait compris toute seule :

« — Je me charge du chien, dit-elle ; aie bien soin de sauter
tandis que je l'occupe. »

« Et, sans attendre mes remerciements, elle alla se poser sur
l'oreille de mon geôlier. Celui-ci, qui était à poil ras, sentit un
chatouillement insupportable et détourna la tête en grognant.
Au moment même l'abeille s'envolait, et moi je faisais un saut
désespéré qui me rapprochait considérablement de la rivière.
Le chien n'eut pas le temps de s'en apercevoir ; de nouveau
l'abeille était après lui, bourdonnant dans ses yeux, lui piquant
le nez, et mon farouche gardien de bondir en aboyant, tandis
que je prenais mon élan de plus belle. L'abeille le tourmenta
si bien qu'elle finit par accaparer toute son attention ; quand
elle ne le harcelait pas avec son dard, elle voltigeait à une
courte distance de lui. Parfois, elle s'arrêtait négligemment
sur un coquelicot ou une fleur de trèfle incarnat, et le chien
alors de s'élancer contre elle ; mais, chaque fois qu'il s'élançait, j'en faisais autant à ma manière, et la distance qui me séparait de mon cours d'eau natal allait toujours se rétrécissant.
La vue du pur cristal qui baignait l'herbe humide où j'étais

XXI

« JE VIS LA JOLIE FILLE AVEC SES LONGS CHEVEUX BLONDS
GLISSER. »

arrivée centupla mon courage; toute brisée que j'étais, je fis un suprême effort qui me porta non pas absolument dans l'eau, mais dans la boue. Il était temps! Le monstre qui m'avait pêchée se précipitait à ma poursuite avec son chien sur ses talons. Me laisser prendre après avoir lutté de la sorte?... que nenni! Avant qu'ils eussent atteint le bord, j'étais au plus profond de l'eau, couverte de boue, défaillante, exténuée, mais libre enfin; et ce n'était pas ma vie seulement que je sauvais... je sauvais encore, en les avertissant, celle de mes amis. »

Il se fit un grand bruit de nageoires; la perche fut chaleureusement félicitée; puis plusieurs voix s'élevèrent pour rappeler que certaine ablette avait une fort jolie collection d'histoires que la société entendrait avec plaisir.

« Vous vous trompez, dit modestement l'ablette, il ne m'est jamais rien arrivé de remarquable; je ne puis vous raconter que ce que j'ai vu, la triste fin de ce jeune homme qui se noya pour cueillir une petite fleur qu'avait admirée sa fiancée. Je vis celle-ci montrer la fleur du doigt, je vis le jeune homme sourire et s'élancer, j'entendis deux cris à la fois, de nouveau l'eau jaillit sous un corps lourd, et quelque chose de blanc passa rapide comme l'éclair entre le jour et moi; puis je vis la jolie fille avec ses longs cheveux blonds glisser, portée par le courant jusqu'à la cascade où elle disparut. Quant à lui, il resta des heures gisant à la même place avant qu'on le retrouvât. L'eau passait sur son jeune visage en soulevant sur son front les boucles brunes; je me pris à l'aimer; il avait l'air si paisible, si heureux avec les petites fleurs d'azur qu'il serrait encore dans sa main! Lorsqu'on me le reprit à jamais, j'eus du chagrin. Si les pauvres enfants avaient pu seulement se dire adieu, être réunis un instant dans l'eau profonde... Mais non, il était resté là et elle avait été emportée par-dessus la cascade. N'était-ce pas cruel que la pauvrette fût morte sans avoir vu sur son visage ce sourire qui disait clairement : « Ne te désole pas, je te donnerai les petites fleurs bleues tout à l'heure, quand nous nous retrouverons là-haut! » Et lui, avait-il vu seulement qu'elle avait sacrifié généreusement sa vie dans un effort désespéré pour sauver la sienne?...

— En aurez-vous bientôt fini avec vos réminiscences funèbres, ma mie? dit le brochet en bâillant. A votre place, j'aurais grignoté les bottes de ce personnage, voilà tout ; le cuir est une nourriture passable quand il est de bonne qualité. J'ai bien autre chose à raconter, ma foi, quand ce ne serait que l'histoire d'un de mes ancêtres qui avala une vache rouge, un cheval marron qui, du reste, n'avait plus qu'une oreille, et un chat tigré, messieurs et mesdames, un gros chat, tout cela d'une seule bouchée!

— Quel conte! s'écrièrent les poissons d'un air incrédule.

— Douteriez-vous de ma parole? s'écria le brochet en s'élançant parmi eux avec colère, tout prêt à faire quelques victimes.

— Non, non! répliquèrent en toute hâte les poissons effarés.

— Il fit plus, continua le brochet, il avala des poules aussi grandes que des ânes, et toute une rangée d'arbres à feuillage purée de pois, un homme et une femme aussi grands que la maison qu'ils habitaient, et la maison elle-même qui avait une porte beaucoup trop petite pour laisser passer une oie seulement, et la palissade de bois qui formait un parc à moutons. Toutes ces choses merveilleuses lui étaient tombées sur la tête un jour qu'il dormait au fond de l'eau.

— Tiens! mais c'est la ferme de mon petit frère qui s'est perdue comme cela, le plus beau joujou de ce pauvre Paul! Il l'a laissé tomber, il y a deux jours, parce que les cygnes lui avaient fait peur. Misérable menteur! Va parler de tes ancêtres!... C'est toi qui as mangé la ferme, vieux scélérat!... »

Le brochet ne fit qu'un bond sur Jacques ; tous les poissons, personnes prudentes s'il en fut, se dispersèrent, et Jacques aurait peut-être partagé le sort de la vache rouge, du cheval à l'oreille cassée, etc., si le barbillon n'eût montré une grande présence d'esprit. Il le prit par le bras et lui fit remonter le courant au plus vite.

« Je te sauverai, je te sauverai, lui disait-il tout bas, mais à une condition.

— Laquelle ?

— Tu me promettras de ne plus jamais pêcher.

— Non, non ! jamais.... Je te le promets, bégaya Jacques.

— Sérieusement ?

— Oui, sérieusement....

— Alors, tu es sauf, » dit le barbillon avec solennité.

C'était la pure vérité ; bien que le brochet parût se rapprocher avec une vitesse vertigineuse, sa redoutable mâchoire armée de dents aiguës, toute grande ouverte, et en répétant :

« Je te mangerai, je te mangerai.... »

Jacques, il ne savait pourquoi lui-même, n'avait plus de crainte. Plus il remontait le courant, plus l'eau devenait chaude ; cette délicieuse tiédeur finit par l'engourdir ; un parfum de thé bouillant l'environnait, et la flamme d'un bon feu pétillait entre ses paupières demi-closes.

Jacques ouvrit les yeux. Il était dans son propre lit chaudement bassiné, sa maman se penchait sur lui, une tasse à la main.

« Méchant enfant, dit-elle, que tu nous as fait peur !...

— J'ai été avec les poissons, petite mère, dit Jacques tout contrit, et je leur ai laissé — ne me gronde pas — tout ce que j'avais dans mes poches...

— Tu aurais pu leur laisser pis que cela, petit tourment ! Allons, bois, tâche de transpirer et ne t'excite pas.

— C'est que je leur ai promis de ne plus jamais retourner à la pêche, dit Jacques, qui se sentait au contraire une disposition extraordinaire à bavarder ; cela m'ennuie, mais il faudra que je tienne parole...

— Sois tranquille, j'y veillerai! » s'écria la maman qui paraissait fâchée décidément. — Néanmoins elle sourit et l'embrassa tout en bordant son lit où bientôt il revit le barbillon
en rêve, mais ce n'étaient plus les hallucinations du délire.
Jacques dormait.

Ceci n'est que l'histoire d'une chute dans l'eau et des choses
que l'enfant avait cru voir pendant le délire qui la suivit.

LE PETIT COQ NOIR

I

C'était de grand matin. La servante du docteur venait d'ouvrir la porte du poulailler. Les poules la remercièrent d'un gloussement joyeux et se précipitèrent dehors, car elles étaient éveillées depuis quelque temps déjà, et il n'y a rien qui plaise autant à une poule que d'aller respirer l'air vif du matin. Seules, les pintades que la femme du docteur avait reçues récemment en cadeau restèrent sur leur perchoir, ayant l'habitude de se lever tard, comme de belles grandes dames gâtées qu'elles étaient.

Le vieux coq et la poule blanche sortaient toujours les premiers du poulailler. Le vieux coq était encore fier et superbe, malgré son âge. La poule blanche se recommandait par une extrême distinction d'allures et de plumage. Il y avait trois mois que dix petits poulets étaient éclos sous son aile. Le coq, excellent père de famille, leur cherchait toujours les meilleurs grains, mais, cette fois, il ne descendit pas l'échelle d'un air dégagé comme c'était sa coutume; il poussa trois appels brefs et courroucés dont la poule comprit le sens tout de suite, car elle répliqua d'un ton soucieux :

40

« Hélas ! notre petit noir n'est pas rentré hier à la nuit ;
qui sait si la fouine ne l'aura pas attrapé ?

— Ce serait bien fait ! » dit en éclatant le papa coq furieux ;
mais au fond il était inquiet et plus malheureux qu'il ne voulait l'avouer.

Les autres poules se mirent à caqueter tout bas entre elles,
d'un air pénétré.

Tout le monde avait toujours dit qu'il arriverait malheur au
petit coq noir, jamais il n'avait rien fait comme les autres.
Ses frères chantaient déjà fort agréablement *kikiriki* qu'il
s'obstinait à pousser d'une voix enrouée un abominable et
vulgaire *kokoriko* ; sa mère désespérait de le convertir à une
méthode de chant élégante et noble. La poule blanche se
promenait-elle avec ses poussins en bon ordre, c'était toujours
le noir qui sortait des rangs pour fouiller du bec un tas de
fumier étranger jusqu'à ce que quelqu'un vînt le chasser à
coups de fourche. Même pour sortir de l'œuf, il n'avait pas
su piquer la coquille selon les règles établies ; il s'était échappé
de sa prison si impétueusement que l'œuf, ayant roulé par
terre avec lui, avait failli l'étouffer. Oui, la mère n'avait eu
de sa part que des soucis et des humiliations, et pourtant elle
regardait aujourd'hui d'un œil humide, plein de sollicitude,
si son cher Noiraud n'arrivait pas !

Le déjeuner des poules était presque achevé quand des
cris plaintifs sortirent de la maison du docteur, et l'on
vit s'élancer par une fenêtre ouverte maître Noiraud à demi
plumé.

« Le voici ! le voici ! » cria tout le poulailler en chœur.

Le vieux coq s'avança pour adresser au vagabond une verte
réprimande, mais le triste état où il le vit lui fit pitié ; il se
borna donc à dire : « D'où viens-tu ? » Et Noiraud se confessa
en sanglotant, car il n'ajoutait pas à ses nombreux défauts
celui de mentir. Il avoua que depuis longtemps le poulailler

lui semblait étroit, étouffé, obscur, qu'il trouvait indigne de lui ce logis dont s'accommodaient pourtant son père, sa mère et des personnes de haut parage telles que les pintades. En vain lui avait-on affirmé que tous les gens de son espèce habitaient des cabanes semblables, souvent même moins commodes ; le jeune coq avait continué à rêver une installation plus conforme à sa grandeur. Ce rêve d'ambition avait pris un nouvel essor certain soir que, du haut d'une échelle, il avait pu plonger ses regards envieux dans la chambre de Frédéric, le jeune fils du docteur. Il y avait là un serin apprivoisé qui se promenait librement, et qui, pour le moment, gazouillait perché sur la pendule. Son sort fit envie au petit coq. Pourquoi un méchant serin serait-il logé dans une jolie chambre claire, tandis qu'il était réduit aux ténèbres du poulailler, lui qui était beaucoup plus grand et qui avait une crête, tandis que les canaris n'ont qu'une huppe tout au plus?

Du sommet de l'échelle il avait, la veille au soir, volé jusqu'à l'appui de la fenêtre, tandis que le reste de la gent emplumée rentrait tranquillement au gîte ; il s'était glissé dans la chambre déserte pour le moment. On ne s'aperçut pas de sa présence, car cette chambre était un cabinet d'étude que Frédéric n'habitait pas la nuit ; mais les quelques heures que Noiraud passa dans ce qu'il appelait un palais ne furent pas aussi délicieuses qu'il l'avait supposé d'abord. Cette chambre au plafond élevé n'était pas chaude comme le poulailler ; il n'y trouva aucun perchoir et dormit fort mal sur une table. De bonne heure, Frédéric, qui couchait dans la pièce voisine, fut éveillé par le fameux *kokoriko*, parti d'un lieu où d'ordinaire il ne se faisait point entendre. Il courut voir ce qui se passait. Le coq, épouvanté, sauta de la table sur un siège, de là sur une commode, renversant du même coup l'encrier, qui se brisa en mille pièces, et couvrit d'un pâté gigantesque le devoir presque achevé de la veille. Colère de Frédéric. Il se mit à la poursuite du malfaiteur, le bloqua dans un coin, le saisit par les ailes et faillit lui tordre le cou.

« Je te ferai rôtir ! rugissait-il ; un devoir si long effacé et perdu ! je devrais te faire rôtir tout de suite !

— Qu'y a-t-il donc ? demanda la petite Henriette, attirée par le bruit.

— Il y a que je vais faire mettre à la broche ce maudit coq noir ! Mon thème est perdu ! Je le mangerai tout entier, tu verras... »

En vain la bonne petite Henriette intercéda-t-elle pour le coq. A la fin elle usa de ruse : « Avant de faire rôtir un poulet, on le plume, dit-elle gravement.

— C'est vrai, reprit son frère, je le plumerai donc... »

Par bonheur pour le pauvre coq, Frédéric poussa la méchanceté jusqu'à essayer de le plumer tout vif. L'excès de la douleur rendit Noiraud capable d'un suprême effort : il se débattit, joua du bec, bref, échappa aux mains de son bourreau, et, la petite Henriette lui ayant ouvert charitablement la fenêtre, il atteignit enfin sa basse-cour natale ; dans quel état ? nous l'avons vu !

II

Depuis lors le petit coq noir fut condamné par ses parents à rentrer chaque soir le premier au poulailler ; il obéit, étant devenu humble et penaud depuis la perte de ses plumes ; mais lorsqu'elles commencèrent à repousser, il reprit de l'aplomb, et la basse-cour l'ennuya bientôt autant que jamais.

« Comme les hirondelles sont heureuses ! soupirait-il en voyant les oiseaux de passage fendre l'air d'un vol rapide ; ce doit être tout autre chose de nicher libre sur un arbre que de languir captif dans un poulailler ! Sûrement le bonheur est

XXII

« MON THÈME EST PERDU! »

dans la forêt. Au fait, pourquoi n'irais-je pas dans la forêt? Je volerais jusqu'aux cimes tout aussi bien qu'un autre! » Le soir même, maître Noiraud réussit à rester en arrière lorsque sa famille rentra au poulailler et, passant par un trou à travers la haie, il atteignit non sans effort un arbre peu élevé, en haut duquel il cria : « Kokoriko! » s'imaginant être un personnage. Mais qu'il faisait froid et humide sur cet arbre! Les branches, trop flexibles, étaient bien incommodes... N'importe, maître Noiraud s'endormit avec l'insouciance de la jeunesse et eut les plus beaux rêves. Il rêva qu'il s'envolait à tire-d'aile dès l'aube pour parcourir le monde.

Malheureusement, tandis qu'il rêvait ainsi, le gros chat rouge du voisin, un terrible chasseur, grimpa sans bruit à l'arbre et saisit l'imprudent par la nuque avant qu'il eût entr'ouvert l'œil! Ce fut un rude assaut. Mais un jeune coq est brave, il est fort, il a bec et ongles pour se défendre ; le chat ne put emporter qu'un petit bout de l'aile de la victime, dont il croyait ne faire qu'une bouchée. La leçon fut suffisante cependant pour dégoûter Noiraud des mœurs de ces rois de l'air, les petits oiseaux, hirondelles et autres.

Pendant plus d'un mois sa mère le trouva docile et soumis; elle reprit espoir. Mais il arriva qu'un matin l'aventureux Noiraud rencontra une bande de canards qui allaient, en se dandinant d'une patte sur l'autre, du côté de l'étang.

« Où courez-vous? demanda-t-il avec sa curiosité ordinaire.

— Au bain, au bain, répondirent les canards.

— Est-ce vraiment bien agréable de plonger?

— Rien n'est plus amusant. L'eau est d'une fraîcheur délicieuse; on trouve au fond des vers si délicats, toute sorte de friandises... »

La gourmandise du jeune coq s'éveillant à ces mots :

« J'ai grande envie d'aller au bain, moi aussi, » dit-il.

Mais la mère vigilante l'avait entendu :

« Petit sot, gloussa-t-elle, l'eau n'est pas faite pour nos pattes ; tu y trouverais la mort, entends-tu ? Je t'en prie.... n'y va pas... »

Le petit coq pensa en lui-même avec arrogance :

« Ces vieilles gens s'imaginent tout savoir ; tant pis pour eux s'ils n'ont pas pris de bonne heure l'habitude de nager. Mais je veux essayer, ne fût-ce qu'une fois. Les canards sont des oiseaux comme nous, et ils n'ont pas peur de se mouiller. Je vais leur demander une leçon. »

Crac ! voilà notre petit coq qui plonge dans l'étang, dont les canards fendaient l'onde avec une aisance parfaite. Si une gardeuse d'oies ne se fût trouvée là fort à point pour le secourir, il était noyé, pauvre fou !...

Mouillé, transi, l'œil glauque, le bec ouvert, Noiraud avait plus piteuse mine encore qu'au temps où il s'était promis de mener la vie fastueuse d'un serin apprivoisé ou la vie indépendante d'une hirondelle. Sa mère le jugea suffisamment puni. Elle l'engagea, sans trop le gronder, à sécher ses plumes au soleil. Ce qu'il fit, poursuivi par les quolibets de la basse-cour.

Sera-t-il corrigé cette fois ? Il faut l'espérer pour lui, car, tout à l'heure, Catherine, la cuisinière du docteur, disait en aiguisait son couteau : « Voilà un vaurien qui nous donne par trop de mal... j'ai envie de mettre fin à ses continuelles incartades. Ce serait déjà fait, ma foi, s'il n'était pas si maigre ! »

TABLE

———

41

17529 — IMPRIMERIE A. LAHURE

9, rue de Fleurus, à Paris.

MAGASIN D'ÉDUCATION ET DE RÉCRÉATION

Les Tomes I à XXIV

renferment comme œuvres principales :

L'Île mystérieuse, Les Aventures du Capitaine Hatteras, Les Enfants du Capitaine Grant, Vingt mille lieues sous les mers, Aventures de trois Russes et de trois Anglais, Le Pays des Fourrures, Michel Strogoff, de JULES VERNE. — La Morale familière (cinquante contes et récits), Les Contes Anglais, La Famille Chester, Histoire d'un Ane et de deux jeunes Filles, La Matinée de Lucile, Le Chemin glissant, Une Affaire difficile, L'Odyssée de Pataud et de son chien Fricot, de P.-J. STAHL. —La Roche aux Mouettes, de Jules SANDEAU. — Le nouveau Robinson suisse, de STAHL et MULLER. — Romain Kalbris, d'Hector MALOT. — Histoire d'une maison, de VIOLLET-LE-DUC. — Les Serviteurs de l'Estomac, Le Géant d'Alsace, L'Anniversaire de Waterloo, Le Gulf-Stream, La Grammaire de mademoiselle Lili, Un Robinson fait au collège, de Jean MACÉ. — Le Denier de la France, La Chasse, Le Travail et la Douleur, A Madame la Reine, Un Premier Symptôme, Sur la Politesse, Un Péché véniel, Diplomatie de deux Mamans, etc., de E. LEGOUVÉ. — Petit Enfant, Petit Oiseau, L'Absent, Rendez-vous ! La France, La Sœur aînée, L'Enfant grondé, etc., par Victor DE LAPRADE. — La Jeunesse des Hommes célèbres, de MULLER. —Aventures d'un jeune Naturaliste, Entre Frères et Sœurs, de Lucien BIART. — Le Petit Roi, de S. BLANDY. — L'Ami Kips, de G. ASTON. — Causeries d'Économie pratique, de Maurice BLOCK. — Les Vilaines Bêtes, de BÉNÉDICT. — Vieux Souvenirs, Départ pour la Campagne, Bébé aime le rouge, de Gustave DROZ.— Le Pacha berger, de LABOULAYE. — La Musique au foyer, de P. LACOME. — Histoire d'un Aquarium, Les Clients d'un vieux Poirier, de E. VAN BRUYSSEL.— Histoire de Bébelle, Une Lettre inédite, Septante fois sept, de DICKENS. — Pâquerette, Le Taciturne, etc., de H. FAUQUEZ. — Le Petit Tailleur, de A. GÉNIN. — Curiosités de la vie des Animaux, par P. NOTH. — Notre vieille Maison, de H. HAVARD. — Le Chalet des Sapins, par P. CHAZEL. — Les Deux Tortues, Ce qu'on faisait à un bébé quand il tombait, par F. DUPIN DE SAINT-ANDRÉ, etc., etc.

Les petites Sœurs et les petites Mamans, Les Tragédies enfantines, Les Scènes familières, textes de P.-J. STAHL.

Les Tomes XXV à XLVIII

renferment comme œuvres principales :

JULES VERNE : Deux Ans de vacances, Nord contre Sud, Un Billet de Loterie, L'Étoile du Sud, Kéraban-le-Têtu, L'École des Robinsons, La Jangada, La Maison à vapeur, Les Cinq cents millions de la Bégum, Hector Servadac.—J. VERNE et A. LAURIE : L'Épave du Cynthia. — P.-J. STAHL : Maroussia, Les Quatre Filles du docteur Marsch, Le Paradis de M. Toto, La Première Cause de l'avocat Juliette, Un Pot de crème pour deux, La Poupée de Mlle Lili. — STAHL et LERMONT : Jack et Jane, La Petite Rose. — L. BIART : Monsieur Pinson, Deux enfants dans un parc. — E. LEGOUVÉ, *de l'Académie :* Leçons de lecture, Une élève de seize ans, etc. — V. DE LAPRADE, *de l'Académie :* Le Livre d'un Père, —A. DEQUET : Mon Oncle et ma Tante. —A. BADIN : Jean Casteyras. — E. EGGER, *de l'Institut :* Histoire du Livre. — J. MACÉ : La France avant les Francs.—Ch. DICKENS : L'Embranchement de Mugby. — A. LAURIE : Le Bachelier de Séville, Une Année de collège à Paris, Scènes de la vie de collège en Angleterre, Mémoires d'un Collégien, L'Héritier de Robinson. — De New-York à Brest en 7 heures. — P. CHAZEL : Riquette. — Dr CANDÈZE : La Gileppe, Aventures d'un Grillon, Périnette. — C. LEMONNIER : Bébés et Joujoux. — HENRY FAUQUEZ : Souvenirs d'une Pensionnaire. — J. LERMONT : Les jeunes Filles de Quinnebasset. — F. DUPIN DE SAINT-ANDRÉ : Histoire d'une bande de canards, La Vieille Casquette, etc. — Th. BENTZON : Contes de tous les Pays.—BÉNÉDICT : Le Noël des petits Ramoneurs, Les charmantes Bêtes, etc. — A. GÉNIN : Marco et Tonino, Deux Pigeons de Saint-Marc. — E. DIENY : La Patrie avant tout.—C. LEMAIRE : Le Livre de Trotty. — G. NICOLE : Le Chibouk du Pacha, etc. — GENNEVRAYE : Théâtre de Famille, La petite Louisette.—BERTIN : Voyage au Pays des Défauts, Les deux Côtés du mur.—Les Douze.—P. PERRAULT : Pas-Pressé, Les Lunettes de Grand'Maman.— B. VADIER : Blanchette, Comédies. — I.-A. REY : Les Travailleurs microscopiques.— S. BLANDY : L'Oncle Philibert. — RIDER HAGGARD : Découverte des Mines de Salomon. — GOUZY : Voyage au Pays des Étoiles, Promenade d'une Fillette autour d'un Laboratoire. — Pierre et Paul. — La Chasse, Les petits Bergers, par UN PAPA.

Illustrations par Atalaya, Bayard, Benett, Becker, Cham, Geoffroy, L. Frœlich, Froment, Lambert, Lalauze, Lix, Adrien Marie, Meissonier, De Neuville, Philippoteaux, Riou, G. Roux, Th. Schuler, etc.

N. B. — La plus grande partie de ces œuvres ont été couronnées par l'Académie française

CHAQUE VOLUME SE VEND SÉPARÉMENT

Prix : broché, 7 fr.; cartonné toile, tranches dorées, 10 fr.; relié, tranches dorées, 12 fr.

(1ᵉʳ Âge)

ALBUMS STAHL IN-8° ILLUSTRÉS

Les Albums Stahl

Il y a des lecteurs qui ne sont pas hommes encore et à qui il faut des lectures et des images pour leurs premières curiosités. Ce public innombrable et frêle n'a pas été oublié. Les *Albums Stahl* leur donnent de piquants ou de jolis dessins accompagnés d'un texte naïf. La naïveté est celle qu'un ingénieux esprit, comme Stahl, peut offrir. Elle a ses malices légères et sa gaieté tendre. Les dessins ont de la fantaisie dans la vérité. Bégayements heureux, rires argentins, ce sont là les effets que produisent ces albums caressants. Il y a beaucoup de gros livres et de travaux ambitieux qui n'ont pas la même utilité.

GUSTAVE FRÉDÉRIX, (*Indépendance Belge.*)

FRŒLICH

† Les petits Bergers.
Pierre et Paul.
La Poupée de Mˡˡᵉ Lili.
La Journée de M. Jujules.
L'A perdu de Mˡˡᵉ Babet.
Alphabet de Mˡˡᵉ Lili.
Arithmétique de Mˡˡᵉ Lili.
Cerf-Agile, histoire d'un jeune sauvage.
Commandements du Grand-Papa.

Bonsoir, petit père.
La Fête de Mˡˡᵉ Lili.
Journée de Mˡˡᵉ Lili.
La Grammaire de Mˡˡᵉ Lili. (J. MACÉ.)
Le Jardin de M. Jujules.
Mˡˡᵉ Lili aux Eaux.
Les Caprices de Manette.
Les Jumeaux.
Un drôle de Chien.
La Fête de Papa.

Mˡˡᵉ Lili à la campagne.
Monsieur Toc-Toc.
Le premier Chien et le premier Pantalon.
L'Ours de Sibérie.
Le petit Diable.
Premier Cheval et 1ʳᵉ Voiture.
Premières armes de Mˡˡᵉ Lili.
La Salade de la grande Jeanne.
La Crème au chocolat.
M. Jujules à l'école.

L. BECKER . . . . L'Alphabet des Oiseaux.
— L'Alphabet des Insectes.
COINCHON (A.) . . . . Histoire d'une Mère.
DETAILLE . . . . Les bonnes Idées de mademoiselle Rose.
FATH . . . . Le Docteur Bilboquet.
— . . . . Gribouille. — Jocrisse et sa Sœur.
— . . . . Les Méfaits de Polichinelle. — Pierrot à l'École.
— . . . . La Famille Gringalet. — Une folle soirée chez Paillasse.
FROMENT . . . . † Petites Tragédies enfantines.
— . . . . Le Petit Acrobate.
— . . . . La Boîte au lait. — Histoire d'un pain rond.
— . . . . La Petite Devineresse. — Le Petit Escamoteur.
GEOFFROY . . . . Le Paradis de M. Toto. — 1ʳᵉ Cause de l'avocat Juliette.
— . . . . L'âge de l'École.
GRISET . . . . La Découverte de Londres.
JUNDT . . . . L'École buissonnière.
LALAUZE . . . . Le Rosier du petit Frère.
LAMBERT . . . . Chiens et Chats.
LANÇON . . . . Caporal, le chien du régiment.
MARIE (A.) . . . . Le petit Tyran.
MATTHIS . . . . Les deux Sœurs.
MÉAULLE . . . . Petits Robinsons de Fontainebleau.
PIRODON . . . . Histoire d'un Perroquet. — Histoire de Bob aîné.
— . . . . La Pie de Marguerite.
SCHULER (TH.) . . . . Les Travaux d'Alsa..
VALTON . . . . Mon petit Frère.

ALBUMS STAHL ILLUSTRÉS gr. in-8°

FRŒLICH

Mˡˡᵉ Mouvette.
M. Jujules et sa sœur Marie.
Petites Sœurs et petites Mamans.

Voyage de Mˡˡᵉ Lili autour du monde.
Voyage de découvertes de Mˡˡᵉ Lili.
La Révolte punie.

CHAM . . . . Odyssée de Pataud.
FROMENT . . . . La belle petite Princesse Ilsée. — La Chasse au volant.
GRISET (E.) . . . . Aventures de trois vieux Marins. — Pierre le Cruel.
SCHULER (T.) . . . . Le premier Livre des petits enfants.
VAN BRUYSSEL . . . . Histoire d'un Aquarium (en couleurs).

Bibliothèque d'Éducation et de Récréation

QUELS souvenirs agréables et charmants ce titre général ne rappelle-t-il pas aux hommes jeunes d'aujourd'hui, ceux qui entraient dans la vie au moment même où une révolution complète s'opérait, en leur faveur, dans la littérature ! Car il n'y a pas beaucoup plus de vingt ans que les jeunes gens lisent, c'est-à-dire qu'ils ont des livres conçus pour eux, écrits pour eux, et dont le succès est tel qu'on n'aurait pas osé l'attendre.

« C'est presque une innovation que l'introduction de la lecture dans les plaisirs de la jeunesse. Elle date presque d'hier : mettons vingt ans, c'est tout le bout du monde. Pendant ces vingt années, l'éditeur Hetzel a su publier 300 volumes de premier ordre.

« Le titre trouvé par l'éditeur constitue à lui seul un programme : ÉDUCATION et RÉCRÉATION. Et, en effet, tout est là. Ces beaux et bons livres instruisent et ils amusent. »

VOLUMES IN-8° CAVALIER, ILLUSTRÉS

VOLUMES IN-8° RAISIN, ILLUSTRÉS

Les Voyages involontaires

Contes et Romans de l'Histoire naturelle

Aventures d'un Grillon. — « Cette biographie d'un insecte obscur cache, sous une fine allégorie, non seulement un petit traité de morale familière, mais encore des notions d'entomologie très précises et très sûres. L'auteur, M. Ernest Candèze, est un écrivain déjà connu des lecteurs de la Revue Scientifique, et ses qualités littéraires ne nuisent pas, bien au contraire, à l'autorité de son enseignement.

Volumes in-8º illustrés (SUITE)

« C'est une philosophie ingénieuse que celle qui cherche dans l'étude du plus petit des mondes, du monde des insectes, des leçons applicables à l'univers entier. C'est merveille de voir comment même les petits côtés de la science gagnent à être traités par des écrivains littéraires, quand ils ont su se munir au préalable d'un savoir sérieux et éprouvé. »

(Revue Scientifique.)

« **La Gileppe** est un roman.... j'allais dire naturaliste, mais il ne faut pas confondre; c'est *un roman d'histoire naturelle* bâti sur cette simple donnée : les infortunes d'une population d'insectes. C'est de la science amusante, le tout spirituel et d'un très bon style. »

CAUVAIN (H.) . . . . Le grand Vaincu (le Marquis de Montcalm).
DAUDET (ALPHONSE) . . . . . Histoire d'un Enfant.
— . . . . Contes choisis.
DESNOYERS (L.) . . . . Aventures de Jean-Paul Choppart.
GENNEVRAYE . . . . Théâtre de Famille.
— . . . . La petite Louisette.
GRIMARD (E.) . . . . La Plante.
HUGO (VICTOR) . . . . Le Livre des Mères.
LAPRADE (V. DE) . . . . Le Livre d'un Père.

La vie de Collège dans tous les Pays

ANDRÉ LAURIE

Mémoires d'un Collégien. (Un Lycée de département).
Une Année de Collège à Paris.
{ La Vie de Collège en Angle-terre.
Un Écolier hanovrien.
{ Tito le Florentin.
Autour d'un Lycée japonais.
Le Bachelier de Séville.

M. Francisque SARCEY a consacré à chacun des livres qui composent cette série, une étude spéciale.

« Notre ami Hetzel, écrivait-il au mois de décembre 1885, a commencé une collection bien curieuse et dont le titre générique suffit à indiquer l'intérêt. Chaque année, il paraît un volume qui nous transporte dans un pays différent. Il y a quatre ans, nous étions en France, l'année suivante on nous a menés en Angleterre; l'an d'après, en Allemagne. L'ensemble des volumes, dont cette série doit se composer, formera une étude assez complète des divers systèmes d'éducation suivis par chaque nation.

« Tous ces volumes partent de la même main; ils sont de M. André Laurie, qui me paraît être un universitaire fort au courant des questions pédagogiques, et qui n'en est pas moins un conteur agréable et un écrivain élégant. C'est chaque année un régal attendu par moi de recevoir et de déguster son volume. » FRANCISQUE SARCEY.

LES ROMANS D'AVENTURES

ANDRÉ LAURIE . . . . Le Capitaine Trafalgar.
— L'Héritier de Robinson.
J. VERNE ET A. LAURIE . . . L'Épave du Cynthia.
STEVENSON ET A. LAURIE . . L'Île au Trésor.

A propos de l'*Épave du Cynthia*, M. Ulbach écrivait les lignes suivantes :

« La collaboration de MM. Jules Verne et André Laurie ne pouvait être que féconde. La science de l'un, l'observation de l'autre, les qualités littéraires des deux collaborateurs font de ce livre un des plus émouvants de la collection nouvelle. »

« Il y a peu de livres plus nourris de faits, plus substantiels, et d'un intérêt mieux soutenu que l'*Épave du Cynthia*, » a écrit M. Dancourt dans la *Gazette de France*.

« Plus sombre, plus terrible est l'*Île au Trésor*, roman popularisé en Angleterre par des milliers d'éditions, et dont la maison Hetzel s'est assuré le droit de traduction exclusif. On raconte que M. Gladstone, le grand homme d'État, rentrant chez lui, après une séance agitée, trouva, par hasard, sous sa main, l'*Île au Trésor* de Stevenson. Il en parcourut les premières pages, et il ne quitta plus le livre qu'il ne l'eût achevé. C'est que ces premières pages sont un chef-d'œuvre d'exposition mystérieuse, d'attractions captivantes... »

LEGOUVÉ . . . . Nos Filles et nos Fils.
— . . . . La Lecture en famille.
LERMONT (J.) . . . . Les jeunes Filles de Quinnebasset.
MACÉ (JEAN) . . . . Contes du Petit-Château.
— . . . . Histoire d'une Bouchée de Pain.
— . . . . Histoire de deux Marchands de pommes.
— . . . . Les Serviteurs de l'estomac.
— . . . . Théâtre du Petit-Château.
MALOT (HECTOR) . . . . Romain Kalbris.
MARELLE (CH.) . . . . Le Petit Monde.

Aventures de Terre et de Mer

Œuvres choisies. — *16 volumes*

MAYNE-REID.
Désert d'eau. — Deux Filles du Squatter. — Chasseurs de chevelures. — Chef au Bracelet d'or. — Exploits des jeunes Boërs. — Jeunes Esclaves. — Jeunes Voyageurs. — Petit Loup de mer. — Montagne perdue. — Naufragés de l'île de Bornéo. — Planteurs de la Jamaïque. — Robinsons de terre ferme. — Sœur perdue. — William le Mousse. — Les Émigrants du Transwaal. — La Terre de Feu.

MAYNE-REID est un Cooper plus accessible à tous, aux jeunes gens en particulier. Scrupuleusement moral, d'une imagination riche et curieuse, mettant en scène quelque simple récit, autour duquel il groupe des incidents romanesques, et cependant possibles, il promène son lecteur au milieu des forêts vierges, parmi les tribus sauvages, et exalte le courage individuel aux prises avec les difficultés et les nécessités de la vie. »   CLARETIE.

« Que les jeunes gens à qui les *Chasseurs de Chevelures* et les *Naufragés de l'Ile de Bornéo* ont procuré tant d'émotions dramatiques et toujours saines, jouissent de leur reste, a écrit Victor Fournel, dans le *Moniteur universel*, dans son étude sur la *Terre de feu*, la dernière œuvre de Mayne-Reid ; il n'écrira plus pour eux, ce conteur inépuisable, ce Cooper de la jeunesse, dont les *Aventures de terre et de mer* ont charmé tant d'imaginations, en les entraînant au loin dans les contrées mystérieuses de l'Afrique et les solitudes du nouveau monde. »
                                        VICTOR FOURNEL.

MICHELET (J.) (Gr. in-8°). . . . Histoire de France. 5 volumes.
MULLER (E.). . . . . La Jeunesse des Hommes célèbres.
— . . . . Les Animaux célèbres.
RATISBONNE (LOUIS) . . . . . ✿ La Comédie enfantine.
RIDER HAGGARD . . . . † Découverte des Mines de Salomon.
SAINTINE (X.). . . . . Picciola.
SANDEAU (J.). . . . . La Roche aux Mouettes. — ✿ Madeleine.
— . . . . Mademoiselle de la Seiglière.
SAUVAGE (E.) . . . . La Petite Bohémienne.
SÉGUR (COMTE DE). . . . . . Fables.
ULBACH (L.). . . . . † Le Parrain de Cendrillon.

ŒUVRES de P.-J. STAHL

✿ Contes et Récits de Morale familière. — Les Histoires de mon Parrain. — ✿ Histoire d'un Ane et de deux jeunes Filles. — ✿ Maroussia. { — ✿ Les Patins d'argent. — Les Quatre Filles du docteur Marsch. — ✿ Les Quatre Peurs de notre Général.

STAHL a voulu enseigner familièrement la morale, la mettre en action pour tous les âges. De tous les livres de Stahl se dégage une morale présentée avec toute la séduction et cette forme spirituelle qui donne à la fiction les apparences de la réalité. Peu d'hommes ont plus et mieux fait pour la jeunesse qui lui doit sa libération littéraire. »
                                        Ch. CANIVET. (*Le Soleil.*)

STAHL ET LERMONT. . . . . . Jack et Jane.
— . . . . . La petite Rose, ses six tantes et ses sept cousins.
TEMPLE (DU). . . . . Sciences usuelles. — Communications de la Pensée.
TOLSTOI (COMTE L.) . . . . . Enfance et Adolescence.
VERNE (JULES) ET D'ENNERY. Les Voyages au Théâtre.
VIOLLET-LE-DUC. . . . . Histoire d'une Maison.
— . . . . Histoire d'une Forteresse.
— . . . . Histoire de l'Habitation humaine.
— . . . . Histoire d'un Hôtel de Ville et d'une Cathédrale.
— . . . . Histoire d'un Dessinateur.

Volumes grand in-8° jésus, Illustrés

BIART (L.) . . . . Aventures d'un jeune Naturaliste.
— . . . . Don Quichotte (*adaptation pour la jeunesse*).
BLANDY (S.) . . . . Les Epreuves de Norbert.
CLÉMENT (CH.). . . . . Michel-Ange, Raphaël, Léonard de Vinci.
FLAMMARION (C.) . . . . . . Histoire du Ciel.
GRANDVILLE . . . . Les Animaux peints par eux-mêmes.
GRIMARD (E.). . . . . Le Jardin d'Acclimatation.
LA FONTAINE . . . . Fables, illustrées par EUG. LAMBERT.
LAURIE (A.). . . . . † Les Exilés de la Terre.
MALOT (HECTOR) . . . . . . ✿ Sans Famille.
MEISSAS (DE). . . . . Histoire Sainte.
MICHELET (J.). . . . . Histoire de la Révolution française, 2 volumes.
MOLIÈRE. . . . . Édition SAINTE-BEUVE et TONY JOHANNOT.
STAHL ET MULLER . . . . . . Nouveau Robinson suisse.

Jules Verne

⊙VOYAGES EXTRAORDINAIRES

33 VOLUMES IN-8° JÉSUS, ILLUSTRÉS

† Deux ans de vacances.
Nord contre Sud,
Un Billet de Loterie.
Autour de la Lune.
Aventures de trois Russes et de trois Anglais.
Aventures du capitaine Hatteras.
Un Capitaine de 15 ans.
Le Chancellor.
Cinq Semaines en ballon.
Les Cinq cents millions de la Bégum.
De la Terre à la Lune.
Le Docteur Ox.
Les Enfants du capitaine Grant.
Hector Servadac.
L'Ile mystérieuse.
Les Indes-Noires.

Mathias Sandorf.
Le Chemin de France,
Robur le Conquérant.
La Jangada.
Kéraban-le-Têtu.
La Maison à vapeur.
Michel Strogoff.
Le Pays des Fourrures.
Le Tour du monde en 80 jours.
Les Tribulations d'un Chinois en Chine.
Une Ville flottante.
Vingt mille lieues sous les Mers.
Voyage au centre de la Terre.
Le Rayon-Vert.
L'École des Robinsons.
L'Étoile du sud.
L'Archipel en feu.

L'œuvre de Jules Verne est aujourd'hui considérable. La collection des *Voyages extraordinaires*, que l'Académie française a couronnés, se compose déjà de vingt-cinq volumes, et tous les ans, Jules Verne donne au *Magasin d'Éducation et de Récréation* un roman inédit.

Ces livres de voyage, ces contes d'aventures, ont une originalité propre, une clarté et une vivacité entraînantes. C'est très français. »

CLARETIE.

Découverte de la Terre

3 Volumes in-8°

Les premiers Explorateurs. — Les Grands Navigateurs du XVIII° siècle. Les Voyageurs du XIX° siècle.

J. VERNE et TH. LAVALLÉE. Géographie illustrée de la France, nouvelle édition revue et corrigée par M. DUBAIL.

BIBLIOTHÈQUE DES JEUNES FRANÇAIS

Volumes gr. in-16 colombier

MICHELET (J.). La Prise de la Bastille et la Fête des Fédérations (*illustré*).—Les Croisades. François I°° et Charles-Quint (*illustré*). — Henri IV (*illustré*).
ERCKMANN-CHATRIAN. Avant 89 (*illustré*).
BLOCK (M.). *Entretiens familiers sur l'administration de notre pays.*
La France. — Le Département. — La Commune.
Paris, Organisation municipale. — Paris, Institutions administratives. — L'Impôt. — Le Budget.
L'Agriculture. — Le Commerce. — L'Industrie.
⊙ Petit Manuel d'Économie pratique.
GUICHARD (V.) . . . . Conférences sur le Code civil.
PONTIS. . . . . Petite Grammaire de la prononciation.
J. MACE. . . . . La France avant les Francs (*illustré*).
MAXIME LECOMTE . . . . La Vocation d'Albert.

8.

Motteroz. — Imp. réun. C. Paris. — 7395.